FRIEDERIKE SCHMÖE

Bisduvergisst

Kea Laverdes dritter Fall

GMEINER *Original*

Personen und Handlung sind frei erfunden.
Ähnlichkeiten mit lebenden oder toten Personen
sind rein zufällig und nicht beabsichtigt.

Besuchen Sie uns im Internet:
www.gmeiner-verlag.de

Im Ehnried 5, 88605 Meßkirch
Telefon 07575/2095-0
info@gmeiner-verlag.de

1. Auflage 2010

Lektorat: Claudia Senghaas, Kirchardt
Herstellung / Korrekturen: Daniela Hönig / Sven Lang, Doreen Fröhlich
Umschlaggestaltung: U.O.R.G. Lutz Eberle, Stuttgart
unter Verwendung eines Bildes von: Beverley Bridge / sxc.hu
und aboutpixel.de / Verflossene Liebe © Matthias Mestars
Druck: Fuldaer Verlagsanstalt, Fulda
Printed in Germany
ISBN 978-3-8392-1034-5

Erinnernd

Mittwoch, 24.6.09

Man kann doch im Herzen
stets lachen und scherzen
und denken dabei:
Die Gedanken sind frei.
Volkslied

1

Mitte Juni hatte ich die Schnauze voll. Der Sommer war noch nicht aus seinem Mauseloch herausgekommen. Ich hörte Irish Folk rauf und runter und wurde allmählich depressiv. Seit Tagen war Nero im LKA abgetaucht.

Mit Hauptkommissar Nero Keller hatte ich im Herbst etwas angefangen, das man Beziehung nennen konnte. Oder Bedürfnisbefriedigung. Oder Mutprobe. Leider stand sein Job als Experte für Internetkriminalität am Landeskriminalamt unseren zweisamen Bedürfnissen im Weg, denn zur Zeit hatte seine Abteilung dermaßen viel zu tun, dass kein Land in Sicht war. Offenkundig fuhrwerkten eine Menge Kriminelle im Cyberspace herum.

Er wenigstens hatte an seiner momentanen Tätigkeit Spaß. Was ich von mir nicht behaupten konnte.

Ich schrieb kaum.

Das lag nicht daran, dass ich ein Faulpelz geworden wäre. Im Gegenteil: Ich konnte ganz schön was wegschaffen. Aber die Anfragen für Buchprojekte, die mir zurzeit auf den Schreibtisch flatterten, behagten mir einfach nicht. Nichts als Ratgeber – man konnte den Eindruck gewinnen, dass kein Mensch mehr fähig war, kraft seines gesunden Menschenverstandes zu überleben. Als Ghostwriterin hatte ich die Gattung Ratgeber zu meiner Spezialität gemacht, was daran lag, dass sie flott zu schreiben waren, und ich mit der mir angeborenen Überzeugungsgabe auch schwierigen Kunden klarmachen konnte, dass ich wusste, was ich tat. Doch mittlerweile ging mir das Genre furchtbar auf die Nerven. Ob ich meinen Kunden einen Text über die Überwindung des inneren Schweinehunds, den Umgang mit Schwiegermüttern oder das Burn-out-Syndrom des Gorillas schrieb – alles erschien mir banal und unecht, überflüssig zudem, und mit dem Gedanken, etwas Überflüssiges zu schreiben, kam ich nicht zurecht. Ein wenig Sinn sollte schon sein im Leben.

Ich ging in die Küche und braute mir die fünfte Tasse Kaffee an diesem Vormittag. Ich brauchte Rituale und Traditionen. Sie verhalfen mir zu innerer Klarheit.

Erst gestern waren zwei Anfragen reingekommen. Wie immer in letzter Minute. Die Möchtegern-Autoren bemerkten irgendwann, dass sie trotz ihres Expertenwissens nicht imstande waren, ein Buch zu schreiben. Weil sich ein Buch nicht so lässig schrieb, wie man eine Bloody Mary mixte. Weil man als Schreiberling ein bisschen Handwerk beherrschen musste. Wenn diese Erkenntnis über die Leute hereinbrach, hechteten sie ins World Wide Web und tippten ›Ghostwriting‹ in eine Suchmaschine. Und landeten, wenn ich Glück hatte, bei mir.

›Die Buddha-Diät‹, lautete der Arbeitstitel eines Buches, dessen Autorin mitten in der Gliederung stecken geblieben war. Daraufhin hatte sie mich beauftragt, das Opus zu verfassen. Es war versehen mit einer krausen Unterüberschrift, die garantierte, dass durch Meditation beim gleichzeitigen Verzehr bestimmter Absude in einer Woche zehn Kilogramm fallen würden. Ich sah an mir herunter. Bei mir bestimmt nicht. Purzeln würden auf keinen Fall die Problemzonen. Aber von den anderen Rundungen wollte ich nichts abgeben. Mir kämen nur die Proportionen durcheinander.

Das Buch wäre leicht zu schreiben und würde einen Batzen Geld bringen. Ich lehnte mich an mein Barbrett und sah in die Landschaft hinaus. Wahrscheinlich hatte irgendeine feindliche Macht die Sonne vom Himmel geklaut. Die Alpen, die ich noch vor wenigen Tagen direkt vor mir aus dem Boden hatte wachsen sehen, waren abgetaucht. Ich ahnte weit entfernt die leeren Pferdekoppeln und den Kirchturm von Ohlkirchen, dem nächsten Kaff hier in meiner Ecke. Es regnete Bindfäden. Südbayern soff ab.

Buddha-Diät, du liebe Zeit. Demnächst mailten sie mir Vorschläge wie ›Essen wie die Muttergottes‹ oder ›Die liebsten Rezepte des Herrn Jesus‹. Ich fand es nicht blasphemisch, ich fand es albern. Abgesehen davon konnte ich nicht gut kochen. Vielleicht schleppte ich deswegen einige Kilos zu viel mit mir herum. Ich stand mit meiner Mikrowelle auf gutem Fuß, selbst Nero hatte daran nichts auszusetzen, wir waren beide keine Köche. Da achteten wir eher das Gläschen Rotwein. Dagegen konnte keiner was haben. Sollte außerdem gesund sein.

Ich hatte selber ein Buch geghostet, das den Titel ›Rotwein heilt‹ trug.

Im Arbeitszimmer piepte der Rechner. Ich ging hinüber, die Tasse mit dem dampfenden tiefschwarzen Kaffee in der Hand, und rief die neu eingetroffene Mail ab.

›Sehr geehrte Frau Laverde, ich wurde über Ihre Homepage auf Sie aufmerksam und würde mich freuen, wenn ich Sie für mein Buchprojekt *Das Tao des Tussock-Grases – Verbinde dich mit allem, was ist* interessieren könnte …‹

Ich verbrühte mir die Lippen am Kaffee und fluchte laut. Rasch tippte ich die Antwort, verwies darauf, momentan ausgebucht zu sein, was ich bedauerte, versicherte aber, dass ich mich über eine zukünftige Zusammenarbeit freuen würde, und drückte auf ›senden‹. Ganz schön befreiend, wenn auch geschäftsschädigend. Beinahe war ich drauf und dran, Lynn Digas, meine frühere Agentin, anzurufen. Als ich noch als Reisejournalistin tätig gewesen war, hatte Lynn mir die spannendsten Aufträge zugeschanzt. Seit ich vornehmlich als Ghostwriterin arbeitete, waren wir kaum mehr ins Geschäft gekommen. Doch plötzlich erschien mir die Vorstellung geradezu verlockend, eine kleine Reportage über Campen im Kaukasus zu schreiben.

Ich ging ins Bad. Das typische Problem, wenn man zu Hause arbeitete. An Ablenkung fehlte es nie. Ich stand vor dem Spiegel, musterte mein Gesicht, das lange, dunkle Haar, das ein wenig wirr um meinen Kopf stand, die dunklen Augen, fragte kurz, welche Sehnsüchte daraus hervorlugten, und wusch mir zur Abwechslung die

Hände. Verdammte Buddha-Diät. Was passierte wohl, wenn ich den Auftrag platzen ließe? Juliane würde sagen: Nichts, Herzchen, nichts wird passieren. Neue Aufträge werden kommen. So einfach ist es.

Ach, Juliane. Sie wurde in einem Monat 78 alt. Für mich war sie beste Freundin, Beraterin, Mutterersatz, Ruferin in der Wüste und Kupplerin mit Erfolgsquote. Dass Nero und ich zueinandergefunden hatten, ging auf Julianes Konto. Oft genug wies sie mich darauf hin, dass ich ihr über den Tod hinaus zu Dankbarkeit verpflichtet wäre. Momentan allerdings hielt sie sich bei ihrer Schwester Dolly auf, die zwar ein paar Jahre jünger als Juliane war, aber mit allerhand Zipperlein kämpfte. Ich war kurz davor, Juliane anzurufen, um ihr mein Leid mit der Buddha-Diät zu klagen, als das Telefon klingelte. Ich flitzte ins Arbeitszimmer zurück. Vielleicht meldete sich Nero aus dem Off der Nullen und Einsen.

»Laverde«, meldete ich mich.

»Mein Name ist Irma Schwand«, sagte eine feste Stimme mit unverkennbar niederbairischem Einschlag. »Würden Sie ein Buch für mich schreiben?«

Manchmal konnte ich mich vor Angeboten kaum retten.

»Um welche Art Buch handelt es sich denn?«

»Um meine Lebensgeschichte.« Die Frau lachte.

Ich versuchte, ihr Alter zu schätzen. Vielleicht 50, nicht älter als 60.

»Sie haben mir diese Diagnose gegeben, verstehen Sie? Alzheimer, haben sie gesagt. Wie wollen die das wissen? Aber ich muss mich doch erinnern, wenigstens … na, ich kann doch nicht alles vergessen. Dann hätte ich ja umsonst gelebt, wie?«

Mir blieb die Spucke weg. Alles, was ich nun sagen würde, käme ziemlich dumm rüber. Deswegen atmete ich erst einmal durch, und in die peinliche Pause hinein sagte Irma Schwand: »Keine Angst, noch bin ich nicht umnachtet. Wird noch ein bisschen dauern.«

Als Ghostwriterin nahm ich hin und wieder Aufträge an, die darauf hinausliefen, die Erinnerungen eines Menschen in einem Buch zu konservieren. Ich war dann keine Biografin, die Daten abklärte und einen zeitgeschichtlichen Hintergrund auferstehen ließ. Sondern mehr ein Personal Historian, eine private Chronistin. Eine Schneiderin für das individuelle Lebenskleid eines Menschen. Ich bewahrte sein Andenken in der Form, in der der Kunde es wünschte. Aber was bedeutete eine Alzheimer-Diagnose? Hieß das nicht, die Frau würde in Kürze in die Nebel des Vergessens stürzen? Wie viele lichte Momente würde ich brauchen, um ihre Geschichte zu verfassen? Zeitmangel war mir nicht unbekannt. Etliche Möchtegernautoren suchten sich erst dann einen Ghostwriter, wenn es brannte, wenn sie außer eselsohrigen Notizblättern nichts zustande gebracht hatten und ihnen eine Frist im Nacken saß. Und was war das überhaupt für eine Geschichte, die sie zu erzählen hatte?

Ich dachte an die Buddha-Diät und sagte: »Von wo rufen Sie an? Können wir uns treffen?«

»Ich wohne in Landshut.«

Gut. Das bedeutete eine gute Stunde Autofahrt. »Wann …«

»Es wird nicht viel Zeit in Anspruch nehmen. Ich will Ihnen nur eine einzige Geschichte erzählen. Dazu brauchen wir einen Abend, vielleicht zwei. Bei einem guten Glas Wein redet es sich besser. Wein löst die Zunge, nicht wahr?«

Einen Abend? Vielleicht zwei? Für eine anständige Autobiografie benötigte ich üblicherweise 40 bis 50 Interviewstunden, verteilt auf ungefähr zehn Einzeltermine.

»Ein dünnes Bändchen, Frau Laverde! Vielleicht 50 Seiten.«

Sie hatte mich am Wickel. »Morgen? Am späten Nachmittag?«

»Wunderbar.« Sie gab ihre Adresse durch und sagte: »Fahren Sie vorsichtig. Bis dann.«

2

»Nein, die Landshuter Hochzeit hat noch nicht angefangen«, rief ich ins Telefon, während ich staunend die Schaufensterdekorationen der Läden betrachtete. Braut und Bräutigam als Knetfiguren, Handpuppen, Marionetten. Birken neben allen Eingängen. Die Mutigeren hatten Bambus aufgestellt. Unerträgliche Schwüle unter grauem Himmel. »Aber ich habe die Schnauze voll von Ratgebern, deswegen bin ich hier.«

Das Fest der Landshuter Hochzeit inszenierte die Eheschließung zwischen dem bayerischen Herzog Georg dem

Reichen und der polnischen Fürstentochter Hedwig, die 1475 als politische Ehe arrangiert wurde. Zwei christliche Fürstenhäuser vereint gegen die Bedrohung durch die Türken. Einem ganzen Heer von Chronisten hatte es die Nachwelt zu verdanken, dass die Umstände dieses mehrtägigen Spektakels in allen Einzelheiten überliefert waren. Besonders gut gefiel mir der Gedanke, als Landshuter Bürger eine Woche lang zechfrei aus der herzoglichen Küche versorgt zu werden. Ich dagegen hatte mir eine Portion Kasnudeln im ›Hofreiter‹ einverleibt, die mir bei der Schwüle im Magen lagen wie rostige Nägel.

Nero antwortete irgendwas, das ich nicht verstand, weil ein Pulk Schülerinnen kreischend an mir vorbeistöckelte. In letzter Sekunde wich ich einem Schild aus, das auf die Tribünenzugänge in der Altstadt hinwies. Obwohl in drei Tagen Landshuts größtes Fest steigen würde, wirkte alles noch sehr dezent. Das mochte auch an dem seit Tagen andauernden Regenwetter liegen. Ich bog in die Altstadt ein und sagte: »Ich rufe dich später zurück!«

Beinahe erleichtert legte ich auf. Nero Keller, mein Gefährte seit letztem Herbst, um nicht zu sagen mein Freund, das klang so pubertär, Nero hatte eine Menge gute Seiten, aber eine fehlte ihm: Er verstand mich nicht. Konnte sich in meinen Beruf nicht hineinversetzen. Ihm fehlte der Bezug zum Schreiben, obwohl er Literatur und Kunst mochte. Nein, Nero war kein Proll oder verknitterter Bürokrat, aber er schrieb nicht und so kannte er auch nicht das beruhigende, erdende Gefühl, wenn die Hand in Bewegung geriet und schrieb. Schreibend vergewisserte ich mich, dass die Welt einen Sinn hatte. Anders gelang mir das nicht.

Irma Schwand wohnte in der Spiegelgasse, gleich hinter der Sankt-Martin-Kirche. Ich klingelte.

Die Frau, die mir öffnete, war etwa in Julianes Alter. Allerdings weniger unkonventionell. Wo Juliane mit ihrer knabenhaften Figur Jeans trug, mit frechen Sprüchen bedruckte T-Shirts und das Haar als fransenkurzen Raspelschnitt, stand nun eine Dame vor mir: geblümtes Kleid, hochgeschlossen, mit weißem Kragen und Gemme. Perlenkette, passende Ohrstecker. Sie stand ein wenig gebeugt da, kleiner als ich, von den Jahren niedergedrückt, und lächelte mich an.

»Frau Laverde, schätze ich? Kommen Sie herein.« Sie führte mich in eine enge, ungelüftete Wohnung mit altmodischen Möbel aus Chintz. »Es freut mich, dass Sie kommen konnten. Setzen Sie sich.« Sie machte eine energische Handbewegung, erinnerte mich dabei an eine Lehrerin, die Generationen von Kindern das Fürchten gelehrt hatte. »Befassen wir uns gleich mit dem Geschäftlichen. Ich nehme an, meine Geschichte wird Sie zwei Abende hier festhalten. Insgesamt wird sie vielleicht 50 Buchseiten in Anspruch nehmen. Die Bedingungen habe ich Ihnen ja genannt. Wie viel verlangen Sie?«

»700 Euro pauschal«, sagte ich. »50 Prozent sind sofort zahlbar. Der Rest nach Fertigstellung.«

»Gut.« Irma Schwand strich sich über das gewellte, sorgfältig gekämmte weiße Haar und ging zu einer Kommode, deren oberster Schublade sie einen Umschlag entnahm. »Bitte. Hier sind 1.000 Euro. Rechnen Sie den Rest als Spesen.«

Ich nahm die nagelneuen Hunderteuroscheine heraus und sagte: »Fahrtkosten, Materialkosten und so weiter sind in die 700 eingerechnet, Frau Schwand.« Ich legte 300 auf den Tisch, den Rest steckte ich in meine Schultertasche und packte meine Geisterausrüstung aus. Ein Sony-Aufnahmegerät, digital natürlich, meinen Clairefontaine-Notizblock, einen Satz grüne Bleistifte, Stärke HB, einen Lamy-Kugelschreiber, und sah Irma Schwand an. »Erzählen Sie einfach drauflos!«, forderte ich sie auf.

»Möchten Sie was trinken? Es ist ja mächtig warm.« Sie stand auf und ging davon. In der Küche hörte ich sie rumoren, dann kam sie mit einer Flasche Prosecco und zwei Gläsern zurück.

Sehnsüchtig sah ich zum Fenster. »Macht es Ihnen was aus, wenn wir ein bisschen frische Luft reinlassen?« Mir klebte das T-Shirt am Leib.

»Aber absolut nicht.« Irma Schwand lächelte. »Ja, mit dieser Diagnose muss ich nun leben. Ich bin dabei, meine Sachen zu ordnen. Muss mir überlegen, was noch getan sein will und was nicht. Aber diese Geschichte will ich noch loswerden. Es ist eine alte Geschichte. Ich bin Jahrgang 1927, das war eine ganz dumme Zeit, um geboren zu werden. Infiltriert von dem ganzen Nazimist schleppten wir uns durch unsere Jugend. Als es vorüber war, war ich 18, und alles war kaputt.« Sie seufzte. »Zum Wohl, trinken wir!«

Ich hob mein Glas. Die Stimmung musste passen, die Kundin sich entspannen, Zunge und Gedächtnis mussten gleichermaßen gelöst ihre Arbeit verrichten. Um Irma Schwand nicht am Warmwerden zu hindern, schwieg ich und sah ihr zu. Ihre von dicken Adern durchzogenen kleinen Hände konnten nicht stillhalten. Unaufhörlich tasteten sie über das Kleid, die Tischplatte, zupften an dem Etikett auf der Proseccoflasche. Alzheimer. Wie zurechnungsfähig war sie?

»Dass etwas mit meinem Gedächtnis nicht stimmt, merkte ich, weil ich immer wieder Dinge vergesse, die ich mir gerade noch vorgenommen habe«, sagte Irma. »Inzwischen habe ich mich in einem Seniorenheim angemeldet, für den Fall, dass ich zu schnell abbaue und nicht mehr zurechtkomme. Meine Tochter lebt in den USA mit einer meiner Enkelinnen. Die zweite, Julika, wohnt in Landshut. Für sie ist diese Geschichte, die ich Ihnen nun erzählen will.«

Ich nickte.

»Sie brauchen keine Angst vor mir zu haben.«

»Habe ich Angst vor Ihnen?«

»Es ist nicht so, dass ich unzurechnungsfähig bin. Es ist nur … ich verliere leicht den Faden. Werde nervös, so wie jetzt, aber das liegt an Ihnen und Ihrem Gerät da.« Sie lachte. »Immerzu suche ich meinen Schlüssel. Deswegen habe ich ihn nun ständig in der Tasche.« Sie tastete über ihr Kleid. »Aber er ist nicht da!«

Das Erschrecken in ihrem Gesicht entsetzte mich. »Sollen wir Ihren Schlüssel suchen?«

»Ach, ich weiß.« Sie streifte den Ärmel hoch. Auf ihrem bläulich schimmernden Unterarm standen Wörter, Zahlen, einzelne Buchstaben. Der ganze Arm war beschrieben. »Julikas Telefonnummer«, sie deutete auf eine Kolonne Ziffern, »die meiner Hausärztin. Was war noch mal …« Ihr rechter Zeigefinger fuhr zögernd über eine andere Notiz.

»Frau Schwand«, sagte ich halblaut, »wir wollten doch über diese Geschichte sprechen, für die Sie mich bezahlt haben.«

Irmas Blick kehrte zu mir zurück und verwandelte sich von Ratlosigkeit in ein überschwängliches Lächeln. Ich bekam das Gefühl, sie spielte mir etwas vor. Sie nahm die Flasche, wollte mir eingießen, stutzte, als sie sah, dass mein Glas noch fast voll war.

»Sie trinken ja nichts.«

Mir klebte die Zunge am Gaumen, und die Kasnudeln bildeten einen Klumpen in meinem Magen. Aber darauf kam es nicht an. Ich nahm einen Bleistift in die Hand, setzte ihn aufs Papier, schrieb ›Irma Schwands Geschichte‹, lehnte mich zurück und wartete.

3

Irma sieht der Frau nach, die ihren Pferdeschwanz energisch in den Nacken wirft. Sie schleppt eine schwere Tasche mit sich herum. Langsam tastet Irma über ihren Unterarm. Sie schiebt den Ärmel des Kleides hoch und besieht sich ihre Notizen. Hört ihren Lateinlehrer. ›Irma, repetiere Lektion 3!‹ Sie lächelt. Warum fällt ihr das jetzt ein? ›Irma, repetiere!‹ Automatisch sondert ihr Gedächtnis den Beginn von Cäsars ›De bello Gallico‹ ab. *Gallia omnis divisa est in partes tres*. Also funktioniert es doch noch. Sogar das ungeliebte Latein ist in ihrem Gehirn hängen geblieben! Sie glaubt der Diagnose ihres Arztes nicht. Julika hat ihr Bücher über Demenz besorgt, aber Irma rührt sie nicht an. Als könne sich die Krankheit aus den Büchern heraus auf sie übertragen.

Es gibt viel zu vergessen. Aber sie schafft es nicht, das eigentlich Schlimme aus ihrem Gedächtnis zu streichen. Sie geht vom Fenster weg und räumt die Gläser und die Flasche in die Küche. Gießt den warm gewordenen Prosecco in die Spüle.

Wo Julika nur bleibt.

Ohne Julika fühlt sie sich leer und einsam. Obwohl sie all die Jahre allein gelebt hat – seit Julika in Landshut aufgetaucht ist, schmerzt jede Stunde der Einsamkeit, die sie in ihrer Wohnung verbringt.

Irma nimmt ihr Handy. Sie hat es zur Vorsicht, nur um nicht verloren zu gehen. Die einzige gespeicherte Nummer ist Julikas. Sie könnte bei ihren Freundinnen vorbeischauen. Wie weit wohl die Vorbereitungen gediehen sind? Seit sie vor langer Zeit aus den USA zurückgekehrt ist, hat sie bei den Förderern der Landshuter Hochzeit mitgewirkt. Die Aufgabe, das Fest mitzutragen, Verantwortung zu übernehmen, war ihr mehr Heimat als die Stadt selbst.

Was ist Erinnerung?, denkt Irma. Ich bin so alt geworden. So alt. Und andere sind so jung gestorben. Lisa zum Beispiel. Mit gerade mal 19 Jahren.

Dabei ist Lisa in Irmas Herzen unsterblich. Sie ist stets gegenwärtig. Ewig jung und zart, schön wie ein Sommerabend. Lisa hätte so wie Julika gut zu den Spielleuten gepasst.

Irma konzentriert sich. Sie sucht ihren Schlüssel, findet ihn schließlich innen im Schloss der Haustür stecken. Vielleicht entdeckt sie Julika, wenn sie bei den Spielleuten vorbeischaut. Irma weiß, wo sie sich vor der Hochzeit tummeln, alle ein bisschen aufgeregt, aber fröhlich, heiter, wie Spielleute sein sollen. Sie mag die Vorführungen der Gaukler und Feuerschlucker, die Kampfszenen, die die sangesfreudigen Reisigen und die Reiter vorführen. ›Himmel Landshut – tausend Landshut‹, denkt Irma, als sie die Tür hinter sich zuschließt. Nein, sie vergisst nicht. Sie trägt schwer an ihrer Schuld. Aber die vergisst sie nicht.

4

Aber ja, mein Täubchen. Natürlich weinst du, wie alle hier weinen, wenn sie denken, dass niemand hinhört. Ein paar Minuten weinen, das können wir uns leisten, nicht wahr? Ein paar Minuten Trauer um all die Toten, die Sterbenden, die Verlorenen. Wir sind alle verloren, glaub mir, Lisa. In unserer Baracke haben wir es gut. In der ländlichen Einöde fallen keine Bomben, und zu essen gibt es auch noch das ein oder andere. Dünn sind wir alle, aber zäh wie Katzen, nicht wahr?

Oder weinst du, weil dein Glück zerbricht? Weil du besonders inbrünstig gesungen hast am Feuer? Weil du nicht glaubst, dass der Frühling da draußen das Ende des Tausendjährigen Reiches einläutet? Ha! Das hätte ich dir schon vor Jahren sagen können, dass es zu Ende geht, aber du wolltest nichts davon hören, und bevor du mich verpfeifst, wirst du verstehen, Täubchen, dass ich die Klappe gehalten habe. Die Welt da draußen folgt ihren Gesetzen, da kannst du nichts dran drehen, da hilft alles reden nicht.

Natürlich weinst du und weinst, und ich sitze neben dir auf der Pritsche, ganz unten im Stockbett, und halte dich in den Armen, spüre deine Tränen durch mein Nachthemd sickern. Du machst mich ganz nass, Lisa. Schluchze nicht so laut, die anderen werden wach. Und besonders die ordinären Witze von einigen Mädchen aus unserer Kameradschaft, die erträgst du nicht. Ich höre einfach nicht mehr hin, wenn sie in ihrem schauderhaften Dialekt eine Zote nach der anderen reißen.

Frierst du, Lisa? In den Baracken ist es ständig kalt, sogar noch im Frühling. Der Ofen in der Mitte hält die Wärme nicht, und viel Holz haben wir nicht, da muss man hartgesotten sein. Im Winter haben wir manchmal Bretter aus den Stockbetten zum Anheizen genommen und die verbliebenen Latten einfach verschoben.

Dein Nachthemd ist zu dünn und zu kurz. Du bist zu lang geworden, du schießt in den Himmel, Lisa, meine hübsche Rakete. Nicht weinen. Ja, drück dich nur an mich, so ist es gut. Ich bin immer warm, nicht? Mein Körper erzeugt stets die richtige Temperatur. Wärme, wenn Bewegung und Handeln angesagt sind. Kühle, wenn ich abwarten muss. Wie eine Schlange. So habe ich überlebt, weißt du. Und indem ich vergesse. Ich vergesse, was ich nicht behalten will.

Du sagst, niemand könne beschließen, etwas aus seinem Gedächtnis zu tilgen. Aber ich kann das! Deswegen lebe ich noch und bin gesund. Ich bin stark, und das weißt du, deswegen kuschelst du dich an mich, als wäre ich deine Mama. Lisa, Lisa. Armes Mädchen. Jetzt, wo alles zusammenstürzt, was dir wichtig war! Wo so viele tot sind, gestorben für diese eine Sache … von der ich nichts halte, wirklich, aber im Schlafsaal werde ich das garantiert nicht laut aussprechen. Niemals werde ich das aussprechen. Ich habe Englisch in der Schule gelernt, weißt du, und wenn die Amerikaner kommen, dann habe ich schneller eine Arbeit, als irgendjemand schauen kann. Armes, armes Täubchen. Lisa.

Was wirfst du mir da vor? Ich sei hart? Aber nein. Ich werde wie eine Zikade aus meiner Hülle schlüpfen, wenn das da draußen erst einmal vorbei ist. Wenn wir wieder denken dürfen. Du willst keine Erklärungen, oder? Du suchst Trost, Liebe, Wärme, Zärtlichkeit. Weil die Burschen alle weg sind, gefangen oder tot, halten wir uns gegenseitig in den Armen. Weine nur, mein Täubchen, bist ja doch meine Freundin, auf immer und ewig. Wir sind ganz verschieden. Und wünschen uns dasselbe: dass es endlich ein Ende hat. Dass wir wieder normal leben. Uns verlieben. War da nicht der Sohn vom Michelbacher? Wie hieß der? Habe ich vergessen, obwohl ich zum Außendienst auf dem Hof abgeordnet war. Und du weinst viel zu heftig, um es mir sagen zu können. Egal, Lisa, ich weiß, wen du meinst.

Ja, der Bursche war fesch. Bis sie ihm einen Arm, ein Bein und ein Auge weggeschossen haben. Und als er aus dem Lazarett kam, zusammengeflickt, als er sich mit letzter Kraft nach Hause schleppen wollte, da haben ihn die Bomben erwischt. Hilft nichts, Lisa. Der Bursche, der kommt nicht wieder, und wir wissen nicht, wer überhaupt übrig bleibt. Der Michelbacher hat doch noch einen zweiten Sohn. Emil, der nicht ins Feld der Ehre geschickt wurde, weil er diese Anfälle kriegt. Der ist höchstens ein Jahr jünger als du, Lisa. Wenn der dich nimmt, dann hast du wenigstens den Bruder deiner großen Liebe. Schau, ich streichle dein Haar, Lisachen. Das magst du doch. Dann schnurrst du wie ein Kätzchen.

Ich suche mir einen Amerikaner. Später, wenn es vorbei ist. Und dann haue ich ab und schreibe dir jede Woche aus Chicago oder Philadelphia oder San Francisco und schicke Schokolade und andere Leckereien, und beide werden wir fett wie die …

Pssst, Lisa, Täubchen, gleich beschwert sich jemand. Mit der Kameradschaftsältesten sollte man besser keinen Streit anfangen. Schluchze leise, leise, und komm, hier ist deine Decke, du zitterst ja.

Na gut, dann kuscheln wir uns zusammen in dein Bett. Wärmen uns aneinander. Und irgendwann hast du so viel geweint, dass du müde bist, wie betäubt, und dann schläfst du endlich ein.

Donnerstag, 25.6.09

Man lernt nur dann und wann etwas,
aber man vergisst den ganzen Tag.
Arthur Schopenhauer

5

Das Mädchen war in einer Pfütze ertrunken.

Mädchen, na ja, dachte Magnus Kreuzkamp und machte sich flugs Notizen. Junge Frau, das passt eher, maximal 20, kostümiert als Spielfrau, blaues Kleid, langärmelig, weiße Manschetten bis über den Handrücken. Blondes, glattes Haar, lang, bis fast zu den Hüften. Buntes Schultertuch.

Kreuzkamp beugte sich über die Leiche. Das Gesicht lag frontal, bis zu den Schläfen im lehmigen Wasser, die Nase war geradezu in den Schlamm am Boden der Pfütze gebohrt worden. Arme und Beine grotesk verrenkt. Das Buchskränzchen trieb im Wasser, noch am Gürtel der jungen Frau befestigt, wie es Brauch war: ein Zeichen der Freundschaft. Neben dem weiß-roten Bändchen waren zwei kleine Rosenknospen eingeflochten.

Die riesige Pfütze hatte sich gebildet, weil die steinerne Rinne, die vor dem Durchgang zur Burg den Boden durchkreuzte, übergelaufen war – vermutlich war der Ablauf verstopft. Die Lache bedeckte fast den gesamten Treppenabsatz.

»Zu viel Regen die letzten Tage«, murmelte der Reporter. ›Wahrscheinlich Mord‹, notierte er und spürte, wie jemand auf seine Schulter tippte.

»Schon gut«, sagte Kreuzkamp. »Eure Kollegen von der grünen Truppe haben mich durchgelassen. Ich habe nichts angefasst, habe sie nicht mal fotografiert, Leitner!«

Hauptkommissar Michel Leitner musterte den Reporter, der ihm bei jeder Begegnung mehr wie ein Cary-Grant-Verschnitt vorkam, und sagte nur: »Passt schon. Aber jetzt schleichst du dich. Jetzt sind wir am Zug.«

Kreuzkamp-Grant hob die Hand und ging davon, schlüpfte unter den Absperrbändern durch und joggte die schmale Treppe hinunter. Endlich eine Story. Eine richtige Story. Nicht nur Landshuter Hochzeit. Nicht nur Ringelstechen, Marktgrafen und Buchskranzln. Er konnte das Wort nicht einmal richtig aussprechen. Sein Rucksack baumelte schwer an seiner linken Schulter. Beschwingt trabte Kreuzkamp in die Redaktion.

6

»Das tote Mädchen ist Julika Cohen«, sagte die Ärztin. »Sie ist dieses Jahr zum ersten Mal Hochzeiterin.«

»Woher weißt du das, Elke?«, fragte Michel Leitner. Sie saßen im Grünen, an der Straße nach Niederaichbach. Das tote Mädchen war in die Gerichtsmedizin gebracht worden. Leitners Kollegen brauchten eine Verschnaufpause. Und Leitner eine Zigarette. Mindestens eine. Er drehte selber. In seinen kräftigen Fingern wand sich der Glimmstängel wie ein abgemagerter Wurm.

»Meine Mutter ist im Besetzungsausschuss.« Elke Winterling grinste. »Irma Schwand hat selber jahrelang mitgemacht und mitbestimmt, wer Hochzeiter werden darf, ob die Haare lang genug sind und all das. Du kennst das ja.«

Leitner dachte daran, dass das späte Mittelalter der heutigen Zeit um einiges voraus war. Hochzeiten wurden eingefädelt, um Fraktionen zu schmieden. Liebe kam dabei nicht vor. Sollte man vielleicht wieder einführen, dachte er, fügte aber im Stillen hinzu, dass politische Eheschließungen ohnehin nur für den Hochadel ein Thema gewesen waren. Verdammt cleverer Kerl, der Polenkönig, damals, dachte Leitner. Sein Imperium von Litauen bis zur Krim durch ungefähr fünf Hochzeiten fest an das Deutsche Reich zu binden und Polen zum Bollwerk des christlichen Abendlandes zu machen – auch wenn irgendwann die Habsburger das Rennen gemacht haben.

»Ich weiß, die alte Schwand ist die Oma«, sagte er und katapultierte sich damit in die Wirklichkeit des Jahres 2009 zurück.

»Julikas Mutter lebt in den USA, mit ihrer zweiten Tochter, Penelope.«

»Die haben vielleicht Namen!«

»Der Vater ist Amerikaner.«

Leitner zündete seine Zigarette an und inhalierte. Eine kurze Regenpause ausnutzend, saßen sie auf der Ladefläche seines Pick-ups. Amerikanisches Lebensgefühl, davon hatte er geträumt, als er jung war. Er ging auf die 60 zu, viel Zeit blieb nicht mehr, immerhin war er Kettenraucher. Man musste mit allem rechnen. Aber fit war er, im Sommer fuhr er dreimal die Woche 40 Kilometer mit dem Rad. Und dick war er auch nicht, hatte abgenommen seit dem Winter. Er war ein kompakter Typ, athletisch, einer, der Kraft hatte.

Am Rain blühten Lupinen, ein violettes Meer von Blüten, um die Hummeln und Bienen summten, als gelte es das Leben. Für die gilt es das Leben, dachte Leitner. Die sammeln Nektar wie ich Indizien. Die KT hatte ihm durchgegeben, dass mit Spuren wegen des unaufhörlichen Regens in der Nacht nicht mehr viel war. Teufel auch, ärgerte sich Leitner. Ein Mord kurz vor dem Startschuss, bevor die Hochzeitsparty das verträumte Landshut in einen Kessel aus Spaß und Chaos verwandeln würde. Die Medien das Spektakel beobachteten. Die Touristen die Gassen verstopften. Er hatte gehofft, es würde lediglich den üblichen Ärger mit Handtaschendiebstahl und Kleinkram geben, gestohlenen Autokennzeichen oder zerstochenen Mopedreifen. Stattdessen hatte er ein Kapitalverbrechen an der Backe.

»Irma Schwand wollte immer einen Amerikaner heiraten«, sagte Elke. »Hat meine Mutter erzählt. Das ging in Landshut rum, kaum dass der Krieg vorbei war. Wahrscheinlich haben sich damals alle Mädchen nach einem feschen Ami gesehnt. Mann, ist das schwül.«

Michel Leitner seufzte tief, genoss den letzten Zug und drückte die Kippe am Rand der Landefläche aus. »Also, Irma Schwand ist die Großmutter von Julika. Die Mutter des Mädchens lebt in den USA, zusammen mit der Schwester. Und dem Vater, schätze ich.«

»Keine Ahnung.« Elke grinste. »Du weißt, seit ich wieder in Landshut bin, muss ich die ganzen Klatschgeschichten erst mal irgendwie ins Koordinatensystem kriegen. Mir fehlen gute sechs Jahre! Da habe ich einiges verpasst.«

»Deine Frau Mama hat dich während deiner Abwesenheit bestimmt mit den wichtigsten Neuigkeiten versorgt«, unkte Leitner.

Elke Winterlings Mutter galt als *die* Klatschtante der Stadt. Sie war ein schlagkräftiger Ein-Personen-Geheimdienst, dem nichts entging. Flink genug, sich veränderten Situationen blitzartig anzupassen. Schwatzhaft bis zur Anstandslosigkeit.

»Ich fürchte, wir müssen zuerst die Großmutter verständigen. Damit die Irma es nicht von anderen erfährt.« Leitner wäre gerne auf seinem Pick-up sitzen geblieben, um anschließend als einsamer Cowboy in den Sonnenuntergang zu fahren. Oder zweisam, mit Elke. Die war zwar verheiratet, fast 20 Jahre jünger, aber seit Langem von ihrem Mann getrennt, und seit sie wieder in Landshut lebte, lief er ihr auffallend häufig über den Weg.

»Du weißt schon«, sagte Elke vorsichtig, »dass es Irma nicht so gut geht?«

»Hab's gehört.«

»Sie macht ja kein Geheimnis draus. Die ganze Stadt weiß, dass sie Alzheimer hat. Sie ist ein bisschen wunderlich geworden. Julika kümmerte sich um sie, aber einer 20-Jährigen kann man die Pflege einer Demenzpatientin auch nicht zumuten.«

»Schlimm für die Tochter. An der bleibt's hängen.«

»Es wird ihr wohl nichts anderes übrig bleiben, als

über den großen Teich zu jetten. Übrigens, Todeszeitpunkt ist heute früh, zwischen 1.30 und 3 Uhr.«

Leitners Handy klingelte.

»Wir haben was Sonderbares, Leitner«, sagte seine Kollegin Gisel Katzenbacher.

»Und was ist ›was Sonderbares‹?«, knurrte Leitner.

»Eine CD mit komischem Datenkram. Trug sie im Lederbeutel an ihrer Spielfrauentracht.«

Leitner kratzte sich am Kopf. Damit sollte, bitte schön, die Katzenbacherin sich befassen. Frauen wussten besser als Männer, was Frauen mit sich herumtrugen, wenn sie als Hochzeiterin, Spielfrau, Gauklerin unterwegs waren.

»Willst du es dir anschauen?«, fragte die Katzenbacherin. »Und, zum Teufel, huste nicht immer ins Telefon. Mir fällt das Ohr runter.«

»Komme.«

7

In der Polizeidirektion angekommen trottete Leitner in sein Büro. Tief in den ausgebeulten Jackentaschen tastete er nach seinem Tabak, den Papierchen und seinem Feuerzeug. Ihm war bewusst, dass das mit dem Rauchen keine gute Idee war. Sein Husten war legendär, die Kollegen hörten ihn von fern über den Flur kommen, weil er schnaubte wie eine Dampflok. Ein paar Lästermäuler aus der KT behaupteten, Leitner speie Funken beim

Husten, und im Dunkeln würde man diese Lichtblitze für Symptome einer Netzhautablösung halten.

Wenn es mit Elke noch etwas werden sollte … als Ärztin konnte sie Rauchen ja nicht gut finden … und er sah ihr an, wie sie seine vielen Glimmstängel mit amüsierter Verächtlichkeit musterte … vielleicht sah sie aber nur auf seine Wurstfinger herab … verdammt. Ja, wenn er Hochzeiter wäre … Moriskentänzer vielleicht … aber solche wie ihn nahmen sie dafür nicht. Zu plump, kein Rhythmusgefühl, bei ihm würde es nicht mal zum Musikanten reichen. Obwohl ihm die fahrenden Spielleute mit ihren derben Späßen von allen Hochzeitern am besten gefielen. Erzbischof von Salzburg, dachte Leitner. Das wäre die richtige Rolle. Du musst nichts weiter tun außer die Trauung zu vollziehen. Aber abgesehen davon, dass er vom Besetzungsausschuss niemals als Erzbischof ausgewählt werden würde, verspürte er nicht die geringste Lust auf einen Posten in den Rängen der Geistlichkeit.

»Da bist du ja endlich!«, rief die Katzenbacherin. Ihre schwarzen Kohleaugen zogen sich zu Schlitzen zusammen, wie üblich, wenn sie ihre Brille irgendwo verlegt hatte. Die Kollegen saßen um den Tisch, ihre Papiere wie die Oktavhefte vor sich aufgeschlagen. Brave Schüler. Keine Aufrührer.

»Was ist denn so sonderbar mit der Cohen Julika?«, fragte Leitner.

»Erstens: Warum läuft sie im Kostüm draußen rum? Nach den Proben? Bei dem Sauwetter? Das hätte Ärger gegeben, soviel ist klar. Außerdem …« Die Katzenbacherin hielt eine Tüte hoch. Vor Leitners Gesicht baumelte eine CD, eingeschweißt in Plastik.

»Und, was ist das?«

»Leitner, da ist irgendein kryptisches Zeug drauf«, meldete sich Yoo Lim Pak zu Wort. Die gebürtige Koreanerin war als Informatikerin zum Ermittlerteam gestoßen. Eigentlich war sie eine waschechte Bayerin, die Dirndl trug, wenn es drauf ankam, Maßkrüge stemmte und mit der Klampfe im Arm akzentfreie Schnadehüpferl vortrug. In Pusan in Südkorea geboren, lebte sie seit ihrem dritten Lebensmonat in Landshut. »Ich kann nichts damit anfangen. Sieht mir nach einem selbstgemachten Programm aus. Jedenfalls ist es nichts Gängiges. Nichts, was man kaufen könnte.«

»Programm?« Leitner kratzte sich die Nase.

»Eine Software!«

»Wofür?«

»Keine Ahnung. Ich habe rumprobiert, aber das sieht ein bisschen seltsam aus. Ich ...«

»Sagt mal, redet ihr alle nur noch wie im Mysterienspiel? Wir sind hier nicht in Oberammergau, also raus mit der Sprache! Können wir es selbst, oder brauchen wir die Münchner?«

»Wäre wohl besser«, antwortete Yoo Lim. »Just in case.«

Leitner kriegte die Milben, wenn seine Kollegen englische Einsprengsel in ihren Wortbeiträgen hatten. »Na dann. Ruft mir den Keller an. Der hat letzten Herbst die Fortbildung zu Internetkriminalität geleitet. Der hat wenigstens deutsch gesprochen.«

»Klar. Der Typ von der Informations- und Kommunikations …«

»Vergiss die Titel und ruf an!«, schnaubte Leitner. »Dann kümmert ihr euch um Zeugen! Die Julika ist heute früh zwischen 1.30 und 3 Uhr umgebracht worden.«

»Da hat es geschüttet wie aus Eimern, Chef«, sagte Yoo Lim cool. »Ich bin spät ins Bett. Draußen war um die Zeit bestimmt keiner.«

»Kümmere dich drum«, versetzte Leitner.

Er ging raus, um zu rauchen. Dabei fiel ihm ein, dass er der alten Schwand die Todesnachricht bringen musste. Er machte das lieber selbst. Die Katzenbacherin war eine Bürokratin. Nicht einfühlsam genug. Die pfefferte den Angehörigen die traurige Botschaft wie einen Aktendeckel vor die Füße, drehte sich um und verschwand. Nein, der Katzenbacherin durfte er den Besuch bei Irma Schwand nicht überlassen.

8

»Das Lagerleben«, sagte Irma Schwand, strich sich durch das weiße Haar und nickte versonnen, »war mir von jeher die liebste Veranstaltung auf der Landshuter Hochzeit. Gaukler und Spielleute. Spaßvögel und Schalke. Haben Sie den Palisadenzaun an der Isar gesehen? Man glaubt ja manchmal an einen Zeitsprung. Gegenüber steht Karstadt und auf der anderen Seite marschieren die Landsknechte auf.« Sie lachte frech und sah mich mit ihren dunklen Augen an, als erwarte sie Widerspruch, als brüte sie noch eine hintergründige Bemerkung aus. Doch dann schwieg sie. Sehr lange. Ihr Blick verlor sich.

Mein Aufnahmegerät schaltete ab, wenn kein Input kam. Es besaß mehr Geduld als ich. Viel mehr. Ich durchlief gerade keine allzu geduldige Phase. Die Nervosität krabbelte meine Beine hinauf bis zum Becken. Ich schlug ein Bein über das andere. Das Kribbeln wanderte durch meinen Bauch, die Wirbelsäule hinauf. Meine Finger spielten Klavier auf dem Notizbuch, das ich auf dem Schoß hielt.

Ich hatte eine Menge über die Landshuter Hochzeit im Internet nachgelesen. Typischerweise entwickelte sich daraus in meinem Kopf sofort eine Geschichte. Ich stellte mir vor, wie die fürstlichen Boten die Hochzeitseinladungen zur Verwandtschaft brachten, wie die herzoglichen Einkäufer Schmuckstücke und allerlei andere Kostbarkeiten als Geschenke für wichtige Gäste kauften und dafür eigens nach Köln und Straßburg reisten. Das heftigste Herzklopfen jedoch hatte wahrscheinlich die einwöchige Verspätung des Brautzuges ausgelöst.

»Wussten Sie, dass der Kaiser nichts schenken wollte?« Wieder trug Irma das geblümte Kleid und den Schmuck. Ihre Füße steckten in schweinchenrosa Pantöffelchen. »Peinlich! Der Markgraf musste ihm beibringen, dass ihm das ziemlich ungünstig ausgelegt werden würde, daraufhin rückte der Kaiser eine Brosche heraus. Er schätzte sie auf 1.000 Gulden, aber angeblich war sie nur die Hälfte wert.«

»War er ein Geizhals? Oder bloß pleite?«, fragte ich.

Lange Stille.

»Sie wollten mir etwas erzählen, Frau Schwand«, half ich nach einer Weile nach. Mir war heiß. Die stickige Luft konnte ich kaum ertragen. Von der Straße klang der Lärm von Aufbauarbeiten herauf. Ich hatte mich getäuscht. Ich würde sehr viel mehr Abende hier verbringen als jene zwei, die Irma vorgesehen hatte.

»Ich habe meinen Amerikaner geheiratet«, sagte sie lachend. »Ich hieß Powell. Irma Powell. Aber dann starb mein armer Robert, und ich kehrte nach Deutschland zurück, mit meiner Tochter. Das war eine schwere Zeit damals. Mein Vater führte ein Friseurgeschäft, in dem ich gelernt hatte, als junges Mädchen. Da blieb mir nun, weil ich jung verwitwet war, nichts anderes übrig als wieder Haare zu waschen und zu legen und zu schneiden und mir das Getratsche anzuhören, diese vielen kleinen Geschichten und Sticheleien, verstehen Sie? Denn wenn man aus der großen weiten Welt zurückkehrt … Ich habe später, erst mit fast 60 Jahren, wieder geheiratet. Den Heinrich, einen netten Kerl, den habe ich mehr geliebt als meinen ersten Mann.«

Ich sah auf Irmas Beine. Sie waren durchsetzt von Krampfadern, die sich wie fleischige Würmer unter der Haut krümmten. So sehe ich irgendwann auch aus, dachte ich. Wenn ich überhaupt so alt werde. Aber Juliane sah nicht so aus. Was bedeutete es schon, wie man aussah.

»Manche in der Stadt haben mir nicht einmal geglaubt, dass ich als Witwe aus Amerika zurückkehrte. Die dachten, ich hätte dort drüben mit den Männern meinen Spaß getrieben und mir ein Kind machen lassen. Die Leute denken immer das Schlechteste.« Irmas dunkle Augen funkelten. »Jedenfalls kehrte meine Tochter zum Studium in die USA zurück, lernte einen Mann kennen, und so hat sich die Familie nach Übersee verlegt. Ich habe gerne dort gelebt.«

»Warum ist Ihre Enkelin zurück nach Landshut gekommen?«

»Julika?« Irma strahlte. »Julika ist ein ganz besonderer Mensch. Sie ist nicht wie die anderen. Sie ist … sie besitzt …«

Ich wartete. Dass Irma ihre Enkelin über alles liebte, war mit Händen zu greifen. »Sie wollten mir etwas erzählen«, setzte ich nach einer Weile wieder an.

»Ja. Da haben Sie recht.« Irma streifte die Plüschpantoffeln ab, zog die Beine mit unerwarteter Gelenkigkeit an und begann, ihre Zehen zu massieren.

9

Die Schnürstiefel fest an den Füßen treten wir zum Morgenappell an. Appell an der Fahne und Einteilung zur Arbeit. Du leidest, Lisa, deine feinsinnige Seele erträgt den tristen Anblick der grauen Baracken nicht. Dieses Geviert aus Mannschafts- und Führerbaracken. Ich schaue gar nicht mehr hin. Das ist mein Trick. Ich blende dieses kalte Quadrat einfach aus.

Ich hasse den Frühdienst bei den Führerinnen. Einheizen, abstauben. Dabei ist das mit dem Einheizen so gut wie unmöglich, wir haben einfach kein vernünftiges Brennmaterial. Neulich habe ich keine Zeit mehr gehabt, die Schreibtische sauber zu machen. Da hat jemand am nächsten Tag mit dem Finger ›Schwein‹ in den Staub geschrieben. Bei den Führerinnen herrscht meistens ein ziemliches Chaos. In unserer Waschbaracke dagegen müssen die Zahnbürsten in eine Richtung schauen.

Einmal war ich dazu abkommandiert, das Kleinkind einer Führerin zu betreuen. Die Kleine mochte mich, aber ehrlich gesagt, ich hoffe immer auf eine Arbeit, die mich für eine Weile aus dem Lager rausholt. Küchendienst in der Gastwirtschaft ›Knödel‹ zum Beispiel, das war ganz nett, auch wenn ich mir vorgenommen habe, mir eine Köchin anzustellen, später in Amerika. Aber noch ist es nicht so weit.

Heute haben wir Glück, Lisa. Die Maidenoberführerin wählt uns aus. Wir dürfen die Dienstpost von Aidenbach nach München bringen. Du und ich, Lisa. Das nenne ich Glück. Denn die Mädchen, die auf dem Gymnasium waren, so wie wir, die kriegen oft die miesesten Arbeiten ab.

Wir bekommen unseren Koffer mit den Briefen und ziehen los. Wir sind verlässlicher als die Post. Die ist tot, zerbombt, zerrüttet, die Wege sind unterbrochen, und der Himmel weiß, ob wir überhaupt bis München kommen. Aber fürs Vaterland müssen wir es versuchen. Fürs Vaterland tun wir doch alles, Lisa, stimmt's?

Draußen geht Wind, noch frisch, böig. Wir frösteln.

Ach Lisa, Lisachen, wenn ich gewusst hätte ... du bist die Ältere und Größere von uns beiden, 19 bist du, aber du verlässt dich nur auf mich.

Wir müssen zu Fuß zum Bahnhof gehen, durch den Wald, es ist kalt, der Wind rüttelt an den Baumwipfeln, der Frühling sagt unterkühlt guten Tag, und seltsamerweise empfinde ich Seligkeit und Freude. Bald wird es richtig Frühling, und bald kommt das Ende und dann der Friede, und auch wenn wir nicht wissen, was die Sieger mit uns machen – irgendwie werden wir uns auf die neue Situation einstellen. Wir halten zusammen, dann kann nichts schiefgehen.

Wenn ich gewusst hätte, was geschehen wird, Lisa, dann hätte ich Fieber vorgeschützt oder Zahnweh oder einen verknacksten Knöchel.

Aber so traben wir durch den Wald, als wäre es ein normaler April. Ein kühler Frühling zum Verlieben. Nur, dass keine Männer da sind. Das stört. Ja, ja, Lisa, schon gut, du willst nicht, dass meine Geschichte so rüberkommt, als wären wir ständig auf Männerfang gewesen. Aber mit 18 und 19, da träumt man von der großen Liebe. Möchte geküsst und hofiert werden. Vor allem, wenn weit und breit kein ansehnliches Exemplar zu sehen ist. Nur der Franzose auf dem Michelbacher Hof, den mögen wir beide. Der ist fesch, so ein dunkler Typ, mit kräftigen Schultern und ganz schmalen Hüften. Als ich beim Michelbacher Bauern Dienst hatte, da habe ich mir den Franzosen genau angesehen, das kannst du glauben.

Wir haben Glück und kriegen einen Zug. Zuerst den Bummelzug nach Vilshofen. Von dort fährt eine

Bahn nach Plattling, allerdings mit Verspätung. Aber was heißt ›Verspätung‹ – es gibt ohnehin keine Fahrpläne mehr. Ein paar Leute müssen erst eine Leiche aus dem Zug raustragen, bevor wir abfahren können. Der Tod hat zurzeit wirklich eine Menge Arbeit. Die Frau ist einfach umgekippt, Herzschlag, sagt jemand, während die Bahre weggetragen wird, und eine andere Frau sagt mit kaltem Blick: »Die hatte Glück.« Dabei spritzt die Spucke aus ihrem Mund und ich wende mich ab.

In Plattling ist erst mal Schluss. Kein Zug fährt. Wir sitzen im Wartesaal.

Wo kommen nur die vielen Menschen her! Frauen allen Alters, Kinder, Greise. Zurückflutende Soldaten. Man möchte glauben, die Menschen hauen ab, graben sich in die Erde ein, wie jedes Tier es tun würde, aber nein, die laufen raus, mitten hinein in die Gefahr, so wie wir, Lisa. Wir sind dumme Tiere. Für die Dienstpost tun wir alles. Du willst dem Führer die Haut retten und ich tue so, als wollte ich dem Führer die Haut retten.

Auf dem Bahnhof herrscht ein wahnsinniges Chaos, alle sind in Eile, drängeln, haben Angst, sind ausgelaugt, unterernährt, schwach. Sie alle haben es satt, so satt. Ihre Körper dünsten den Überdruss aus, den ständigen Hunger. Sie wollen nur essen und schlafen und in Sicherheit sein. Mehr wollen sie nicht.

Dann musst du aufs Klo.

Die Bahnhofstoiletten sind unbenutzbar. Wir suchen uns irgendeine Nische, ich stelle mich vor dir auf, knöpfe den Mantel auf, schirme dich ab, und du pinkelst, brauchst ewig, das ist andauernd so, wenn du Angst hast. Lisa, mein kleiner Hase. Mein Angsthase!

Gegen Morgen heißt es, es käme ein Zug, der nach Landshut fährt.

Wir rennen über den Bahnsteig mit unserem Postkoffer, und ich schaue dich an und frage dich lautlos, nur mit den Augen, wie es wäre, wenn wir abhauen würden. Dienstpost wegschmeißen und ab. Meine Mutter wohnt in Landshut, und deine ist bei ihr. Jedenfalls war sie das, als wir das letzte Mal von ihr gehört haben. Dort könnten wir uns verstecken. Ein oder zwei Wochen noch, länger dauert das nicht mehr. Das flüstern sich des Nachts die Katzen zu, Lisa. Die du nicht hörst, weil du nicht glaubst, dass die Katzen sich Geschichten erzählen. Aber du schüttelst nur stumm den Kopf, während wir uns in die Augen schauen. Zuviel Angst. Die hängen alle Deserteure auf. Wir in unseren albernen Uniformen, Lisa! Kann sein, dass sie auch uns aufhängen. Wer kann das wissen.

Die Menschen drängen in den Zug. Frauen, unendlich viele Frauen, junge, alte, ganz alte, solche mit Kindern, solche, die Alte stützen. Ein paar Jungen, die sie bald noch holen werden zum letzten Kampf, und alte Männer, gebeugt, mit Bartstoppeln im grauen Gesicht. Abgewrackte Soldaten. Gepäck, überall Gepäck. Rucksäcke, Kinderwagen, Koffer, Taschen. Wir stecken mittendrin.

Keine Panik, Lisa. Ich bin ja bei dir. Irgendwann ergattern wir ein Plätzchen, du setzt dich, ich sitze auf deinen Knien, und ab und zu wechseln wir.

Der Zug schleicht dahin, Vorsicht ist geboten, die

Schienen sind keine Schienen mehr, sie sind Zufälle, Glücksfälle. Alle haben Angst. Bloß kein Alarm, bloß nicht rausmüssen aus dem überfüllten Zug.

Ich schlafe ein bisschen, und als ich aufwache, fahren wir in Landshut ein.

Weißt du, Lisa, es geschieht mitunter, dass die Dinge, die wir fürchten, und die wir uns in allen grauenhaften Farben ausmalen, genau so eintreten, als hätten wir sie heraufbeschworen. Und deswegen haben wir hübsch stillgehalten in der Enge des Zuges, unter den nach Schweiß und widerlichem Essen riechenden Menschen. Wir sprechen nie über unsere Ängste. Nicht darüber, wie es sein wird, wenn die Amerikaner kommen und wir dastehen in unserer RAD-Uniform. Nicht darüber, wie es sein wird, wenn Tiefflieger den Zug angreifen. Nicht darüber, was auf dieser Fahrt nach München geschehen wird. Nicht darüber, dass eine von uns nicht zurückkehren könnte ins Lager. Vielleicht nicht einmal bis zur Dienststelle in Schwabing kommt.

Wir schweigen, atmen flach, weil der Gestank im Zug unerträglich ist. Vor allem hätte ich mich gefürchtet, vor allem, Lisa, aber nicht davor, dass wir eines Tages getrennt sein könnten.

Alles hat einen wenn auch verborgenen Sinn. Das denke ich, als der Zug quietschend hält und die Menschen um uns aus ihrem Schweigen erwachen.

10

Die Türglocke zerriss die Stille. Irma brauchte ihre Ruhephasen, auch während des Erzählens. Vielleicht besaß sie ein Gefühl dafür, wann es günstig war, eine Geschichte zu unterbrechen, um die Zuhörer so richtig auf die Folter zu spannen, bis sie winselten und bettelten, die Fortsetzung hören zu dürfen.

»Es hat geläutet«, sagte ich zu Irma, die keine Anstalten machte, aufzustehen. Sie befand sich in einem Zug, auf der Fahrt nach München, kurz vor Kriegsende.

»Julika weiß das alles nicht, verstehen Sie?«, murmelte Irma.

Wieder ertönte die Türglocke.

»Frau Schwand, jemand klingelt bei Ihnen.«

Sie erhob sich und tappte barfuß zur Tür. Eine kleine, energische Frau. Ich stand auf und ging ihr nach in den Korridor.

»Ach, der Leitner Michel«, sagte Irma und lachte. »Grüß dich! Dich habe ich ja lange nicht gesehen.«

In der Tür stand ein muskulöser Mann, dessen graues Haar wie Drahtwolle um den quadratischen Schädel wucherte. Er reichte Irma eine Pranke von den Ausmaßen einer russischen Uniformmütze.

»Komm rein, Leitner«, sagte Irma und ging ihm voraus durch den Flur. »Das ist Frau Laverde. Sie ist mein Geist.«

Der Mann zog die Augenbrauen hoch.

»Und das ist der Leitner Michel. Hauptkommissar bei der Polizei, ein fleißiger Bursche. Sein Vater kam zum Rasieren in den Laden meines Vaters, aber mittlerweile rasieren sich die Herren ja selbst, da ist nichts mehr dran zu verdienen.«

Leitner nickte mir zu. »Grüß Gott. Du, Irma, ich würde gern unter vier Augen mit dir sprechen.«

»Stopp!« Irma lachte ihn keck an. »Zuerst trinkst du einen Kaffee. Willst du nicht immer Kaffee, wenn es heiß ist? Je heißer der Tag, desto heißer die Getränke?«

Leitner sah mich hilflos an. »Schon, Irma …«

»Dann verlieren wir keine Zeit. Frau Laverde, nehmen Sie Ihren Kaffee mit Milch und Zucker?«

»Schwarz.«

»Gut. Setzt euch ins Wohnzimmer.«

Irma schritt in die Küche, so elegant auf ihren bloßen Füßen, als reihe sie sich in die Eröffnung des Wiener Opernballs ein.

Leitner ging ins Wohnzimmer, riss ein Fenster auf und sah auf mein Aufnahmegerät, den Block, die Stifte. »Was machen Sie hier?«

»Ich bin Ghostwriterin«, verteidigte ich zum tausendsten Mal meine Existenz. »Ich schreibe die Lebensgeschichten von Leuten auf. Frau Schwand hat mich hergebeten.«

»Lebensgeschichte? Sie meinen, weil sie«, er senkte die Stimme zu einem Flüstern, »Alzheimer hat?« Er hustete. Sein gewaltiger Brustkorb schien bersten zu wollen.

»Warum sind Sie hier?«, fragte ich.

»Etwas Privates.«

Irma kam mit einem Tablett und drei Tassen wieder. Sie hatte in alle Milch und Zucker gegeben. Leitner und ich wechselten einen Blick. Ich nahm höflichkeitshalber ein paar Schlucke und fing an, meine Habseligkeiten in die Tasche zu packen.

»Aber, aber, Sie dürfen noch nicht gehen, Frau Laverde«, rief Irma. »Ich bin noch nicht fertig mit Ihnen.«

»Ihr Besuch möchte sich mit Ihnen unterhalten«, sagte ich und verfiel in den typisch fürsorglichen Ton, den viele Jüngere anschlugen, sobald sie mit Alten sprachen. Ich fand mich zum Kotzen. Mit Juliane würde ich so nie reden.

»Der Leitner kann noch eine Weile warten. Weißt du, Leitner, jetzt haben wir ja bald 65 Jahre Kriegsende. Da gibt's was zu feiern. Dass wir das überlebt haben, verstehst du? Das können wir feiern. Wenn wir sonst nichts zustande gebracht haben – wir haben überlebt. Das ist vielen nicht gelungen. Gut, wir waren keine Helden, wir haben diesen Idioten aus Braunau nicht aus dem Weg geräumt, wir haben gemacht, was die uns gesagt haben. Wie die Schafe sind wir zu den Aufmärschen getrabt. Schande über uns. Schande, Schande. Aber wir haben überlebt. Und weißt du was? Ein kleines bisschen braucht man doch, worauf man stolz sein kann.«

»Wir sprachen gerade über Irmas Erlebnisse in den letzten Kriegstagen«, half ich aus. »Sie hat mich gebeten, daraus eine kleine Geschichte zu machen. Für ihre Enkelin Julika.«

Leitner wurde blass und hustete, dass es ihn schüttelte.

»Du rauchst mir ein bisschen viel, Leitner«, sagte Irma. »Was sagt denn deine Frau dazu?«

»Wir sind geschieden, Irma.« Der Kommissar warf mir einen Blick zu.

Ich musste grinsen.

»Dann musst du ja noch nicht so schnell nach Hause. Dann kannst du dir ja noch eine Geschichte erzählen lassen!« Irma klatschte in die Hände. »Auf geht's, Frau Laverde, packen Sie Ihre technischen Raffinessen wieder aus! Ich bin noch nicht am Ende.«

11

Von Landshut haben wir uns bis München durchgeschlagen. Mit LKW, Fuhrwerken.

München ist zerstört. Eine Ruinenstadt. Vom Bahnhof nach Schwabing findet nur noch, wer ungefähr weiß, welche Richtung er einschlagen muss. Ich erkenne die Straßen kaum wieder.

München ist deine Heimatstadt, Lisa. Hier haben deine Eltern gelebt, aber nun ist deine Mutter in Landshut, weit weg von der Großstadt, den Bomben und der schwarzen Angst. Und dein Vater? Der ist im Irgendwo. Im Osten, wohin ihn der Führer geschickt hat. Von wo er wahrscheinlich nicht mehr wiederkommt, aber das willst du nicht hören, stimmt's?

Wir weinen die ganze Zeit, während wir mit unserem Postkoffer an all den Trümmern vorübergehen. Ich frage mich, woher ich die Kraft habe, meine Beine zu bewegen, Fuß vor Fuß zu setzen in meinen rissigen, staubbedeckten

Schnürstiefeln. Wir gehen an einem Toten vorbei. Ein alter Mann mit verbranntem Gesicht und verbrannten Gliedern. Ich packe dich im Genick und drehe deinen Kopf weg, aber du wehrst dich, schaust auf die Leiche, noch im Weitergehen starrst du zurück.

Dunkle Wolken ballen sich über den Ruinen. In der Luft ist Staub. Frauen schleppen Trümmer weg, um die Straße freizuräumen. Wir haben über 24 Stunden nicht geschlafen.

Es beginnt zu tröpfeln. Ich hebe mein Gesicht in den Himmel und schmecke Staub und einen anderen, scharfen Geruch. Wir schleppen uns weiter, wischen uns die Tränen vom Gesicht. Halten uns bei den Händen und gehen und gehen. Ich überlasse es dir, den Weg zu finden. Du kennst die Straßen besser als ich. Ich denke, vielleicht ist es gut, dass so viele Menschen sterben, denn wo sollen die nachher noch wohnen. Habe ich das laut ausgesprochen, Lisa? Du siehst mich missbilligend an. Es ist nicht meine Schuld, Lisa. Ganz bestimmt nicht meine Schuld, dass hier alles in Trümmern liegt. Dass nichts mehr normal ist. Dass keiner mehr leben kann, nur noch existieren, durchhalten, kämpfen. Könnte eher deine Schuld sein, oder? Du hältst den Braunen doch die Stange, du glaubst an den Endsieg, oder verkohlt dein Glaube gerade in den Trümmern von München, wo kein Stein mehr auf dem anderen steht?

Entschuldige, Lisa. War nicht so gemeint.

Wir biegen in einen Innenhof ein. Das Rückgebäude steht noch. Wir klettern über Steine und Schutt. Das ist Deutschland, Lisa.

12

Ich verließ Irmas Wohnung, stieg langsam die enge Treppe hinunter und trat auf die Straße hinaus. Es wurde dämmrig. Feucht legte sich die Treibhausluft auf mich. Ein Kostümierter mit einer Trommel vor dem Bauch huschte vorbei. Männer in Strumpfhosen sehen irgendwie seltsam aus, dachte ich.

Irma konnte erzählen. Ohne je irgendwelchen Theorien über Plotaufbau und Figurensetting ausgesetzt gewesen zu sein, verstand sie es, ihre Zuhörer zu fesseln. Ein klein wenig beneidete ich ihre Generation. Sie hatte tatsächlich etwas Substantielles zu berichten, anstatt nur Emoticonschrott durch die Atmosphäre zu pixeln.

»Guten Abend«, sagte jemand zu mir, »hier wohnt doch Irma Schwand?«

Ich zog die Haustür hinter mir zu und sah mich nach dem Urheber dieses außerordentlich hochdeutsch ausgesprochenen Satzes um. Vor mir stand Cary Grant. Der Schwarm aller Frauen. Der Charmebolzen.

»Schon, aber sie hat gerade Besuch. Etwas … Privates.«

Flucht nach vorne. Meine Neugier trieb mich. Meine Neugier auf Cary Grant, den Mann mit dem tiefsitzenden Seitenscheitel und der ganz sacht zusammengezogenen Stirn, als befinde er sich für Nanosekunden im Zustand der Verwirrung.

»Magnus Kreuzkamp. Redakteur hier bei unserem Klatschblatt.« Er lachte und reichte mir die Hand.

»Kea Laverde«, sagte ich.

»Eine Bekannte von Irma?«

Ich nickte kurz. »Ja. Aus München.«

»Aus München?« Er sah mich zweifelnd an.

»Was ist los? Sind Sie zu einem Interview hier?«, fragte ich und zeigte auf den Eastpak-Rucksack, der ihm über der Schulter baumelte.

Wir maßen uns mit Blicken. Der Mann wusste um seine Wirkung, kein Zweifel.

»Leitner ist bei ihr, oder?«, fragte Kreuzkamp.

»Was ist hier los?«

»Ihre Enkelin ist tot.«

»Julika? Um Himmels willen!«

»Kennen Sie sie?«

»Nein, das nicht, aber …« Mir schossen eine Menge Gedanken gleichzeitig durch den Kopf. »Tot?« So bekam Hauptkommissar Leitners abendlicher Besuch einen Sinn.

»Vielleicht sollten wir irgendwo was trinken gehen«, schlug Cary Grant alias Magnus Kreuzkamp vor.

13

Sie glaubt ihm nicht. Denn es kann nicht sein. Leitner ist längst gegangen. Sie mag ihn irgendwie, den Leitner Michel. Warum der nur Polizist geworden ist!

Irma lehnt den heißen Kopf an das Fenster.

Julika! Wo ist nur meine Julika, mein Mädchen, meine Enkelin, auf die ich warte wie auf …

Zwei Edeldamen eilen die Gasse hinauf.

Was hat der Leitner noch einmal gesagt? Die Julika kommt nicht wieder? Er muss sich täuschen. Die Julika ist doch extra nach Landshut gezogen. Aus Amerika zurückgekommen, zu ihr, zu Irma. Ich kann nicht die Julika auch noch verlieren. Warum schmerzt Schuld noch nach so vielen Jahren?

Irma versteht das nicht.

Manchmal sagt man doch, die Zeit heilt alle Wunden. Es stimmt. Ihre Ehemänner hat sie betrauert, sie hat gelitten, als sie starben. Bei beiden hat sie gelitten wie ein Tier. Aber nach einigen Jahren ging es leichter, und sie hat die Lebensfreude wiedergefunden. Doch Lisa … So schwer ist die Schuld, dass sie Irmas Herz zusammendrückt. Schwer wie ein Rucksack, den sie zeit ihres Lebens nie ablegen konnte. Irma betrachtet ihre Hände. Geht zum Spiegel im Flur und sieht in ihr Gesicht. Julika. Sieht Julika ihr eigentlich ähnlich? Nein, Julika sieht aus wie Lisa, eine so schöne, junge Frau. Zart wie ein Schmetterling. Kein robustes, dunkles Lausmädel, wie Irma selbst eines war.

Ich liebe dich so, Julika, murmelt Irma, und im Spiegel sieht sie, wie ihre Lippen sich bewegen. Aber sie hört sich nicht. Sie sieht auf die Tür, weil sie denkt, warum kommt Julika nicht? Und wo ist überhaupt Lisa? Irmas Magen knurrt. Sie sieht wieder ihr Spiegelbild an. Warum sieht Julika ihr nicht ähnlich? Ist das wichtig? Irma lächelt. Sie muss dringend ihre Haare waschen. Julika hilft ihr gewöhnlich dabei. Besser, Irma wartet auf Julika.

14

Mit Cary Grant ein Bier zu trinken, gehörte zu den Erlebnissen, auf die man sich nicht vorbereiten konnte. Egal. Die Wirtschaft kannte ich schon, im ›Hofreiter‹ hatte ich meine Kasnudeln gegessen. Der Biergarten war gesteckt voll, obwohl der Regen jede Minute wieder losbrechen würde. Wir hatten uns einen Platz am Ausschank gesichert, über dem ein Blechschild mit der Aufschrift ›Schlecht gefüllte Krüge bitte nachschenken lassen‹ hing. Mein Kopf glühte, während Kreuzkamp mir von seinem schaurigen Fund am frühen Morgen berichtete.

»Sie haben einen ganz schönen Zug«, sagte er, als ich mir das zweite Dunkle bestellte.

»Ziemlich aufregender Abend.«

»Was haben Sie bei Irma gemacht?«

»Was ist ihrer Enkelin zugestoßen?«

»Journalistin?«, fragte Kreuzkamp und legte den Kopf schief.

»Hm.« Das musste für den Augenblick reichen.

»Irma hatte es nie leicht in ihrem Leben. Ich …«, Kreuzkamp sah mich an. »Leitner hat Ihnen nichts gesagt?«

»Er bestand darauf, mit Irma unter vier Augen zu sprechen.«

»Verdammt.«

»Was denn! Sind Sie traurig über Irmas Schicksal?«

»Ich wollte sie unbedingt noch interviewen!« Kreuzkamp hieb mit der Faust auf den Tisch.

»Interviewen? Wozu?« Ich traute Irma zu, einen zweiten Ghost engagiert zu haben.

»Also gut.« Seine Stirn kräuselte sich noch etwas mehr. »Aus Ihnen kriege ich ja kein Wort raus. Dann hören Sie sich eben meine Geschichte an.«

»Legen Sie los.«

Er lächelte. Ich schmolz. Zum Glück kam gerade mein Bier. In der Küche wurde ein Schnitzel geklopft.

»Ich arbeite bei der Tageszeitung, aber die Maloche dort füllt mich nicht aus. Innerlich, meine ich.« Er sah mir in die Augen.

Keine Chance, Junge, mich kriegst du nicht klein. Ich bin nämlich solide geworden, seit ich mit einem Bullen zusammen bin. Ach du Schreck. Nero. Den hatte ich noch anrufen wollen.

»Also schustere ich mir das eine oder andere private Projekt zurecht. Derzeit sammle ich Material und Zeitzeugenberichte über die Kinder des Zweiten Weltkrieges. Die Generation, die 1945 höchstens 20 Jahre alt war. Irma gehört dazu.«

»Was interessiert Sie daran?«

»Es soll eine Dokumentation werden. Bevor die letzten Zeitzeugen sterben. Klingt unterkühlt, aber bald wird es keine Menschen mehr geben, die wir fragen können, wie es in Deutschland vor 60 Jahren zuging.«

»Sie wollten Irma zu ihren Kriegserlebnissen befragen?«, erkundigte ich mich misstrauisch. Das kam ganz nah an meine Geschichte heran. Und nicht nur Journalisten, auch Geister wachten eifersüchtig über ihre Territorien.

»Klar. Irma, aber auch andere. Ich lebe noch nicht so

lange in Landshut, doch die Kontakte habe ich bereits hergestellt. Finden Sie nicht auch, dass die Kriegsgeneration gerne über ihre Erlebnisse spricht? Wenn endlich mal jemand Interesse an ihren Leiden bekundet?«

»Bislang standen sie als Täter unter Generalverdacht.«

»Die Zielgruppe, die ich meine, nicht. Sie waren einfach zu jung. Erst gestern habe ich mit einem alten Landshuter gesprochen. Er war bei Kriegsende neun Jahre alt. Einen Märtyrer für die Demokratie kann man da nicht erwarten.«

Nein, das konnte man nicht. Ich schüttelte langsam den Kopf.

»Halten Sie mich für einen ewig Gestrigen?« Kreuzkamp sah mich an, nahm einen Schluck Bier und wischte sich mit einer sehr männlichen Geste den Schaum von den Lippen. »In meinem Buch wird es die Worte ›Täter‹ und ›Opfer‹ nicht geben. Ich will die persönlichen Geschichten dokumentieren. Die Vaterlosigkeit einer ganzen Generation, die verlorenen Träume, die Ängste im Luftschutzkeller, die starken Mütter, die ihren Söhnen, kaum dass die erwachsen waren, keine Frau gönnten …«

»… weil die Söhne der Männerersatz waren.«

Kreuzkamp nickte.

»Faszinierende Story«, gab ich zu.

»Und Sie? Warum waren Sie bei Irma?«

»Ich bin ihre Ghostwriterin.«

Er verschluckte sich fast. »Ihre – was?«

»Sie haben richtig gehört. Mein Broterwerb beruht auf Diskretion.«

»Keine Lust auf Jobtalking?«

»Nicht die Bohne.« Ich legte zehn Euro auf den Tisch.

»He, ich lade Sie ein.«

»Ein andermal.«

»Ich nehme Sie beim Wort.«

»Tschüss.«

Nichts wie weg. Nero würde mir nie verzeihen, wenn ich ihn mit Cary Grant betrügen würde.

Freitag, 26.6.09

Und du stehst da und weinst
um dein Konfetti von einst
Hilde Knef

15

»Sie hatten recht«, sagte Hauptkommissar Nero Keller zu Yoo Lim Pak. »Das ist eine ganz fiese Geschichte.« Er wandte sich müde vom Rechner ab und warf einen erwartungsvollen Blick auf sein Handy. Er hatte gehofft, Kea würde sich melden, da sie beide aus purem Zufall zur selben Zeit in Landshut waren. Sofern es so etwas wie Zufälle gab. Wahrscheinlich war sie bei ihrer neuen Auftraggeberin hängengeblieben. Kea konnte richtiggehend in fremden Storys ertrinken. Ihm fehlte das Verständnis für die Radikalität, mit der sie sich in ihren Job hineinsteigerte. Im Grunde genommen hielt er ihr Engagement für gefährlich. Bei ihrem letzten großen Auftrag, sie hatte die Lebensgeschichte einer Gräfin aufgeschrieben, war sie vor Erschöpfung beinahe zusammengebrochen. Unfähig, ihren Bedürfnissen wenigstens ansatzweise nachzugeben, hatte sie geschrieben bis zum Kollaps. Damals hatte er sich einige Tage freinehmen können und dafür gesorgt, dass Kea regelmäßig aß und wenigstens nachts den Rechner für einige Stunden abschaltete.

»Herr Keller?« Yoo Lim Pak sah ihn von der Seite an. »Was sollen wir machen?«

»Kümmern Sie sich darum, die Wohnung dieser Julika Cohen zu durchsuchen. Schauen Sie, welche Rechner Sie finden, ob es andere Datenträger gibt. Wenn Sie die Telefon- und Handydaten abgreifen, prüfen Sie sie auf Kontakte zu einschlägigen Gruppen. Ich informiere meinen Kollegen Markus Freiflug im LKA, dass er Ihnen die passenden Infos rübermailt.«

»Ich kannte Julika kaum«, sagte Yoo Lim zögernd. »Aber sie war seit ein paar Wochen mit einem Mann zusammen. Herbert Neugruber. Ein Halodri und Weiberheld.«

»Ist nicht verboten.«

»Julika war nicht der Typ Frau, der auf so einen reinfällt«, ereiferte sich Yoo Lim.

Nero fand sie hübsch. Das schmale Gesicht, die blauschwarzen, ganz gerade geschnittenen, kinnlangen Haare, die weiße Bluse, die enge Jeans. Zu schmal, zu zierlich für seinen Geschmack. Aber hübsch.

»Herbert Neugruber«, fügte sie hinzu, »ist vor einem Jahr wegen illegalem Waffenbesitz zu einer Bewährungsstrafe verurteilt worden.«

Nero gähnte hinter vorgehaltener Hand. »Das wäre ja ein Hinweis. Aber dabei kann ich Ihnen nicht helfen. Ich kümmere mich um die digitalen Sachen. Alles andere liegt in Ihrer Hand.«

»Klar. Es ist auch schon spät. Und ich wollte noch einen Spaziergang zum Turnierplatz machen und sehen, wie weit sie mit dem Aufbauen sind.« Yoo Lim stand auf. »Kommen Sie mit runter? Ein wenig Lokalkultur schadet Ihnen sicher nicht.«

Nero lachte. Er packte seine Unterlagen zusammen und folgte der Kollegin nach draußen.

16

»Ja, was tut ihr denn noch hier? Das Büro ist nicht mehr besetzt!«

Ein verhutzeltes Männlein nimmt die Dienstpost in Empfang. Den Koffer, den wir in den vergangenen zwei Tagen an uns gepresst haben wie ein neugeborenes Kätzchen, nimmt er, als wäre er ein toter Maulwurf oder sonst etwas Ekliges, und wirft ihn auf einen staubigen Schreibtisch.

»Na, macht, dass ihr hier fortkommt! Die Maidenhauptführerin ist schon weg. Mit ihrem Chauffeur.« Er schließt die Augen, öffnet sie, macht den Mund auf. Ich sehe seine zitternden, bläulichen Lippen und sage schnell: »Auf Wiedersehen.«

Der wollte sagen, es dauert nicht mehr lange, dann sind die Amis hier. Der wollte irgendetwas sagen, das dir nicht gefallen hätte, Lisa. Und dann hättest du ihn vielleicht verpfiffen. Aber ich will nicht, dass dieser Alte in letzter Minute noch aufgeknüpft wird. Ich nehme dich beim Ellenbogen und wir gehen hinaus, du drehst dich um, in dem Moment kommt die Abendsonne raus, blitzt durch das verdreckte Fenster und bringt dein schönes rotblondes Haar zum Leuchten. Du trägst es offen, wenn du nicht im Lager bist. Deine kleine, mutige Rebellion, oder? Der Alte sieht uns nach, mit einem Blick, in dem etwas liegt, was ich nicht begreife. Vielleicht hat er gewusst, dass eine von uns nicht mehr lange leben wird. Kann sein. Es gibt Menschen, die fühlen so was. Ich habe keine Ahnung, warum: Der Tod kündigt sich an. Er ist behutsam, ein schüchterner, zurückhaltender Geselle. Und er hat so viel zu tun im April 1945, vergiss das nicht. Kann aber auch sein, dass er ein Mistkerl ist, dem es Spaß macht, die Leute zu holen. Du, Lisa, wir wollen nicht darüber nachdenken. Wir treten auf den Hof hinaus, da steht ein Mann mit nur einem Bein, der sich auf zwei Krücken stützt, eine Zigarette im Mundwinkel, und uns nachsieht. Das heißt, er sieht dir nach, Lisa. Er sieht auf deine langen Beine, deinen runden Po. Wie schaffst du es, trotz des Hungers noch so einen runden Po zu haben? Er sieht auf dein Haar, das in den letzten Strahlen der untergehenden Sonne glänzt, das du nun mit einer Handbewegung tanzen lässt, ganz lässig. Gib zu, du hast ihm zugelächelt. Sogar dem Krüppel zugelächelt, weil kein anderer da ist, der dich bewundert. Wie gerne würden wir flirten. Aber noch lieber würden wir essen, und es gibt nichts zu essen, der Hunger zerfleischt beinahe meinen Magen. Du hakst dich bei mir unter, als kämen wir vom Tanz, und ich spüre, wie dein Schritt stolz und sehr weiblich wird. Ja, Lisa, mich kannst du nicht täuschen.

Wir kämpfen uns zurück in die Ludwigstraße, es wird dämmrig.

Die Sirene heult los.

Samstag, 27.6.09

Du brauchst dich vor dem Schrecken der Nacht
nicht zu fürchten,
noch vor dem Pfeil, der am Tag dahinfliegt,
nicht vor der Pest, die im Finstern schleicht, vor der
Seuche, die wütet am Mittag.
Fallen auch tausend zu deiner Seite, dir zur Rechten
zehnmal tausend, so wird es doch dich nicht treffen.
Aus Psalm 91

17

Ich schaltete mein Aufnahmegerät aus und lehnte mich zurück. 3 Uhr nachts. Mein Leben war ein einsamer Stern, umkreist von Irma, Nero, Kreuzkamp-Grant und dem hustenden Kommissar Leitner. Ich hatte Landshut fluchtartig verlassen, war in meine Kartause zurückgekehrt, konnte nicht schlafen und saß mit einem Glas Merlot in meiner Küche. Alle Fenster standen offen. Die kühle Luft strich durch mein Haar. Ich dachte an Irmas mit Notizen beschrifteten Unterarm. Wie sicher konnte ich sein, dass ihr Bericht über die letzten Kriegswochen der Wahrheit entsprach? Oder doch nur eine Fantasiegeschichte war? Irma kam mir extrem fahrig vor, seit sie vom Tod ihrer Enkelin erfahren hatte. Sie schien die schreckliche Nachricht gar nicht an sich herangelassen zu haben.

Ob ihre Geschichte erinnert oder erfunden war – im Grunde spielte es keine Rolle. Sie bezahlte mich dafür, dass ich genau diese Story aufschrieb, also bekam sie, was sie haben wollte. Aber persönlich faszinierte mich die Dunkelheit des Vergessens, die sie einzuhüllen begann. Vergaßen Alzheimer-Patienten tatsächlich ihr ganzes Leben? Was blieb dann von ihnen? Wie lange würde sich Irma noch dessen bewusst sein, dass etwas mit ihrem Gedächtnis nicht stimmte? Wie viele Erinnerungen mochten ihr bereits fehlen? In meinem Leben gab es keine Lücken. Ich konnte mich an alles glasklar erinnern.

»Quatschkopf«, sagte ich zu mir selbst. »Auch du erinnerst dich nicht an alles.«

Nein, ich war kein Speicher, kein Rechner, der sämtliche Daten auf seiner Platte wieder abrufen konnte. Jede Erinnerung war eine Täuschung, ein Konstrukt, ein Plot und in diesem Sinne eine Geschichte.

Ich holte meinen Laptop aus dem Arbeitszimmer, richtete mich auf meinem Küchensofa häuslich ein, schenkte Wein nach und begann zu schreiben.

18

Nero rief gerne früh vor der Arbeit an. Dies tat er auch am Samstagmorgen. Samstags arbeitete er selbstverständlich auch, wenn Not am Mann war und die Welt der Kriminaler seiner bedurfte. Meine Hand tastete nach dem Telefon auf dem Bettvorleger.

»Hallo?«, krächzte ich.

»Habe ich dich geweckt?«

»Ich bin gerade erst eingeschlafen.«

»Entschuldige. Du wirst es nicht glauben. Ich war gestern auch in Landshut.«

»Ach!« Ich richtete mich auf. Vor meiner Nase baumelte ein Haiku von Onitsura, das ich erst vor Kurzem auf Architektenpapier getuscht hatte: *Mit Kormoranen / taucht meine Seele unter / und auf im Wasser.* Ich liebte die japanischen Dreizeiler und klammerte die Papierfähnchen mit meinen Lieblingsversen an die Wäscheleine über meinem Bett. Unbeholfen schob ich den Bogen beiseite und fragte: »Ist es wegen dem Mord? An der jungen Frau?«

»Woher weißt du das?«

Neros Stimme schnitt wie ein frisch geschliffenes Fleischmesser durch die Leitung. Blitzschnell überschlug ich meine Chancen.

»Ich habe gestern nach dem Interview bei meiner Auftraggeberin einen Journalisten getroffen. Der hat mir davon erzählt.«

»Ach so.« Nero atmete tief durch.

Seit der Sache mit der Gräfin, einem ziemlich stressigen Auftrag, bei dem ich angefahren worden war und außerdem ein Irrer seinen Bluthund auf mich gehetzt hatte, war Nero reichlich dünnhäutig.

»Die Landshuter haben eine obskure Software bei dem Mordopfer entdeckt«, sagte er. »Das behältst du aber für dich.«

»Klar.« Gähnend rieb ich mir das Gesicht. Wenigstens vertraute er mir.

»Wann sehen wir uns?«, wollte er wissen.

»Ich … muss heute noch mal nach Landshut.«

»Tja, dann … willst du heute Abend bei mir in der Nordendstraße vorbeikommen?«

»Gute Idee.«

»Bis dahin.«

»Ciao!«

Wir legten auf. Nero wohnte in einer Wohnung mitten in Schwabing, günstig gelegen für alle kulturellen Unternehmungen in München. Ich persönlich würde mich dort nicht wohlfühlen. Die Straßenbahn ratterte förmlich durchs Wohnzimmer, und der ganze Stress und Verkehr der Großstadt würde mich in die Psychose treiben. Pro forma hielt ich noch ein WG-Zimmer ganz in der Nähe, dachte aber darüber nach, es aufzugeben und das Geld zu sparen. Ab und zu übernachtete ich bei Nero, wenn wir in die Oper oder ins Kabarett gingen. Ich hatte den Eindruck, er erwog, bei mir einzuziehen. Doch dazu war ich noch nicht bereit. Zwar war es Neros Kindheitstraum gewesen, in der Metropole zu ankern. Gleichzeitig hielt er aber nichts von einer Beziehung, die auf getrennten Wohnungen beruhte. Ich dagegen kam damit gut zurecht. Ich hatte Nero als meinen Geliebten und meinen Beschützer. Aber ich war auch frei. Obwohl ich seit dem vergangenen Herbst mit keinem anderen Mann mehr geschlafen hatte, geisterte manchmal das Begehren nach Abwechslung durch meinen Körper, machte sich als Kribbeln, als konfuse Sehnsucht, als süßsaurer Geschmack auf meiner Zunge bemerkbar.

Einschlafen konnte ich nicht mehr. Nach mehreren sinnlosen Versuchen stand ich auf, duschte und cremte mich mit Lotion für die reife Haut ein. Juliane würde sich kaputtlachen.

Trotz aller Kosmetik sah ich mit meinen knappen 40 aus wie eine geschmolzene Blutwurst. Ich setzte Kaffee auf, schmierte mir ein Honigbrot und ging hinaus zu meinen Gänsen. Seit ich vor über einem Jahr ein Snuff-Video von einem unbekannten Geflügelmörder erhalten hatte, schloss ich Waterloo und Austerlitz nachts in den Stall. Nun trollten sich die beiden Grauen über die Wiese zu ihrem Teich.

Mein Haus schmiegte sich an einen weitläufigen Hügel. Etwas oberhalb meines Grundstücks erstreckte sich ein lichter Wald. In die andere Richtung sah ich über die Landstraße nach Ohlkirchen, den nächstgrößeren Ort. Der Kirchturm leuchtete warm in der Morgensonne. Weiter westlich lagen Pferdekoppeln, auf denen sich den Sommer über eine ganze Sippschaft Islandponys herumtrieb. Ich atmete tief durch. Was für ein herrlicher Fleck Erde. Nero konnte sich auf den Kopf stellen: Hier würde ich nicht weggehen. Die paar Nachteile, die das Landleben mit sich brachte, konnte ich leicht akzeptieren. Auf das Auto angewiesen zu sein, zum Beispiel. Auch dass mein Haus nicht gerade preisverdächtig war, machte mir nicht viel aus. Ich erhob die Schäbigkeit dieses 60er-Jahre-Bungalows einfach zur Philosophie. Mittlerweile hatte er innen wie außen an Ansehnlichkeit zugelegt, was vor allem Neros Akkuratesse zu verdanken war und seiner geradezu kindlichen Begeisterung für Baumärkte. Wir hatten im Frühjahr den Garten auf Vordermann gebracht, und Nero hatte mich überzeugt, endlich die Auffahrt pflastern zu lassen, damit wir an Regentagen nicht mehr durch den Morast waten mussten.

Ich ging ins Haus, goss mir Kaffee ein, kaute mein Brot und rief meinen Landshuter Kollegen an.

»Kreuzkamp?«, rief er aufgeräumt in den Hörer.

»Ich höre, Sie sind Frühaufsteher«, sagte ich.

Nach einer knappen Sekunde hatte er sich gefangen.

»Frau Laverde?«

»Genau. Haben Sie zwei Minuten?«

»Für Sie immer.«

Schmeichler! Kein Wunder, wenn man wie Cary Grant aussah.

»Sie haben von Ihrem Projekt erzählt«, sagte ich. »Die Sache mit den Kindern des Krieges.«

Er schwieg. Wollte mich weichkochen.

»Sagt Ihnen der Name Lisa etwas? Oder Elisabeth?«

»Wissen Sie auch den Nachnamen?«

»Eben nicht.«

»Jemand aus Landshut?«

»Möglich, aber nicht sicher.«

Kreuzkamp lachte leise. »Sie haben den Namen von Irma. Nun werden Sie nicht knurrig. Warum kommen Sie nicht her und wir plaudern von Angesicht zu Angesicht?«

»Wie sieht es mit der Mordermittlung aus?«

»Wenn Sie hier sind, bringe ich Ihnen die heutige Ausgabe der Landshuter Zeitung mit.«

»Sie haben Erfahrung im Auswerfen von Ködern.«

»Wir von der Journaille wissen, wie so was funktioniert. Kupfern schon als Volontäre die Tricks von den Großen ab.«

»Ich komme«, sagte ich. »Wo finde ich Sie?«

19

Nero betrat den Raum, in dem die Pressekonferenz stattfinden sollte, mit gemischten Gefühlen. Hoffentlich dachte Leitner daran, dass er nur über die Daten-CD sprechen wollte. Die Landshuter Kripo hatte Herbert Neugruber vernommen. Die beiden Rechner in seiner Wohnung waren blank und rein wie Selbstgebrannter. Was noch nichts hieß. Polizeioberrat Woncka, Neros Vorgesetzter, hatte Nero nach Landshut abgestellt, um für alle Eventualitäten bereitzustehen. Typischer Woncka-Ausdruck: ›Schauen Sie sich um. Sie sind der Spezialist! Dafür sind Sie da!‹

Nero setzte sich auf den Platz an der Stirnseite des Konferenzraumes, den Leitner ihm zuwies. Er hatte vor einem halben Jahr an den Ermittlungen zu einem ähnlich bizarren Fall mitgewirkt. Die Nutzer pornografischer Plattformen horteten bei ihren Frauen und Freundinnen stapelweise DVDs, ohne dass die Damen eine Ahnung von der Brisanz der Daten hatten.

Die Journalisten füllten den Raum bis zum letzten Stehplatz. Nero spürte, wie der Schweiß sein frisch gebügeltes Hemd durchnässte. Während der Landshuter Hochzeit stand die kleine Stadt ohnehin im Zentrum des

Medieninteresses, am ersten Tag der dreiwöchigen Sause zumal. Um 11 Uhr sollte das Festspiel im Rathaus stattfinden, sie mussten mit der Pressekonferenz also bis spätestens 10.30 Uhr fertig sein. Ein Mord zur Landshuter Hochzeit – das versprach Quoten. Nero blickte in die Runde, überlegte kurz, welchen Journalisten Kea durch Zufall getroffen haben mochte. Zum Teufel mit dem Argwohn. Er hatte sich auf Kea eingelassen, und er wusste, dass sie einmaligen amourösen Vergnügungen nicht abgeneigt war. Bevor er und Kea zusammenkamen, hatte sie in gewissen Abständen mit anderen Männern geschlafen; gerade mit solchen, die sie kaum kannte. Nero schob den Gedanken, dass sie dies vielleicht noch tat, weit von sich. Sie hatten einander kein Versprechen gegeben. Nichts von ewiger Treue. Sie vertraute ihm, er vertraute ihr. Das sollte genügen, dachte Nero. Aber für Kea war es auch einfach, ihm zu vertrauen: Er machte keinen Hehl aus der Tatsache, dass Affären für ihn nicht infrage kamen, wenn er in einer Beziehung lebte.

Leitner ließ sich keuchend auf den Stuhl rechts neben Nero fallen. Die asiatische Kollegin nahm links Platz. Ganz am Rand saß eine Ermittlerin aus Leitners Team, die Nero an eine sowjetische Grenzerin zu Zeiten des Kalten Krieges erinnerte. Gisel Katzenbacher hatte ihre fülligen Formen in ein viel zu warmes grünes Kostüm gepresst, tupfte sich das Gesicht mit einem Stofftaschentuch ab und blickte über den Rand ihrer Lesebrille streng in die Runde.

»Herrschaften!«, donnerte Leitner los. Sofort kehrte Stille ein. »Erste Erkenntnisse: Julika Cohen wurde am 25.6. zwischen 1.30 und 3 Uhr umgebracht. Sie lag mit dem Gesicht in einer Pfütze, ist allerdings nicht ertrunken, wie wir zuerst annahmen, sondern«, Leitner durchpflügte seine Papiere mit seinen Wurstfingern, »laut Gerichtsmedizin wurde ihr das Genick gebrochen. Die Haut in ihrem Nacken weist Abschürfungen und Spuren von Erde auf. Sie könnten von einem Tritt herrühren.«

Nero blickte nervös auf die Mikrophone und Aufnahmegeräte. Gleich war die Reihe an ihm. Er wollte so knapp und gezielt wie möglich vortragen. Nachfragen brachten ihn durcheinander, er mochte keine Situationen, in denen die Kontrolle nicht bei ihm lag. Dem Pulk aus Leichenfledderern vor ihm fühlte er sich nicht gewachsen. In seiner langen Polizeikarriere war ihm die Abneigung gegen die schreibende Zunft in Fleisch und Blut übergegangen. Kaum vorstellbar, dass Kea einmal so einen Job gemacht hatte.

»Zweitens«, hörte er Leitner neben sich herunterleiern, »gibt es eine Spur, weist womöglich auf Internetkriminelle. Kollege Keller vom LKA wird das erläutern.«

Nero räusperte sich. »Nero Keller, Landeskriminalamt München«, hörte er sich sagen. »Es besteht Anlass zu der Vermutung, dass der Mord an Julika Cohen in die Hackerszene führt. Sie hatte eine CD bei sich mit einem bislang unbekannten Computerprogramm …«

»Verbindungen zu Pornografie?«, rief eine Frau aus dem Publikum.

»Kaum anzunehmen«, erwiderte Nero. Der Schweiß rann ihm über die Schläfen in den Drei-Millimeter-Bart. Sei professionell, mahnte er sich. Sie macht ihren Job, du machst deinen. Sie tut dir nichts. »Die Software ist, soweit wir bisher herausgefunden haben, zum Infiltrieren fremder Rechner gedacht. Was genau das Programm tut, wissen wir noch nicht.«

»Wirtschaftsspionage?«, fragte jemand vorwitzig.

»Ein neuer Virus?«, tönte ein anderer.

»Derzeit lässt unsere Abteilung das Programm auf alle möglichen Systeme los. Früher oder später wissen wir, was es damit macht.«

»War Julika Cohen eine Hackerin?«, erkundigte sich ein älterer Mann, der mit einem gigantischen Objektiv vor dem Bauch neben der Tür lehnte.

»Wir nehmen nicht an, dass sie selbst dieses Programm geschrieben hat«, sagte Leitner. »Wir ermitteln in ihrem Umfeld. Noch Fragen?«

Er macht das cool, dachte Nero bewundernd. Obwohl der Ausdruck zu ihm nicht passt.

»Verfolgen Sie noch andere Spuren?«, fragte ein Mann mit glattem, schwarzem Haar, der Nero entfernt an einen Filmschauspieler erinnerte.

»Wir ermitteln in alle Richtungen, aber die Computersache ist unsere wichtigste Spur.« Leitner ließ seine Faust auf den Tisch donnern. »Herrschaften, wir brauchen eure Hilfe bei der Suche nach Zeugen …«

Zehn Minuten später hatte sich der Raum geleert, bis auf den Reporter mit dem amerikanischen Filmstargesicht, der jetzt leise auf Leitner einredete. Nero stand mit Yoo Lim am offenen Fenster und blickte auf das gelbe Gebäude gegenüber. Aus Anlass der Landshuter Hochzeit war es mit Birkenbäumchen und grünen Kränzen geschmückt. Die über der Straße flatternden blauen, roten und weißen Wimpel weckten in ihm die

Vorstellung, dass hier eine wirkliche Hochzeit stattfand. Nichts Konstruiertes. Er hörte, wie Leitner mehrmals »nein, kommt nicht infrage« brummte.

Was für ein herrlicher Sommertag. Keiner von denen, die man gerne vor einem Bildschirm verbrachte, um sich durch Zahlenkolonnen zu klicken. Die junge Kollegin bombardierte Nero mit Fragen zur Karriere am LKA. Sie war ehrgeizig und hatte was auf dem Kasten, keine Frage. Bei Bedarf würde er Woncka einen Tipp zu ihren Gunsten geben. Aus den Augenwinkeln sah Nero, wie Leitner sich eine Zigarette nach der anderen drehte und die fertigen Tschicks sorgsam vor sich auf dem Tisch aufreihte.

»Lust auf eine Mittagspause?«, fragte Yoo Lim freundlich. »An der Isar? Mögen Sie Fisch vom Grill?«

»Ich glaube, Ihr Chef wollte noch etwas besprechen. Danach gern.«

»Gehen wir ins Büro. Der Leitner saugt sich sowieso erst mal ein, zwei Joints in die Birne.«

Leitner sah zu ihnen herüber, als er seinen Namen hörte. Yoo Lim winkte ihm zu. Nero folgte ihr auf den Gang.

20

Kreuzkamp und ich saßen am Isarufer und sahen zu, wie das schlammige Wasser eine Menge Holz mit sich trieb. Nach dem ganzen Regen genoss ich die Sonnenstrahlen, die sich zaghaft durch die Wolkendecke streckten. Ich schlang mein Haar zu einem Knoten und stülpte meinen Panamahut über die dicke, dunkle Pracht. Kreuzkamp lächelte mir amüsiert zu.

»Pressekonferenz«, erinnerte ich ihn. Ich hatte keine Lust, mit ihm über die Hutmode der vergangenen 50 Jahre zu diskutieren.

»Die Kripo schießt sich auf ein Hacker-Szenario ein«, erläuterte er schläfrig.

Ich dachte an Nero. Vermutlich war er bei der Pressekonferenz dabei gewesen. Hing sicherlich länger an diesem Fall. Kreuzkamp wollte ich nicht danach fragen. In seiner Gegenwart fühlte ich mich nackt und hinterfragt. Keine Ahnung, auf welchen Typ Frau er stand, aber meine Rundungen schienen ihm zuzusagen. Ich trug eine enge 7/8-Jeans und ein über der Brust gerafftes, knallrotes Shirt und gefiel mir darin. Vorbei die Zeiten, als ich meine Formen unter wallenden Stoffbahnen verborgen hatte. Ich dachte an die Buddha-Diät, die daheim auf meinem Schreibtisch darauf wartete, gargekocht zu werden, und musste grinsen.

»Was ist so komisch?«

»Ach, nichts. Haben Sie eine andere Theorie?«

Kreuzkamp setzte eine Sonnenbrille auf seine Nase, für die selbst Al Capone einen Waffenschein benötigt hätte. »Theorie ist zu viel gesagt. Ich mache mir meine eigenen Gedanken.«

»Soll gesund sein.«

»Ich habe mir den Kopf zerbrochen, wer diese Lisa sein könnte, von der Sie sprachen. Haben Sie nicht ein paar Ansatzpunkte mehr?«

»Nein. Lisa war Irmas Freundin, die mit ihr zum Reichsarbeitsdienst musste. Wahrscheinlich in etwa der gleiche Jahrgang.« Vergeblich versuchte ich, seine Augen hinter den pechschwarzen Brillengläsern auszumachen. »Also eine potenzielle Interviewpartnerin für Sie!«

»Ja, das Projekt. Meine Kriegskinder.« Es klang beinahe zärtlich.

Ich blätterte durch die Landshuter Zeitung, die er mitgebracht hatte. Sein Artikel, unterzeichnet mit dem Kürzel MaK, war der Aufhänger.

»Haben Sie die Leiche gefunden?«, fragte ich.

»Ich habe einen Tipp bekommen. Als ich zum Fundort kam, war die Polizei schon da. Weil sie mich kennen, haben sie mich durchgelassen, unter der Bedingung, dass ich Julika nicht fotografiere.«

Ein Kostümierter mit posaunenartigem Blechteil unter dem Arm radelte an uns vorbei.

»Eine Busine«, sagte Kreuzkamp, als hätte er meine Gedanken gehört. »Ein ursprünglich aus dem Orient stammendes Instrument. Sagen wir, eine Blechtrompete. Eine lange.«

Ich wagte einen Schuss ins Blaue. »Julika Cohen hat Sie bei Ihrem Projekt unterstützt, nicht wahr? Jetzt fehlt sie Ihnen für Ihr Buch.« Vielleicht auch privat, fügte ich für mich hinzu.

»Julika kam aus den USA zurück, um sich um ihre Großmutter zu kümmern. Außerdem wollte sie in Deutschland studieren. Aber zuerst plante sie, ein paar Monate bei Irma zu verbringen. Ihre Oma hat ihr viel von früher erzählt. Julika kam es so vor, als würde ihre

Großmutter irgendetwas quälen. Als trauerte sie, nun da sie alt und vergesslich wurde, immer noch um etwas. Was das auch sein mag, Julika hatte den Eindruck, es habe mit einem Erlebnis am Kriegsende zu tun.«

»Es ist nicht so selten«, sagte ich, »dass diese Generation zum Lebensende hin feststellt, was sie all die Jahrzehnte in der Seele versenkt hat.«

»Anders wären diese Menschen auch nicht weitergekommen. 1945 konnte man sich nicht bei einem Psychofritzen aufs Sofa legen!« Kreuzkamp lehnte sich zurück, stützte sich auf die Ellenbogen und sah auf den Fluss hinaus. Die Pose war absolut übernatürlich. »Sie haben sich in die Arbeit gestürzt. Vor allem die Frauen mussten alles doppelt machen. Die Kinder groß kriegen, ohne den Vater, ohne Geld, mussten schuften bis zum Umfallen. Irgendwann waren sie dann wer, hatten vielleicht sogar einen neuen Partner gefunden. Sie hatten etwas erreicht. Jahrzehntelang konnten sie wenigstens darauf stolz sein. Aber als sie dann alt wurden, die Kinder aus dem Haus waren, die Pflichten sich dezimierten, die Lebensgefährten und Freunde starben, da stürzten sie erneut ab. Ein neues Trauma ruft ein altes wach. Ist das nicht so eine Binsenweisheit?«

»Mag sein.« Verstohlen legte ich die Hand auf meine rechte Seite. Sie war von einer Bombe zerfetzt worden. Glück oder Gottes Zeigefinger hatten mich überleben lassen. Hatten noch ein paar Zentiliter Blut in meinem Körper aufgespart, damit ich es bis zum Krankenhaus schaffte, wo die ägyptischen Ärzte mich zusammenflickten. Mit einer Sepsis im Körper schwebte ich wochenlang zwischen Leben und Tod. Ein altes Trauma, ständig am Überkochen. Kaum zu verbergen. Weder die körperlichen noch die seelischen Narben würden je unsichtbar werden.

»Irma weiß, was ihr bevorsteht. Alzheimer ist eine schlimme Geschichte. Aber Irma ist eine starke Persönlichkeit, sie lässt sich nicht unterkriegen. Julika war ihr Ein und Alles. Sie war ihr näher als ihre Tochter. Die Großmutter, die an die Enkelin glaubt, mit einer solchen naiven Hartnäckigkeit, als würde alles, was Julika anfasste, zwangsläufig zu Gold.«

»So ein Glaube kann einen durchs Leben tragen.«

Kreuzkamp sah mich an. Sein Blick ruhte einen Moment zu lang auf meinem Busen.

»Hat an Sie niemand geglaubt?«, fragte er. Anzüglich oder mitfühlend. Oder beides. Wieder stahl sich das spöttische Lächeln auf seine Lippen.

»Woher wissen Sie so gut über Irma Bescheid?«

»Ich habe mich einige Male mit Julika getroffen. Um ehrlich zu sein, ich wollte sie als Koautorin für das Buch über die Landshuter Kriegskinder gewinnen.« Er nahm die Brille ab und sah mich durchdringend an. »Frau Laverde, vielleicht halten Sie mich für neurotisch oder … kurz und gut, ich schätze, die Polizei irrt sich. Julika wurde nicht wegen ihres dämlichen Freundes und einer Software umgebracht.«

Ich wandte den Blick ab und sah aufs Wasser. In den Süden fahren, den Sommer auf der Haut fühlen. Mich von Träumereien durch den Tag tragen lassen. Zarten Abendwind und einen Rotwein vor dem Einschlafen genießen. Und jemanden zum Lieben mitnehmen.

»Haben Sie mit Ihren Recherchen in einen Termitenhügel gestochen?«, fragte ich und versuchte, meine Stimme heiter klingen zu lassen.

»Das vermute ich.« Dicke, graue Wolken schoben sich vor die Sonne. »Wollen Sie mitschreiben, Frau Laverde?« Kreuzkamp sah mich an. »An meinem Buch?«

Er schaffte es nicht. War ein Chaot, einer, dem es pressierte, einer, der die Disziplin nicht aufbrachte, um die gute Idee zu gedruckten Seiten zu machen. Das kannte ich zur Genüge.

»Journalisten geben normalerweise keine Leckerbissen ab«, sagte ich.

»Lassen Sie sich doch nicht so bitten! Ich hänge im Tagesgeschäft. Sie könnten sich ein paar Wochen freischaufeln.«

»Ich arbeite nur gegen Bezahlung.«

»Darüber einigen wir uns.«

Ich sah ihn an. Die Fassade gefiel mir. Aber das, was dahinter lag, interessierte mich nicht besonders. Sein Angebot war dermaßen durchsichtig. Kreuzkamp war einer, der nur die kleinen Sachen schaffte. Seine Artikel auf den letzten Drücker fertig bekam und damit nie völlig zufrieden war. Einer, der sein Leben lang im Tagesgeschäft festkleben würde.

»Ich denke darüber nach«, sagte ich und stand auf. Klopfte mir die Jeans sauber. »Man sieht sich.«

»Gehen Sie zu Irma?«

»Machen Sie es gut!«

21

Nero ging zwischen Leitner und Yoo Lim Pak über die Luitpoldbrücke. Leitner bewegte sich wie ein alter Puma vorwärts: geschmeidig und schwerfällig zugleich, leicht vornübergebeugt.

»Der Neugruber Herbert ist ein Fuchs«, sagte Leitner. »Einer, dem man nichts glauben kann. Hing oft in krummen Geschichten drin. Ein begabter, kluger Kopf. 30 Jahre jung. Hat schon als Bub den ersten Scheiß gebaut.«

»Sein Großvater, Martin Neugruber, war einer der Nazigrößen der Stadt Landshut«, mischte Yoo Lim sich ein.

Nero sah sie von der Seite an.

Ihre Augen blitzten angriffslustig. »Ortsgruppenleiter. Angeblich hängt bei den Neugrubers auf dem Speicher noch heute ein Hitlerbild.«

»Schmarrn«, gab Leitner zurück. »Die Bilder haben sie damals alle im Garten vergraben, als die Amis kamen.«

Sie bogen zur Mühleninsel ab. Wieder brach die Sonne durch die Wolkendecke.

»Martin Neugruber ist nach dem Einmarsch der Amerikaner von zwei Soldaten aus dem Haus geführt worden. Nach ein paar Tagen kam er zurück. Wurde entnazifiziert und war ziemlich schnell auch für die Besatzer tätig. Als Kammerjäger«, verkündete Yoo Lim.

Nero lachte auf. »Als Kammerjäger?«

»Ja, sein Sohn Peter hat das Geschäft übernommen. Der alte Neugruber ist 1994 gestorben. Ich glaube, die

Fußwallfahrt nach Maria Brünnl hat nicht allzu viel bewirkt. Dort wird für schönes Wetter gebetet«, erklärte sie Nero. »Nicht nur wegen der Schnupfengefahr für die Gäste; es geht vor allem um die wertvollen Kostüme. 1971 sind sie schon einmal nach einem Wolkenbruch davongeschwommen.«

»Das war ein Wasserrohrbruch«, widersprach Leitner. »Gib nicht so an! 1971 bist du noch in Abrahams Wurstkessel geschwommen.«

Nero sah in die schlammige Isar. Ein gekrümmter Baumstamm trieb vorüber, er sah aus wie eine Seeschlange. Drüben am anderen Ufer lungerte ein Mann, der ihm bekannt vorkam. Er kniff die Augen zusammen. Eine Frau stand vor dem Mann. Eine Frau mit einem Hut. Hinter den beiden erstreckte sich die Silhouette von Landshut. Beschaulich, einladend, heiter, trotz des miserablen Wetters.

»Wenn der Regen nicht bald aufhört, fällt uns das Lagerleben und alles ins Wasser«, sagte jemand, der ihnen entgegenkam.

Nero blieb auf dem Ludwigswehr stehen. Yoo Lim redete und redete. Leitner brummte einsilbig dazu. Der Fluss stürzte tosend in die Tiefe, wenige Meter, aber die Wassermassen übertönten jede menschliche Stimme. Die beiden Kollegen gingen weiter. Nero starrte über den Fluss. Kea? Konnte das Kea sein? Verdammt, wenn die Sonne durch die Wolken lugte, blendeten ihn die Lichtblitze im Wasser. Er sah, wie die Frau davonging, und da erkannte er sie. An dem leicht wiegenden, resoluten Gang, weiblich, aber doch sehr geradlinig. Eine Frau, die wusste, wohin sie wollte.

»Keller? Wo bleiben Sie denn!« Leitners Stimme. Laut, durchsetzungsfähig, kraftvoll. Nero ging weiter, fühlte die Gischt auf seinem Gesicht.

»Ich komme.«

Er schloss auf.

Leitner und Yoo Lim besetzten einen Tisch unter einem Paulaner-Sonnenschirm und sahen sich ungeduldig nach ihm um. In Neros Kopf blitzten Fragen über Fragen auf und verloschen, ein Sturm an Bedenken, Verdachtsmomenten, Ängsten.

Wieder brach die Sonne durch. Es war schwül.

Der Hauptkommissar bestellte Mineralwasser für alle. »Die Katzenbacherin kümmert sich um Julikas privates Umfeld«, sagte er. »Aber viel zu holen wird dort nicht sein. In Landshut hatte sie nur ihre Großmutter.«

»Wie hat Irma auf die Nachricht reagiert?«, fragte Yoo Lim.

Nero fand sie ebenso einfühlsam wie tatkräftig. Eine Kollegin, die ihren Weg machen würde, so viel war klar. Kea! Kea war in Landshut und hatte sich an der Isar mit einem Mann getroffen. Was lief da? Er nahm gierig sein Glas entgegen und trank es in einem Zug zur Hälfte leer.

»Scheißwetter«, beschwerte sich Leitner. »Ich fürchte, Irma hat es nicht so ganz verstanden. Sie hat mich angesehen, ziemlich lange, ohne ein Wort zu sagen. Bin mir nicht sicher. Als wenn sie die Geschichte für sich geprüft und dann für falsch befunden hätte. Als wollte sie sie nicht glauben.«

»Weil es zu grausam ist!«, erwiderte Yoo Lim. »Niemand will so etwas hören.«

»Sie meinen, Irma Schwand schafft sich ihre eigene Realität?«, fragte Nero, um auch etwas beizutragen. Was bedeutete es schon, wenn Kea in Landshut einen Mann traf. Nur: So, wie vorhin, dort am Flussufer … die Eifersucht raste durch seinen Magen, der sich sofort zusammenkrampfte. Rasch trank Nero noch mehr Wasser und spürte, wie sich der Schmerz verstärkte. *Er* wollte mit ihr dort am Fluss sitzen und träumen. Wobei er nicht wirklich wusste, wie man das machte: tagträumen. Kea zog ihn damit auf, dass er sich nicht einfach treiben lassen, in den Tag hineinfallen konnte, dass er stets nach Aufgaben suchte, nach Dingen, die zu tun, zu erledigen waren. Nero war ein Mensch, der mit seinem Tag nur dann zufrieden war, wenn er abends etwas vorzuweisen hatte. Da schlug die alte Erziehung durch. Schaff was, Bub, stiehl dem Herrgott nicht den Tag. Kea konnte darüber nur lachen.

»Ich kenne Irma sehr lange«, riss Leitner ihn aus seinen Gedanken. »Sie ist eine starke Persönlichkeit, die das Leben der Stadt Landshut seit ihrer Rückkehr aus den USA mitgeprägt hat wie keine zweite. Sie hat die Landshuter Hochzeit über Jahrzehnte begleitet und gestaltet. Der Irma nimmt so leicht niemand die Butter vom Brot. Aber seit ungefähr einem Jahr hat sie sich verändert. Sie ist zögerlich geworden. Redet manchmal blödes Zeug. Gut im Flunkern war sie immer, aber mit einem Mal sind ihre Sprüche sehr, wie soll ich sagen, unrealistisch geworden.«

»Verstehe ich nicht«, gestand Nero und zwang sich mit aller Macht, jeden Gedanken an Kea abzuschalten. Nicht jetzt. Heute Abend kannst du an sie denken, sie anrufen, sie sehen, aber nicht jetzt. Jetzt ist Arbeit.

»Sie fuhr bis vor einem Jahr noch Auto. Dann hatte sie einen seltsamen Unfall. Es war bei einem Fest in Iltisberg. Sie hatte dort geparkt, in der Nähe des Sportplatzes. Da waren die üblichen Wurstbuden aufgestellt, und es räucherte mächtig in den Nachthimmel. Als Irma aus ihrer Parklücke herausfuhr, rückwärts, rutschte ihr der Wagen in eine Baugrube.«

»Kann passieren.«

»Aber so weit hätte sie gar nicht zurückstoßen müssen, um aus der Parklücke herauszukommen und auf die Straße zu fahren. Das waren mindestens sieben, acht Meter, die sie rückwärts fuhr.«

»Außerdem war die Baugrube abgesichert«, mischte Yoo Lim sich ein. »Mit Baken und einem rot-weißen Band. Sie hat alles umgemäht und das Heck in die Grube gesetzt.«

»Das Befremdliche war nur«, machte Leitner weiter, »dass sie uns nachher, als wir sie rausschleppten, erzählte, die Bratwurstbuden hätten dermaßen geräuchert, dass sie nichts gesehen hätte.«

Nero lachte.

»Klingt lustig, oder?« Leitner nahm seine Haxe in Empfang. »Solches Zeug hat sie in letzter Zeit oft erzählt. Am Anfang haben wir darüber gelacht. Aber nach einer Weile merkt man, wo der Hase läuft. Da hätte schon ein Munitionsdepot auf der Festwiese abfackeln müssen, um den Parkplatz im Rauch abtauchen zu lassen.«

»Zwischen den Wurstbuden und dem Parkplatz lagen mindestens 200 Meter«, bestätigte Yoo Lim. Ausgehungert stürzte sie sich auf ihre Forelle.

Auch Nero hatte Fisch bestellt, aber das trübe Wetter, Keas Silhouette am anderen Isarufer und die Geschichten, die die beiden anderen ihm auftischten, schlugen ihm auf den Magen.

»Nun essen Sie endlich, Kollege«, zog Leitner ihn auf. »Hilft ja alles nichts.«

»Irma war bei meiner Mutter zu Besuch. Meine Mutter«, Yoo Lim lächelte Nero an, »ist auch im Besetzungsausschuss für die Landshuter Hochzeit. Jedenfalls, meine Mutter hat Fotos von früheren Hochzeitern an der Wand hängen. Sie sammelt sie alle. Braut und Bräutigam zu sein ist eine besondere Ehre, wissen Sie. Das Hochzeitspaar darzustellen, ist echten Landshutern vorbehalten. Geburtsbonus. Die beiden müssen durch eine harte Schule. Die Proben fressen eine Menge Zeit, tanzen, sogar reiten müssen sie können. Irma betrachtete die ganze Ahnengalerie der Hochzeiter, beugte sich schließlich über ein Bild, das vor zwölf Jahren geschossen wurde und Georg den Reichen zeigt. Darauf fragte Irma: ›Ist das nicht der alte Adenauer?‹«

Nero, der sich gerade die erste Gabel Forelle in den Mund hatte schieben wollen, hielt inne.

»Übel, was?«, sagte Leitner. »Aber so ist das Leben. Irgendwie muss man durch.« Er hatte seine Haxe bereits verschlungen. »Also, die Katzenbacherin kümmert sich um alles, was mit Julika zu tun hat, und ich werde versuchen, noch einmal mit Irma zu sprechen. Aber ehrlich gesagt, von ihr ist nicht viel Hilfe zu erwarten. Was auch immer sie uns sagt, wir können nicht davon ausgehen, dass es der Wahrheit entspricht.«

Was ist Wahrheit, dachte Nero und kaute auf seiner

Forelle herum. Und vor allem: Wer glaubt einem schon die Wahrheit. Der Fisch schmeckte nach nichts. Nero legte die Gabel weg.

»Haben wir Ihnen den Appetit versaut?«, kommentierte Yoo Lim spöttisch. Nero fragte sich, welche Geschichte diese asiatische Landshuterin mitbrachte. Adoptivkind? Eingewandert? Ausgesetzt?

»Sie müssen für uns die Ermittlungen in der digitalen Welt strukturieren«, fuhr die junge Kollegin fort. »Alle digitalen Bewegungen von Herbert Neugruber verfolgen, und wir brauchen Informationen, welche Gruppen oder Einzelpersonen ähnliche Programme zusammengeschustert haben wie das, das wir bei Julika gefunden haben.«

»Hat mein Kollege, Markus Freiflug, Ihnen die passenden Infos noch nicht gemailt?« Nero fühlte sich müde, so müde.

»Doch, aber die waren so ausführlich, dass wir erst einmal einen Überblick gewinnen müssen. Ich habe einige Sachen angemerkt, die mir wichtig erschienen, aber ehrlich gesagt, bei der Fülle an Material …«

Sie erwartet, von mir etwas zu lernen, dachte Nero. Kluges Mädchen. Ihre Karriere wird sie machen. Wenn sie kein Kind kriegt. So ist das heutzutage. Vor allem bei der Polizei. Entweder das eine oder das andere.

Er selbst hätte alles für eine Familie gegeben. Die ganze Karriere sofort abgebrochen. Von seinen Ersparnissen oder Aushilfsjobs gelebt. Von Jahr zu Jahr bedeutete ihm sein Beruf weniger. Die idealistische Vorstellung, als Kriminaler Gut und Böse voneinander scheiden zu können, die Tabus hinter den Verbrechen zu begreifen, hatte er längst zu den Akten gelegt. Seine Zunft mühte sich damit ab, die Ordnung wenigstens oberflächlich zu erhalten, damit das gesellschaftliche Leben nicht vollkommen aus dem Ruder lief. Mehr war nicht zu schaffen.

»Was wollte eigentlich der Reporter von Ihnen?«, wandte Nero sich an Leitner.

»Der Vogel! Will in Julikas Wohnung, weil die angeblich Unterlagen von ihm hat. Übrigens: Elizabeth Cohen, Julikas Mutter, kommt in zwei Tagen nach Landshut. Bis dahin müssen wir etwas vorzuweisen haben«, sagte Leitner. »Irma kann ihre Enkelin vielleicht identifizieren, aber Sie wissen ja … und ich will ihr das auf keinen Fall zumuten. Die Medien bringen morgen einen Aufruf an mögliche Zeugen, sich bei uns zu melden. Am besten schaffen wir heute noch so viel wie möglich weg, bevor die Telefone glühen.«

22

Fliegeralarm. Der Abend bricht herein. Die Stadt ist geisterhaft still, nur die Sirene heult.

Deine Augen sehen mich an. Ich soll sagen, wohin, richtig, Lisa? Mich auf die neue Lage einstellen, in Sekunden. Ich nehme deine Hand und wir laufen die Straße entlang. Irgendwo muss ein Luftschutzraum sein, aber die meisten Häuser sind zerstört und in der zunehmenden Dunkelheit sehen wir keine Hinweisschilder. Wir rennen. Ich stolpere über einen toten Hund, und du hältst mich, damit ich nicht falle. Weiter. Die Sirene jagt uns. Hörst du auch das Brummen der Flugzeuge, Lisa? Mir zittern die Knie. Nicht sterben. Ich habe mir fest vorgenommen, zu überleben. Neben mir höre ich dich murmeln. Betest du, Lisa, während wir über die dunkle Straße hetzen, Löchern und Hindernissen in letzter Sekunde ausweichen, in die Ferne lauschen? Betest du?

Fallen auch tausend zu deiner Seite, dir zur Rechten zehnmal tausend, so wird es doch dich nicht treffen.

Ein Psalm, Lisa? Du betest einen Psalm?

Dann kommen sie. Flugzeuge. Hunderte, wahrscheinlich. Zu Hause in Landshut haben wir die Geschwader oft über den Himmel ziehen sehen. Hoch oben haben sie ihre Todesfracht an ihr Ziel gebracht.

Wir biegen in einen Innenhof, rennen an Trümmern entlang, einem ausgebrannten Autowrack, sehen einen Schatten an einer Mauer entlanghuschen. Ein Tier rast vor unseren Füßen davon, in die Schatten.

»Ein Marder«, flüsterst du.

Der hat es gut, der Marder. Er ist schnell, er sieht besser in der Dunkelheit als wir, er ist kleiner, er findet leichter ein Versteck, und im Zweifel kommt er da auch wieder raus. Hat schon mal jemand etwas über verschüttete Marder gehört? Im Ernst, Lisa. Und zu deinem Entsetzen lache ich über den Gedanken mit dem Marder wie über einen Witz, den ich mir gerade selbst erzählt habe.

»Was ist denn?«, wisperst du.

»Marder«, sage ich und pruste los.

Da sagst du etwas, das ich nie vergessen werde.

»Du bist genauso!«, sagst du, vorwurfsvoll beinahe. »Wie ein Marder. Du entkommst immer.«

Ich weiß nicht, was du meinst. Ich entkomme immer? Wie kannst du sicher sein, Lisa?

»Und furchtlos bist du, wie eine Katze«, flüsterst du, während wir uns aneinander festhalten, um über das Geröll vor uns zu klettern. »Marderkatze!«

»Mädchen!«, ruft jemand.

Die Bomben fallen, irgendwo am Stadtrand. Wir hören die Detonationen, spüren den Boden unter unseren Sohlen vibrieren.

»Mädchen!« Ein Mann tritt aus dem Schatten. Ein Soldat, der ein Streichholz anreißt. »Hier rüber!« Sein Gesicht, das ich im Schein des Streichholzes kurz sehen kann, ist völlig entstellt. Narben überall. Sein linkes Auge ist hinter einer Binde verborgen. »Kommt hier rüber, verdammt! Was macht ihr denn!«

Du faselst von Dienstpost, aber er sieht uns ohnehin an, wer wir sind. Wir sind die Mädchen, die man für Todeskommandos der Bürokratie einsetzen kann. In einem Land, wo alles auf Listen steht, mit einer Kennziffer versehen.

Die Detonationen kommen näher, und ein rötlicher Schein leuchtet von Westen her in die Stadt, als würde es auf der falschen Seite Morgen.

Der Soldat streckt die Hand aus und hilft uns über den Schuttberg. Ich reiße mir das Knie auf, aber dich, Lisa, hebt er hoch. Er hebt dich mit zwei starken Armen über den Hügel aus Dreck, Trümmern, Staub und Steinen. Ich krieche hinterher, auf allen vieren, dann packt er mein Handgelenk und zerrt mich in einen Hauseingang. Wir stolpern die Treppe zum Keller hinunter. Du zuerst, dann ich, dann der einäugige Soldat.

Der Luftschutzkeller ist voller Soldaten. Sie sitzen da, schweigen, starren uns an. Starren dich an, Lisa, und dein Haar leuchtet rot wie ein Fliegenpilz im Schein der Karbidlampe.

Die Bomben krachen. Die Männer rücken zusammen, wir setzen uns auf die Holzbank. Die ist einfach an die Wand genagelt. Die Wände zittern. Ich denke an den Marder. Der wird sein Stübchen gefunden haben, wo er ausharrt, und wenn alles vorbei ist, findet er genug zum Fressen. Mein Magen knurrt.

Die Soldaten haben Brot und teilen mit uns. Sie wirken nicht freundlich, aber das hat nichts mit uns zu tun. Sie können einfach nicht mehr. Sie sitzen da in ihren schmutzigen Mänteln und warten nur noch ab, dass sie in Gefangenschaft geführt werden. Lieber zu den Amis, nicht zu den Russen. Wir sind in Bayern, zu uns kommen die Amerikaner, die Nachrichten verbreiten sich ja doch, und selbst du, Lisa, kennst die Geschichten, die überall ans Licht kriechen. Deutschland ist bald nicht mehr. Ein Land, das es nicht mehr gibt, das einfach von der Landkarte verschwindet, aber mir ist das egal, ich kaue an dem trockenen Brot, das der Einäugige mir hinhält, und als ich noch ein Stück nehmen darf, streift meine Hand kurz seine Finger und mir ist, als wenn etwas ganz Neues passiert. Ich sehe ihn an, er sieht mich an. Mich, die Kleine, die Dunkle. Ja, kuschle dich nur an meine Schulter, Lisa, wie du es immer tust. Und ich lege meinen Arm um dich, das machen wir so, um uns zu trösten, in dem bedrückten Schweigen. Du suchst Trost bei mir, und ich finde ihn, indem ich dich tröste. Aber diesmal spüre ich nicht dein Zittern, ich höre dich nicht leise weinen, ich sehe nur dem Soldaten in sein eines Auge, das ist weit aufgerissen und gerötet. Er sieht mich an, und irgendetwas verbindet uns. Die Todesgefahr, die Angst, der Wahnsinn. Das kennen wir alle, die wir diese Bombennächte durchgestanden haben. Die wir die Wellen an Detonationen gespürt haben, die die Wände erschüttern, die fernen Schreie aus anderen Kellern gehört haben. Manche von uns saßen gleichgültig da, andere brüllten wie Vieh. Das Auge des Soldaten zieht mich durch diese Stunde, in der die Bomben auf uns niedergehen. Wir hören etwas bersten. Die Wände beben. Die Karbidlampe flackert. Ein Auge. Ein Mann, der mich ansieht und nicht dich, Lisa.

In meinem Kopf brummt etwas, und ich höre in meinen Ohren das vertraute Sausen, diesen hohen Ton, der mich verfolgt, wenn ich Angst habe. Wenn ich raus will, mit aller Kraft raus, laufen, nur weg, aber meine Vernunft mich hält. Sein Auge. Sein eines Auge.

Dann rütteln die Wände, die Karbidlampe kippt um und erlischt.

23

Irma Schwand trug das altbekannte Blümchenkleid. Am Ausschnitt waren ein paar Flecken zu sehen, als habe sie Kaffee verschüttet. Ihre funkelnden Augen sahen mich an. Verstand sie, was passiert war? Ich war mir nicht sicher. Meinte, eine dunkle Traurigkeit in ihrem Blick zu sehen, aber das konnte Einbildung sein. Sie roch nach Schweiß. Endlich wagte ich zu fragen: »Frau Schwand? Wo lebt Lisa heute?«

»Lisa lebt nicht mehr.« Irma tastete über ihr Kleid. Ihre schlanken Finger spielten mit der Gemme.

»Wann ist sie gestorben?«

»Zu früh, mein liebes Kind, viel zu früh.«

»Haben Sie Aufzeichnungen? Tagebücher von damals? Haben Sie ein Foto von Lisa?«

Irma stand auf und suchte lange in ihrem Schrank herum, einem dunklen Monster auf Löwentatzen, aus dem der Geruch strömte, der mich high machte: alte Papiere, lang vergessene Notizbücher, Briefe auf brüchigem Papier. Sie schleppte einen Karton zum Tisch, fuhr mit der Hand hinein und rührte darin herum wie in einer Lostrommel. »Ich wollte die Sachen einordnen, aber ich komme nicht mehr dazu.«

»Nicht mehr?«, fragte ich, bevor ich mich daran hindern konnte.

»Wann sollte ich das tun?« Sie schob mir den Karton zu. »Nehmen Sie ihn mit. Ich brauche ihn nicht mehr.«

»Aber Ihre Tochter will doch sicher …«

»Julika. Julika ist die Richtige. Aber meine Tochter wird das nicht verstehen. Meine Tochter Elizabeth. Elizabeth Cohen.« Sie sprach den Namen englisch aus und lachte verschmitzt. »Eine Amerikanerin durch und durch. Ich darf nie mehr Lisa sagen.«

»Haben Sie Ihrer Tochter den Namen Ihrer Freundin gegeben?«

Irma Schwand lehnte sich zurück und schloss die Augen. »Ich bin müde. Lassen Sie mich ein wenig allein, ja? Aber kommen Sie wieder. Wir sind noch nicht fertig.«

Ich klemmte mir den Fotokarton unter den Arm und ging.

In der Altstadt war richtig was los. Ganz im Ernst dachte ich darüber nach, hierher zu ziehen. Der Charme einer kleinen Stadt im Ausnahmezustand fing mich ein. Zwei Moriskentänzer drängten sich an mir vorbei. Von Weitem hörte ich Trommler. Vorsichtig balancierte ich meinen Karton durch das Gedränge. Ein Mann stieß mich an und lächelte mir entschuldigend zu. Er war barfuß und trug Stelzen auf seiner Schulter. Beim Rathaus gaben Jongleure eine kleine Vorführung. Ich blieb eine Weile stehen. Die heitere Stimmung steckte mich an. Irma hatte recht: Die Begegnung mit den Hochzeitern in ihren mittelalterlichen Kostümen war wie ein Sprung in eine andere Zeit. Eine Gruppe Kinder, die Mädchen mit Buchskränzchen auf den Köpfen, die Jungen mit langem Haar unter den Kappen, pflügte durch die Menge, winkte und rief ihr fröhliches »Hallooooo!«

Was ist überhaupt Zeit, dachte ich, als ich zum Parkhaus auf die Mühleninsel abbog.

24

Sie hat das nicht gewollt. Wer hätte so etwas Schreckliches auch wollen können. So einen entsetzlichen und gleichermaßen lächerlichen Tod! Irma geht durch die Straßen ihrer Stadt. Ja, ihrer Stadt. Sie ist mit der Stadt verwachsen, und besonders zur Landshuter Hochzeit. Dann kommt ihr Landshut wie ein lebendiges Wesen vor. Sie geht Richtung Isar zum Lagerplatz. Immer wieder grüßen Kostümierte sie. Ja, alle kennen Irma. Alle achten sie. Bei einigen hat sie selbst die Bewerbungen forciert. Hat die Bewerbungsgespräche mitgestaltet, Entscheidungen für und gegen Interessierte getroffen. War ich eigentlich streng?, fragt sich Irma. Manche Gesichter kommen ihr sonderbar vor. Anders als sonst. Betretene Gesichter, schnell sprechende Münder, Hände, die sich zaghaft in ihre Richtung heben. Heute ist der erste Tag. Alle sind aufgeregt. Irma spürt die sanften Vibrationen der Vorfreude, wenn alles noch in der Schwebe ist. Noch keine Enttäuschungen, nur das Glück, dabei zu sein. Der Kirchler geht Arm in Arm mit seiner Frau. Die strenge, eifersüchtige Gerda. Irma weiß, sie drei haben einander in all den Jahrzehnten oft in den Haaren gelegen. Gerda hat im Fundus gearbeitet, mit Argusaugen die Kostüme bewacht. Die Kirchlers schauen weg, als Irma den Landtorplatz überquert. So ganz echt waren die ja noch nie, denkt Irma.

Ihre Gedanken weben ein Netz. Diesen Tod habe ich nicht gewollt. Es tut mir so leid.

25

An der nächstbesten roten Ampel rief ich Nero an. »Treffen wir uns heute Abend noch?«

»Tut mir leid. Du kennst das. Wir arbeiten an der Mordaufklärung. Morgen kommt im Radio und in den Zeitungen ein Aufruf an potenzielle Zeugen, sich bei den Behörden zu melden. Dann geht das Chaos erst richtig los.«

»Hängst du also nach wie vor in den Ermittlungen drin?«

»Ich bearbeite nur die Computersachen.«

»Stimmt etwas nicht?«, fragte ich.

Seine Stimme klang ungewohnt kühl. Er war gestresst. Aber nicht nur. Ich kannte ihn gut genug. Wurde er mit dem Gefühl drohenden Chaos' konfrontiert, geriet sein inneres Gleichgewicht ins Wanken. Nero war ein empfindsamer Mensch, den auch scheinbar harmlose Bemerkungen tief verletzen konnten.

»Es ist viel zu tun.«

»Na gut«, erwiderte ich. »Ich fahre nach Hause. Ruf mich an, wenn du magst.«

Er legte ohne Gruß auf. Allerdings war ich in Gedanken zu beschäftigt, um mir Sorgen zu machen. Die Unterschwelligkeiten in einer Beziehung, die Schuldzuweisungen und prekären Rollenspiele, hatte ich jahrelang vermeiden wollen. Deswegen hatte ich mir lieber ab und zu einen Mann mit nach Hause genommen, um der Erotik nicht zu entsagen, aber die Verpflichtungen und Zwänge hinter mir zu lassen. Natürlich war mir klar, dass auch mit einem sanftmütigen Menschen wie Nero irgendwann der Moment kommen würde, da ich an der Komplexität der menschlichen Seele verzweifeln würde. Ich neigte dazu, meiner Gefühlswelt freien Lauf zu lassen. So wurden Pflöcke rechtzeitig eingeschlagen. Nero war der umgekehrte Fall. Er unterdrückte seine Empfindungen so lange, bis er als menschlicher Dampfkochtopf dermaßen unter Druck stand, dass er barst und mit seinem unerwarteten Gefühlsausbruch die Welt verschreckte.

Ich fuhr über die Autobahn nach Hause. Als ich Ohlkirchen durchquerte, musste ich an Juliane denken. Sie wohnte in der Ortsmitte in einer kleinen Wohnung. Ich hatte seit Tagen nichts von ihr gehört. Ich sollte sie dringend anrufen.

Meine Grauen schnatterten fröhlich, kaum dass ich auf mein Grundstück einbog. Ich streute ihnen frisches Futter hin, mehr aus dem schlechten Gewissen heraus wegen meiner häufigen Abwesenheit als aus Notwendigkeit, denn die Weide ernährte die beiden Prachtexemplare wie ein Füllhorn.

Eifrig widmete ich mich Irmas Karton. Ich fand eine Menge undatierter Fotos, quadratische Winzlinge mit weißen, gezackten Rändern. Zuerst trennte ich die beschrifteten von den unbeschrifteten Aufnahmen. Bald hatte ich einen kleinen Stapel von gut zwei Dutzend Bildern, auf deren Rückseiten in stets der gleichen strengen Handschrift Namen geschrieben waren. Die meisten zeigten Irma als junges Mädchen. Eine kleine, energische Person mit dunklem Haar und durchtriebenem Blick, der die Kamera nicht scheute.

Auf einem anderen Foto stand Irma, in den Zwanzigern, mit einem Baby im Arm vor einer Haustür. ›Elisabeth und Irma‹ stand da. Dann gab es noch ein Foto, auf dem Irma als Teenager verwegen grinsend neben einem etwa gleichaltrigen Mädchen zu sehen war, das Irma selbst beinahe um Haupteslänge überragte. Ich hielt die Aufnahme ins Licht. Das andere Mädchen war eine von jenen zarten Schönheiten, die zerbrechlicher wirkten als Kristall. Ein schmales Gesicht, nach hinten gekämmtes, von einem Tuch gehaltenes, langes, rötlich-blondes Haar. Ein schüchterner und ebenso verführerischer Blick. ›Lisa und Irma‹ entzifferte ich die Notiz. Das also war Lisa. Kein Nachname. Ich durchwühlte die aussortierten Fotos nach Lisas Konterfei und wurde fündig. Es gab einige Bilder von ihr, meist zusammen mit Irma, auch einmal mit einer Frau, die Irma sehr ähnlich sah. Dann Lisa mit einem jüngeren Mädchen, und schließlich Irma, Lisa und ein Junge, kaum älter als die beiden.

Ich brühte Kaffee auf und überlegte. Es gab eine Menge Schwierigkeiten in meiner Branche. Zeitmangel, unzufriedene Kunden, die alle paar Stunden die Gliederung umwarfen oder seitenlange Passagen neu formuliert haben wollten. Aber in diesem Fall war ich wirklich unsicher, ob ich den Auftrag weiterbearbeiten sollte. Irma Schwand wollte ein Buch. Es ging mich nichts an, ob die Geschichte, deren Anfang sie mir in die Feder diktiert hatte, sich tatsächlich so zugetragen hatte oder ob sie ein Produkt von Irmas Fantasie war. Oder eine Mixtur aus verschwommenen Erinnerungen, Wunschdenken und Realität. Ich konnte nicht dingfest machen, was mich so irritierte.

Mitten in meine Grübeleien klingelte das Telefon.
»Laverde?«
»Herzchen, hier spricht deine Adoptivmutter.«
»Juliane, altes Haus!«
»Danke für die Anspielung.«
»Wie geht's dir?«
»Wenn ich dir wirklich sage, wie es mir geht, wirst du mir nicht glauben.«
»Warum?«, fragte ich alarmiert.
»Dolly ist auf dem absteigenden Ast. Sie macht es nicht mehr lange.«
»Was ist denn passiert?«
»Du weißt doch. Seit letztem Sommer hat sie furchtbar abgebaut. Ihr Gedächtnis versagt alle paar Minuten. Naja, heute früh hat sie mich nicht mehr erkannt. Ich kam aus dem Gästezimmer und wollte mit ihr frühstücken, und sie sagte: ›Was machen Sie in meiner Wohnung?‹«
»Ach du Scheiße.«
»Mit Soße.«
Ich hatte von Dollys nicht gerade rosigem Gesundheitszustand gewusst, aber dass es so prekär war, erschütterte mich.
»Duplizität der Fälle«, sagte ich und berichtete von Irma.
»Sag bloß.« Juliane hörte sich niedergeschlagen an. »Ich kann Dolly auf keinen Fall allein lassen. Ich muss bei ihr bleiben, vielleicht sogar einen Platz im Altenheim für sie suchen. Obwohl sich das so anfühlt, als wollte ich sie im Knast abgeben. Aber sie kann unmöglich in ihrer Wohnung bleiben.«

»Das tut mir leid, Juliane. Wenn ich dir irgendwie helfen kann …«

»Lieb von dir, mein Schnuckelchen. Ich melde mich.«

Sie legte auf, bevor ich auch nur Piep sagen konnte. Wenngleich Juliane nach außen abgeklärt wie ein Fremdenlegionär wirkte, hatte sie ziemlich nah am Wasser gebaut. Sie besaß ein großes Herz, in dem sie vielen einen Platz schenkte. Trotz der, wenn ich recht informiert war, drei Ehen in ihrem Leben war sie kinderlos geblieben. Allerdings war sie zu einer großzügigen Definition dessen fähig, wer ihre Kinder waren. In ihre Seele brannte ein warmes Feuer, und wer wollte, durfte sich daran wärmen. Ich ahnte, dass der Zustand ihrer Schwester sie aus der Bahn warf und nahm mir vor, sie morgen wieder anzurufen. Gerne hätte ich mit ihr über Neros unausgeglichenen Gemütszustand gesprochen.

Deprimiert trank ich meinen Kaffee. Vermisste Neros tröstende Gegenwart. Vielleicht hätte ich mir anstelle von zwei Graugänsen lieber einen Hund anschaffen sollen. Ein Haustier mit Streichelqualität. Draußen verdunkelte sich der Himmel. Dieser Sommer brachte mehr Wolken als bayerisches Weiß-Blau.

Nero. Und Cary Grant. Ich überlegte, ob ich den Abend im Piranha ausklingen lassen sollte. Früher war der Tanzclub mit den legendären Cocktails in Ohlkirchen meine Lieblingsanlaufstelle für einsame Stunden gewesen. Niemand würde in einem Dorf wie Ohlkirchen so eine Kneipe erwarten, aber das Piranha hatte sich einen Namen gemacht und lockte den Jetset aus den umliegenden Orten und sogar aus München an. Zuweilen hatte ich mich dort mit verlockender Manneskraft versorgt und einen Kerl mit heimgenommen. Für die Erotik, nicht für die inneren Werte. Einen, der mit dem eigenen Auto kam und am nächsten Morgen Fersengeld gab, ohne ein Frühstück serviert haben zu wollen. Cary Grant alias Magnus Kreuzkamp, der trübsinnige Lokalreporter, dem die ehrenvolle Aufgabe des Weltverbesserers noch nicht zugeflogen war: Er wäre ein Exemplar für eine Nacht gewesen. Für das kurze Vergnügen, das das Blut zum Kochen brachte, dann langsam abflaute und eine zarte Leere hinterließ. Seit ich mit Nero zusammen war, hatte ich keine Männer für eine Nacht mehr gesucht. Im Gegenteil, ich hatte zwei todsichere Anwärter abgewiesen, weil ich mir einbildete, Nero das schuldig zu sein. Ich trank meinen Kaffee aus. Wenn ich keinen Mann in greifbarer Nähe hatte, weil das einzige Exemplar, auf das ich mich eingeschossen hatte, in einer Mordermittlung feststeckte, und weil ich nicht wagte, diesem einen Exemplar untreu zu werden, wollte ich wenigstens mit mir selbst eine schöne halbe Stunde haben.

26

»Hinter Phishing verbirgt sich in der Regel keine Sippe aus Hackern«, erklärte Nero. Vor ihm saß Yoo Lim auf dem Tisch im Konferenzraum, einen Laptop auf den Knien, und hämmerte mit Verve auf die Tastatur ein. Leitner raufte sein Drahthaar und lechzte sichtlich nach einer Zigarette. Draußen sank die Dunkelheit über Landshut herab.

»Wer steckt dann dahinter?«, fragte Leitner müde.

»Hacker handeln meistens aus sportlichem oder technischem Ehrgeiz«, schaltete Yoo Lim sich ein. »Sie wollen sich selbst und den Kumpels aus ihrem Metier beweisen, wozu sie fähig sind. Sie haben Spaß daran, die Firewalls von Banken und Versicherungen zu untergraben.«

»Phishing hingegen geht auf das Konto der organisierten Kriminalität«, sagte Nero. Er hatte die Software, die bei Julika Cohen gefunden worden war, endlich zuordnen können. »Das Programm besorgt sich die E-Mail-Adressen von Bankkunden, verschickt Mails und fordert die Kunden auf, einen in der Mail angegebenen Link anzuklicken, der angeblich zur Internetseite der Bank führt. Dort sollen die Nutzer Passwörter oder persönliche Daten in entsprechende Felder eingeben.«

»Wer ist so blöd, dass er das macht?« Leitner begann in aberwitziger Geschwindigkeit, Zigaretten zu drehen.

Nero überlegte, ob ihn das Rauchen selbst oder der stundenweise Entzug umbringen würde. »Den Kunden wird mitgeteilt, es ginge um einen Datenabgleich, oder um eine Datenabfrage aus Sicherheitsgründen«, erwiderte er.

»Außerdem sehen die gefakten Internetseiten den echten Websites der Banken verblüffend ähnlich«, fuhr Yoo Lim dazwischen.

Ihre smarten Einwürfe gingen Nero allmählich auf den Geist. Er war ausgelaugt und wollte nach Hause. Ihm graute vor der einstündigen Autofahrt, und es tat ihm leid, dass er Kea so kühl abgefertigt hatte.

»Es gibt eine Variante, bei der die echten Internetseiten aufgerufen werden«, verkündete Yoo Lim und leckte sich die Lippen. »Dann knallt plötzlich ein Pop-up-Fenster hoch und fordert zur Eingabe der Daten auf. Im Hintergrund sieht der Kunde die vertraute Seite. Also denkt er sich nichts dabei und tippt brav sein Passwort ein.«

Setzen, Eins, dachte Nero gereizt.

»Was genau bezwecken die Täter?« Leitner legte ächzend die zehnte Kippe neben Yoo Lims Knie ab.

»Sensible Daten abfangen und für Betrügereien missbrauchen. Wir müssen eine Presseerklärung rausgeben.« Yoo Lim klappte ihren Laptop zu und sprang vom Tisch. »Und nun?«

Leitner sah Nero an, als könne der die Antwort ausspucken wie eine Supermarktkasse den Bon.

»Die Leute, die Phishing-Programme schreiben, hinterlassen keine digitale Unterschrift in ihrer Software«, gab Nero zu bedenken. »Hacker tun dies manchmal, wenn sie tatsächlich aus Sportsgeist Trash zusammenbasteln oder in einen Wettbewerb mit anderen Hackern treten.«

»Aber Sie haben in Ihrer Abteilung doch Listen mit Hinweisen auf Gruppierungen?«, fragte Leitner.

»Die haben wir, aber so einfach ist es nicht, eine bestimmte Gruppe ins Visier zu nehmen. Sehen Sie, eine Gruppe, die die Arglosigkeit von Bankkunden ausnutzt, stellt sich nicht hin und hinterlässt eine Duftmarke. Das sind Leute, die im Dunkeln bleiben, unsichtbare Geister mit Rechnern und Accounts im Ausland oder auf Offshore-Servern. Sie stricken ihre

Programme, stellen sie auf Rechner vor der britischen Küste, zahlen die Gebühr, und die Maschinen laufen Tag und Nacht. Je nachdem, wie professionell gearbeitet wird und wie viel Gewinn eine Gruppe anstrebt, grasen die Programme permanent das Internet auf der Suche nach Versuchskaninchen ab. Die betrügerischen Mails werden abgefeuert wie Maschinengewehrsalven. Immer drauf auf das Ziel! Ein Internetnutzer, der sein gesundes Misstrauen auf Eis legt, wird in diesem Bombardement schnell getroffen.«

»Aber selbst kontinuierlicher Argwohn schützt nicht«, erklärte Yoo Lim naseweis. »Denn die Betrüger treten ja im Namen bekannter Unternehmen auf. Wer nicht genau hinschaut und in Hektik seine Mails abarbeitet, hat einen Link schnell angeklickt.«

Leitner stöhnte. »Kann man nichts machen? Ist es das, was ihr mir sagen wollt?«

»Große Firmen programmieren digitale Abfangnetze, um Phishing-Mails so schnell wie möglich aufzuspüren.« Nero fuhr sich durch den Bart. Er schwitzte, obwohl von draußen kühle Luft hereinströmte. Er sehnte sich nach einer Dusche und nach Kea. Nach Kea und einer Dusche. Genau in dieser Reihenfolge. »Wir arbeiten dran. Ich sehe morgen im Büro vorbei und spreche mit meinem Kollegen.«

»Ich frage mich, warum Julika diese CD bei sich hatte.« Leitner steckte sich eine Zigarette zwischen die Lippen und zündete sie an. Yoo Lim lächelte Nero verschwörerisch zu. Er musste zurücklächeln. In diesem Team wurde das Rauchverbot ohne viel Tamtam übergangen. »Der Neugruber Herbert hat ausgesagt, sie hätte ihn an dem Tag getroffen, aber nur wenig Zeit gehabt. Sie musste zu einer Probe.«

Yoo Lim tänzelte zum Fenster und sah hinaus. Sie erinnerte Nero an ein Fohlen. Unverbraucht, verspielt, kindlich.

»Meiner Ansicht nach«, sagte Nero, »müssen Sie diesen Neugruber mit dem Nacktscanner durchleuchten. Oder die Antwort auf alle Fragen ist ganz einfach. Neugruber hat Julika Cohen umgebracht und es war nichts als eine schnöde Beziehungstat. Vielleicht hat sie mit ihm Schluss gemacht.«

»Der Neugruber hat ein Alibi. Was zappelst du denn rum, Schlitzauge?«

Yoo Lim streckte ihrem Vorgesetzten die Zunge raus und hob keck den Zeigefinger. »Obacht, Chef, sonst wird eine Anzeige wegen rassistischer Äußerungen draus.«

Leitner lachte und hielt ihr eine seiner frisch gedrehten Kippen hin. »Der Friede sei mit dir. Magst eine?«

Yoo Lim ließ sich die Zigarette anzünden.

»Und Sie, Kollege aus der Landeshauptstadt?«

Nero grinste und griff nach einem Glimmstängel. Er versuchte, seinen Zigarettenkonsum auf ein ungefährliches Maß herunterzuschrauben und rauchte nur abends, zum Bier, oder zum Sex. Mit Kea im Bett. Kea, verdammt. Er fluchte innerlich. Wusste sich nicht anders zu helfen. Bei ihm zu Hause nannte man den Zustand, in dem er und Kea sich nicht mehr zurechtfanden, ›eine stille Mess‹. Es gab viel zu sagen, aber keiner machte den Anfang.

»Also, Alibi«, erwiderte Leitner, dessen Gesichtsfarbe mit dem Schub Nikotin wieder rosiger wurde. »Den

Neugruber haben mehr als zehn Leute gesehen. Seine Clique bezeugt, dass er zum Zeitpunkt der Tat auf dem Turnierplatz rumhing und Bier trank. Die Burschen haben beim Aufbauen geholfen und sich danach ordentlich die Kante gegeben. Er war zu besoffen, um sich auf den Weg zu amourösen Abenteuern zu machen.«

Nero seufzte. Ihm wäre eine Beziehungstat lieber gewesen. Es graute ihm vor dem Suchen nach der Stecknadel im Heuhaufen. In seiner Branche fühlte er sich bereits erfolgreich, wenn er ein Wespennest auf dem Reißbrett einzeichnen konnte, auch wenn es kaum möglich war, es auszuheben. Die Cyberkriminellen waren zu gerissen, nutzten ungenügende Gesetzgebungen oder die Langsamkeit und Bestechlichkeit der Jurisdiktion in anderen Ländern. Phishing war ein weltweites Problem. Die Landshuter Kollegen würden den Mord vielleicht klären. Könnten einen Mörder dingfest machen. Aber eine Verbindung zu einem Phishing-Ring nachzuweisen, würde nicht gelingen. »Wir hören voneinander«, sagte er. »Rufen Sie mich an, wenn Sie was haben.« Er suchte nach einem Aschenbecher.

Yoo Lim zog eine Schublade auf und hielt ihm eine Untertasse hin. Er drückte seine Kippe aus. Dabei streifte Yoo Lims Hand wie zufällig seine Finger.

Schlange, dachte er, als er aus dem Büro ging und fast fluchtartig die Polizeidirektion verließ.

Montag, 29.6.09

Glücklich ist, wer vergisst,
was nicht mehr zu ändern ist.
»Die Fledermaus«

27

Ich hatte den Sonntag mit Schreiben verbracht. Nero hatte sich nicht mehr gemeldet, und wenn er beleidigte Leberwurst spielen konnte, dann gelang mir das auch. Am Montagmorgen packte ich meine Unterlagen und Irmas Fotos zusammen und fuhr nach Landshut. Kreuzkamp hatte am Wochenende Dienst geschoben und machte den Montag blau. Umso besser für mich.

Er wohnte in einem Ein-Zimmer-Apartment schräg gegenüber des Rathauses mit Blick auf das Treiben der Hochzeiter und die gotischen Prachtfassaden der Giebelhäuser, auf Wimpel und Banner.

»Sie sehen aus, als könnten Sie was Kühles zum Trinken brauchen«, sagte er. »Wie wäre es mit einem Prosecco?«

»Lieber einen Kaffee.« Ich hatte schlecht geschlafen. Neros Abfuhr nagte an mir. Zudem hatte ich erwartet, dass er anrufen oder simsen würde. Zum Teufel mit den psychischen Abstürzen, wenn das Handy nicht piepte.

Kreuzkamp machte sich in seiner Küchenzeile zu schaffen. »Wenn Sie sich nächsten Sonntag den Hochzeitszug anschauen wollen? Bei mir haben Sie einen

Logenplatz frei!« Er wies zum Fenster. »Tickets gibt es seit Weihnachten keine mehr. Und wenn Sie sich einfach so an die Straße stellen wollen, müssen Sie im Morgengrauen anrücken und einen Platz besetzen. Natürlich keinen Tribünenplatz. Sondern irgendwo am Straßenrand.«

»Ich denke drüber nach.«

»Wie läuft es mit Irmas Biografie?«

»So lala.«

»Hört sich nach Schreibblockade an.«

»Ich kenne das Wort nicht einmal!«

»Nie eine gehabt?« Er stellte Tassen und eine Zuckerdose auf einen niedrigen Tisch. »Setzen Sie sich. Ich sitze am liebsten auf dem Boden. Archaisch, aber bequem.«

Ich sank auf ein mit einem farbenfrohen indonesischen Tuch überzogenes Sitzkissen.

»Ich bin überzeugt, dass es Schreibblockaden überhaupt nicht gibt. Wer meint, blockiert zu sein, verschiebt nur. Torten backen oder putzen anstatt schreiben, und schon ist man aus dem Rhythmus.«

»Und je weniger man wegschafft, desto mehr kriegt man die Krise und kann immer weniger schreiben«, bestätigte er.

Ich breitete meine Fotos auf dem Tisch aus. »Das ist Lisa.« Ich deutete auf das hoch aufgeschossene, hübsche Mädchen mit dem Band im Haar.

Kreuzkamp hielt sich das Bild dicht vor die Augen. »Genau. Und da haben wir Irma. Klein, dunkel, frech, herausfordernd ... so wie ich sie heute kenne.« Er tippte mit seinem schmalen Zeigefinger auf die ältere Frau. »Das ist Irmas Mutter. Sie starb, als Irma gerade in die USA gegangen war. Hatte ziemlich unter ihrem despotischen Ehemann zu leiden.«

»Ach ja?«

»Irmas Mutter, Franzi, die war die gute Seele der Familie. Hat man mir erzählt. Dagegen führte sich der Vater auf wie ein Tyrann. Er zwang Irma zu einer Friseurlehre, und als sie mit ihrer Tochter aus den USA wiederkam, blieb ihr nichts anderes übrig, als im Geschäft mitzuarbeiten.« Kreuzkamp brachte den Kaffee. »Aber auch ihn hat es dahingerafft. Er starb an Krebs. Speiseröhre. Ziemlich schlimm. Irma hat sich um ihn gekümmert, aber sie war erleichtert, als alles vorbei war.«

»Kein einfaches Leben.«

»Aus ihrer Generation hatte keiner ein einfaches Leben«, dozierte Kreuzkamp und gab Zucker in seine Tasse.

»Aber sie wirkt so … positiv«, warf ich ein. »Energiegeladen. Tatkräftig. Trotz der Verwirrtheit.«

»So habe ich sie kennengelernt. Vital und lebhaft. Sie hat die Geschicke dieser beschaulichen Stadt mitbestimmt. Ihr Geheimnis ist, glaube ich, dass sie einfach das Beste aus allem macht.«

»Und Sie? Sie sind nicht aus Landshut. Nicht mal aus Bayern.«

Er grinste. »Wie steht's mit Ihnen?«

»Aus Bayern.«

»Hört man aber nicht.«

»Also?«

»Ich bin Ostwestfale. Einer von den knöchernen, hölzernen Typen, die hochdeutsch sprechen. Bin zufällig hier gelandet und versuche, auf meine Weise mit dem Kulturschock fertig zu werden.«

»Wer ist der Knabe auf dem Foto?« Ich hielt ihm den Abzug unter die Nase, der Irma, Lisa und den etwa gleichaltrigen Jungen zeigte.

»Keine Ahnung.« Er kniff die Augen zusammen. »Das könnte … warten Sie.« Er ging zum Regal und nahm einen Stapel Papiere heraus. »Meine Recherchen zu meinem Buch. Darüber sollten wir noch sprechen, Frau Laverde. Kea.«

Mir war es lieber, wir blieben beim Nachnamen. Mein Körper machte ohnehin Meldung. Das Kribbeln im Unterleib, das blieb einfach bei einem Exemplar wie Kreuzkamp nicht aus. Obwohl ich mir nie viel aus Cary Grant gemacht hatte. Aber wenn er leibhaftig vor einem stand … was sollte eine junge Frau dann tun? Gegen die Natur aufbegehren? Das funktionierte nie.

Er wühlte in Papieren, Fotos, Aufzeichnungen, Notizzetteln. Das übliche Chaos, das ich von Auftraggebern kannte, die es selbst versucht hatten, bevor sie meine Nummer gewählt hatten.

»Ich habe Fotos von einigen meiner Gesprächspartner bekommen. Kinderfotos.«

Ich sah seinen Händen zu, wie sie die Bilder sortierten, und dachte daran, wie Neros Hände mich von Anfang an betört hatten. Scheiße. Nero.

»Hier. Das könnte er sein.«

Die Aufnahme war nicht besonders gut. Der Junge, der an eine Scheunenwand gelehnt dastand, blinzelte gegen das Licht. Dennoch. Ich war mir sicher, als ich Irmas Aufnahme danebenhielt. »Das ist er.«

»Gustav Kirchler. Ein alter Landshuter.«

»Einer Ihrer Gesprächspartner?«, erkundigte ich mich.

»Nein. Er weigert sich standhaft. Ich habe das Foto von seiner Schwester bekommen. Traudl. Sie ist ein anderes Kaliber als er.«

»Wen können wir nach dieser Lisa fragen?« Ich trank meinen Kaffee aus. Draußen zogen Wolken auf. Ein Gewitter trieb auf die Stadt zu.

»Fragen wir den Kirchler. Vielleicht ist das der richtige Moment, um ihn aufzutauen.«

Leute, die nicht reden wollten, ließen sich nicht einfach auftauen, wie Kreuzkamp es nannte. Viele Menschen hatten sich einfach zu gut im Griff. Es kam darauf an, den richtigen Moment abzupassen und das eine und einzige Thema zu servieren. Eines, das die Seele rührte. Dann sprudelten sie los.

»Gehen wir?« Ich hatte mich aus meiner halb liegenden Position auf Kreuzkamps buntem Kissen aufgerappelt.

»Sie sind wirklich dynamisch«, sagte Kreuzkamp, während er seine Sachen zusammenschob und achtlos unter den Tisch rutschen ließ. So ging ich mit meinen Arbeitsmaterialien nicht um. Bei mir war alles akribisch geordnet. Kein Wunder, dass er mit seinem Projekt nicht vorankam.

28

Bajuwarisch geradlinig. So würde ich den Mann beschreiben, der vor mir in seiner Haustür stand, in ausgeleierten Hosen und einem blitzsauberen, weißen Hemd unter den Hosenträgern.

»Was wollt's?«

Seinen Hof hatte er mit Sicherheit im Griff. Stockrosen blühten vor dem Haus. Irgendwo hörte ich Kühe muhen. Über allem lag der Duft von Landleben und befriedigender Arbeit, die man mit den Händen verrichtete und nicht mit den Fingern auf einer Tastatur.

»Servus, Kirchler«, sagte Kreuzkamp. »Hast du ein paar Minuten?«

»Nein.« Er bohrte die Hände in die Hosentaschen. Ein glattes Gesicht, sorgsam rasiert. Eine Hakennase, freundliche, wachsame Augen. Jemand, der sich zum Überlegen noch Zeit nahm. Das weiße Haar stand borstig um seinen Kopf. »Ich hab zu tun. Siehst doch, was hier los ist. Auf einem Hof ist nie Ruhe. Kein Feiertag. Das Vieh braucht dich. Mein Sohn ist mit seinen Kindern bei der Probe. Alte Tradition, weißt ja. Die Kirchlers schicken schon die Jüngsten in die Turnabteilung. Trainieren für die Menschenpyramide. Mein Enkel Lukas macht dieses Jahr die Turmspitze, ist gerade mal 12 Jahre alt. Also, was willst du?« Sein Blick wanderte von Kreuzkamp zu mir. Er musterte mich von oben bis unten, nicht wertend, eher, als wolle er sich einen möglichst umfassenden Eindruck verschaffen. Ich konnte nur hoffen, dass Kreuzkamp sich an unsere Abmachung hielt und über meine Ghostwritertätigkeit für Irma kein Wort verlauten ließ.

»Ich arbeite immer noch an meinem Buch«, begann Kreuzkamp.

Kirchler zog die Augenbrauen zusammen. »Vergiss es. Aus mir kriegst du nichts raus. Ich habe dir nichts zu erzählen.«

»Darum geht's mir nicht. Ich suche eine andere Landshuterin. In etwa in deinem Alter, Kirchler.«

Der Alte lachte laut: »So?«

»Lisa«, sagte Kreuzkamp. »Sie heißt Lisa.«

»Sagt mir nichts.« Kirchler trat einen Schritt zurück in den dunklen Flur. Ich wäre ihm gerne nachgegangen. Die Sonne versengte mein Gesicht und meine Arme. Wenn sie sich zwischen den Wolken Respekt verschaffte, wurde es unerträglich heiß.

»Aber Irma kennt sie«, mühte sich Kreuzkamp. »Komm schon …«

»Herr Kirchler«, begann ich. Diese Nullnummer konnte ich mir nicht länger anschauen.

»Wer sind denn Sie? Seine neue Flamme? Hat alle naselang eine andere, der saubere Herr von der Zeitung.«

»Nein. Ich bin Erbenermittlerin. Ich kümmere mich darum, dass Erben von Menschen, die scheinbar keine Nachkommen haben, aufgespürt werden und zu ihrem Recht kommen.«

Er sah mich misstrauisch an. Ich hatte keine Ahnung, wie weit diese Geschichte mich tragen würde. Erbenermittlung, du liebe Güte. Lisa war ja tot, wenn es stimmte, was Irma gesagt hatte. Sie konnte also nichts erben, und zu vererben war bestimmt seit Jahrzehnten nichts mehr. Aber ich war mit Kreuzkamp übereingekommen, Kirchler nicht unter die Nase zu reiben, dass wir wussten, dass Lisa tot war. Wenn dieser Bauer mit dem Sonntagshemd unter den Hosenträgern nicht gesprächsbereit war, mussten wir die passende Herausforderung finden, mit der wir ihn zum Reden brachten. Ein paar Köder konnten nicht schaden.

»Da kommen Sie zu mir, ja?« Er lachte. »Erbe ich was?«

»Nein. Sie nicht, aber … nun, diese Informationen unterliegen der Diskretion«, salbaderte ich. »Dennoch würden Sie mir weiterhelfen, wenn Sie mir Auskunft über Lisa und ihre Familie geben würden.«

Eine Frau kam über den Flur geeilt. Eine kleine, zierliche Person, leicht gebeugt von den Jahren. »Gustav? Was ist?«

»Die Herrschaften wollten gerade gehen«, sagte Kirchler, drehte sich um und ließ uns stehen.

»Herr Kirchler?«, rief ich ihm nach.

»Warum lassen Sie ihn nicht einfach in Ruhe?«, beschwerte sich die Alte bei Kreuzkamp. Sie trat zu uns in die Sonne. »Er will nichts erzählen. Wir sind froh, dass wir vergessen haben. Da waren zu viele schreckliche Dinge. Wer will noch darüber sprechen, nach all den Jahren?«

»Aber Sie haben nichts vergessen. Ihre Erinnerungen sind nur verschüttet«, sagte Kreuzkamp.

Du lieber Himmel, plumper ging es nicht mehr.

»Mein Name ist Kea Laverde. Grüß Gott, Frau Kirchler.«

Ich schüttelte ihr die Hand. Sie sah verunsichert zwischen mir und meinem westfälischen Kollegen hin und her. »Ich bin Erbenermittlerin. Ich suche Verwandte von Verstorbenen, die keine Nachkommen hatten … oder sagen wir so, von denen niemand weiß, ob sie nicht doch Erben haben. Irgendwo in der Welt. Und so bin ich nach Landshut gekommen. Ich habe die Information, dass eine gewisse Lisa – Elisabeth, nehme ich an – hier gelebt hat. In Ihrem Alter, wenn Sie erlauben.« Ich schenkte ein Lächeln her, wie ich es von Juliane gelernt hatte. Meiner beherzten Freundin fraßen die Leute aus der Hand, wenn sie strahlte wie der berühmte Honigtopf.

»Lisa?«

»Können Sie mir nicht wenigstens einen Hinweis geben?« Ich spielte ganz die verzweifelte Retterin aller Hilflosen. »Sie erinnern sich sicher an Lisa. Ein hübsches Mädchen, groß, aufgeschossen, mit langem Haar. Ich habe erfahren, dass sie eine gute Freundin von Irma Schwand war.«

»Gerda?«, hörte ich die Stimme ihres Mannes von drinnen. Irgendwo knatterte ein Traktor.

»Aber Lisa ist tot«, murmelte sie.

»Gerda?«

Kreuzkamp öffnete den Mund, aber ich hob die Hand. Halt bloß die Klappe!

»Kennen Sie Lisas Familiennamen?«, fragte ich atemlos. Ich hörte Kirchlers Schritte über den Flur kommen. Dann klingelte im Haus ein Telefon. Die Schritte zogen sich zurück.

»Lisa, die war nicht aus Landshut«, sagte Gerda Kirchler.

Ich sah verstohlen zu Kreuzkamp, der sich ein Handy ans Ohr hielt. Clever war er!

»Sie hieß Halbwachs. Elisabeth Halbwachs. War oft zu Besuch bei der Irma, über Jahre. Die beiden waren die besten Freundinnen, wie Schwestern. Enger noch. Sie waren sich selbst genug. So sagt man, ja?« Gerda Kirchler streckte ihren gebeugten Körper. Nun ging sie mir bis zur Nase. Ihre Augen kamen mir seltsam farblos vor. »Jeden Sommer kam die Lisa hierher. Wir haben sie gehänselt. Sie hatte so eine weiße Haut. Schon damals habe ich den Gustav gemocht«, sie lachte, als sei ihr das peinlich, »aber ich dachte, er interessiert sich nur für die Lisa. Die war die Schönste von allen, ein Wesen aus einer anderen Welt. Sie kam aus München. Gehänselt haben wir sie, weil sie so schnell einen Sonnenbrand bekam. Weil sie Schuhe trug, mitten im Sommer, wo wir alle barfuß über die Felder rannten. Die Lisa, ja. Aber Irma hat sich immer vor sie gestellt, die hat nicht zugelassen, dass irgendjemand der Lisa ein Haar krümmte.«

»Sie kam aus München, sagen Sie?«

»Der Vater ist im Krieg geblieben. Irgendwo in Russland.«

Halbwachs, der Name musste etwas hergeben. Aus den Augenwinkeln sah ich, wie Kreuzkamp sein Handy in die Jeanstasche schob und mir verschwörerisch zugrinste.

»Aber Sie haben dann doch den Gustav bekommen«, sagte ich lächelnd zu Gerda Kirchler.

Nachdenklich sah sie mich an. »Ja. So war das. Mehr kann ich nicht sagen.«

»Wie ist Lisa gestorben?«

»Das war noch im Krieg. Da sind die Leute gestorben wie die Fliegen. Manche in letzter Minute. Die haben sechs Jahre durchgehalten, und dann bekamen sie Lungenentzündung oder …« Sie brach ab.

»Lungenentzündung?«

»Gerda?«, tönte Kirchlers Stimme aus dem Flur zu uns.

»Danke, Frau Kirchler«, sagte ich und drückte ihre schmale, eiskalte Hand. »Sie haben mir weitergeholfen.«

29

Lebendig begraben, Lisa.

Dir verdanke ich mein Leben.

Etwas mehr als 24 Stunden später werde ich zum undankbarsten Menschen auf diesem Planeten geworden sein.

Die Detonation schleudert uns von der Holzbank. Ich stürze in die Scherben der Karbidlampe. Plötzlich ist alles still. Nur das Pfeifen in meinen Ohren hält an.

Bin ich taub?

Neben meinem Gesicht spüre ich etwas Warmes. Die Wände über uns bewegen sich wie ein gewaltiges Tier. Der Marder hat den Weg nach draußen längst gefunden. Ich muss husten, etwas tut furchtbar weh dabei. Endlich reißt der Einäugige ein Streichholz an. Ich blinzle, sehe im schwachen Lichtschein die Soldaten, sehe dich, Lisa.

Einer rüttelt an der Kellertür. Die Tür ist blockiert, und wie auf Kommando drehen sich eure Köpfe. Ihr blickt auf den Durchbruch in der hinteren Wand. Da könnte es rausgehen. Vielleicht. Die Angst macht die Welt still. Kaum einer sagt etwas, stumm sehen wir uns um. Ich liege immer noch auf dem Boden. Mir wird kalt dabei.

Lisa, will ich zu dir sagen, dein Haar ist ganz weiß. Der Raum beginnt sich um mich zu drehen. Dann schreist du, ich sehe deinen offenen Mund, deine weißen Zähne, deine angsterfüllten Augen. Wenn nur meine Ohren nicht so pfeifen würden. Du beugst dich über mich, ein Soldat kommt dazu, einer mit einer grässlich fleischigen Narbe mitten im Gesicht.

Ich lese von deinen Lippen. Du sagst, ich würde bluten. Und augenblicklich weiß ich, warum alles so warm und nass um mich ist. Der Soldat reißt einen Streifen von seinem Hemd. Er presst den Stoff auf meinen Arm. Du siehst ihm dabei zu, schaust in mein Gesicht, deine Hand nähert sich meiner Wange. Nein, Lisa, schlag mich nicht, das hier ist nicht meine Schuld. Schlag mich nicht.

Aber dein Hand ist ganz warm und tätschelt meine Wange, streichelt mein Gesicht. Das hast du noch nie gemacht, Lisa, sonst muss doch ich dich trösten. Ich weine ja nicht einmal. Ich höre nur nichts. Meine Ohren pfeifen.

Ach Lisa, ach Lisa.

30

Mit einem gewissen Erstaunen beobachtete Nero Keller, wie sich sein Verhältnis zu Mordermittlungen in seiner langen Karriere bei der Polizei allmählich wandelte. Als er bei der Mordkommission angefangen hatte, war in ihm der Zorn über die Tat oft ins Unermessliche angewachsen. Er hatte seine Ermittlungsarbeit, so rational und bürokratisch er sie auch geführt hatte, als Feldzug gegen das Schlechte in der Welt gesehen. Im Laufe der Jahre war dieser starke Impuls gewichen und hatte einer gewissen Resignation Platz gemacht. Er hatte sich eingeredet, sich für das Böse im Menschen zu interessieren. Seine Arbeit hatte den Charakter einer Forschungsreise besessen, die ihn mitten hinein ins dunkle Herz des Verbrechens führte. Schließlich hatte er diese stets neue Konfrontation mit dem Tod nicht mehr ausgehalten und sich beim LKA beworben – auf einen Schreibtischjob vor einem Bildschirm, wie er hoffte. »War eine Täuschung«, brummte er, als er von der Theatinerstraße kommend in die Fünf Höfe einbog. Er war hungrig wie ein Wolf und feierte Überstunden ab. Das hätte er früher nie gemacht. Selbst vor einem halben Jahr noch nicht. Mit einem Buch *Short Stories* in der Tasche sich am helllichten Tag in ein Bistro zu setzen und zu lesen – das wäre ihm geradezu infam vorgekommen. Dem Herrgott den Tag stehlen, so nannte man das bei ihm zu Hause. Aber nun hatte er sich einen Band mit Kurzgeschichten von Arthur Miller gekauft und steuerte auf das ›dean&david‹ zu, wo man bei gutem Wetter, wenn alle draußen sitzen wollten, auf alle Fälle einen Platz bekam. Er bestellte ein vegetarisches Curry und einen Saft. Trug seine Sachen in den Lichthof hinaus, legte das Buch neben sich auf den Tisch und beobachtete die Passanten, die durch die Salvatorpassage eilten, beladen mit Tüten, Sorgen, Ideen, Ängsten, Gleichgültigkeit. Er war geradezu euphorisch, wenn er es schaffte, ein paar Minuten nicht an Kea zu denken.

Sein Handy klingelte, ehe er den ersten Bissen Curry angerührt hatte.

»Yoo Lim, Ihr Quälgeist aus Landshut.«

Nero legte die Gabel weg. »Haben Sie was?«

»Ihr Kollege aus München hat mich gerade angerufen. Ob Sie es glauben oder nicht: Dasselbe Programm, das wir auf Julikas CD gefunden haben, ist bereits im Netz unterwegs. Die Raiffeisenbank in Passau hat Anzeige erstattet. Heute Morgen. Ein paar von ihren Kunden wären ziemlich fies um ihren kompletten Kontoinhalt inklusive Dispo geprellt worden. Wenn nicht ein Sicherheitsprogramm im Hintergrund den Mitarbeitern melden würde, dass ein Kunde eine für seine üblichen Geschäftsgewohnheiten ungewöhnlich hohe Summe abheben will, hätte irgendwer die Kohle komplett abgeräumt.«

Was will sie von mir?, dachte Nero. Was hat das mit mir zu tun? Ich möchte eigentlich nur friedlich hier sitzen und mein Curry essen, kann das jemand nachvollziehen?

»Ich melde mich«, versprach er. Legte auf und betrachtete überfordert die Schüssel mit Zuckerschoten und Erdnüssen. Überlasse den Herzinfarkt den anderen Typen, hörte er Kea sagen. Er müsste sie anrufen. Wurde schon genauso stur wie sein Vater.

Dasselbe Programm war im Netz aktiv … Nero ahnte, worauf das hinauslief: Sein erster Gedanke, die Verantwortlichen in der organisierten Kriminalität zu suchen, war exakt der richtige. Doch was das mit dem Mord an Julika zu tun hatte, wollte ihm nicht in den Kopf. Im Gegenteil, er schätzte beinahe, dass überhaupt kein Zusammenhang zwischen beidem bestand. Warum auch immer Julika eine CD mit sich herumgetragen hatte, während sie als Spielfrau kostümiert durch Landshut spaziert war … und das, wo die Landshuter mit Argusaugen alle Stilbrüche zu entdecken trachteten und ahndeten. Ein Piercing, ein Handy, eine vergessene Armbanduhr am Handgelenk … Und dann eine CD, gut, im Beutel am Gürtel, aber was würde eine Frau im Beutel am Gürtel tragen? Kea könnte ihm da wohl eine Antwort geben. Kea. Wenn er sich endlich aufraffte, sie anzurufen und nach dem Mann zu fragen, mit dem sie an der Isar gesessen hatte. Drei Japaner kamen durch die Passage und fotografierten den Lichthof. Er fragte sich, was daran es wert war, als Foto festgehalten zu werden.

Für Sekunden schloss Nero die Augen, dann nahm er die Gabel und aß sein Curry in aller Ruhe auf.

31

Wir besuchten Traudl Niebergall im Altenheim. Ein Bau aus Plastik, wie mir schien, ähnlich einer McDonald's-Burgerbox, sonnendurchflutet, aber ohne jede individuelle Aussage, wenn man von diversen Zertifikaten zur Qualitätssicherung der Pflege absah, die im Eingangsbereich an einer Pinnwand hafteten.

Traudl Niebergall, die Schwester des borstigen Gustav Kirchler, betrachtete uns neugierig.

»Hier passiert nicht viel«, sagte sie lächelnd. »Wenn man noch bei Trost ist, so wie ich, wird einem schnell langweilig. Zum Basteln hatte ich noch nie Lust. Aber erklären Sie das mal der Ergotherapeutin.«

Sie sah ihrem Bruder nicht ähnlich, war ein paar Jahre älter als er. Zu luftigen, blauen Hosen trug sie ein Shirt im Matrosenstil. Wäre sie nicht so aufgedunsen gewesen, hätte ich sie für gesund und vital gehalten.

Nach der üblichen Vorstellungsrunde fragte Kreuzkamp: »Sagt Ihnen der Name Lisa Halbwachs etwas? Etwa der gleiche Jahrgang wie Ihr Bruder Gustav.«

»Lisa Halbwachs?« Versonnen blinzelte Traudl Niebergall durch das Panoramafenster auf die weite Landschaft hinaus. Der Himmel bezog sich immer mehr, wir hörten vereinzeltes Donnergrollen.

»Es gab eine Menge Lisas damals. In meiner Klasse waren mindestens zwei Elisabeths.«

»Sie stammte aus München«, half ich aus. Wieder hatte ich meine Erbenermittlungsgeschichte aufgetischt. »Lisa Halbwachs war mit Irma Schwand befreundet.«

Traudls Gesicht hellte sich auf. Ihre Lippen kräuselten sich. Feine Schweißperlen rannen ihr über die Stirn in die buschigen, weißen Augenbrauen.

»Ach, *die* Lisa. Kein Wunder, dass Sie nach Lisa fragen. Alle fragen nach ihr.«

»Warum?«, hakten Kreuzkamp und ich zeitgleich nach.

»Sie bringen mich zum Lachen.« Traudl rückte ihre massige Gestalt auf dem Stuhl zurecht. »Ihnen pressiert's ja mit Ihrer Lisa.« Sie sah mich aufmerksam an. »Ja, ein Erbe, das will nicht verloren gehen, nicht wahr? Aber die Lisa ist tot. Die ist in den letzten Kriegswochen umgekommen. Das war ganz tragisch, damals. Aber zu der Zeit waren wir alle am Ende und hatten keine Kraft, um irgendjemandem groß nachzuweinen. Zumal die Lisa, die Sie meinen, die Busenfreundin von der Irma, die war gar nicht aus Landshut und wir kannten die gar nicht so gut.«

»Sie war ein paar Jahre jünger als Sie, oder, Frau Niebergall?«

»Damals erschien sie mir als rechtes Baby. Ein Stadtkind, das sich vor jeder Spinne fürchtete. Ich habe kurz nach dem Krieg geheiratet. Ich hatte Glück. Ich war 23, als mein Verlobter zurückkam. Er war halb verhungert, aber er kam heim. Das war im September 1945. Manche von unseren damaligen Freunden, die kamen aus Russland zurück, zehn Jahre nach Kriegsende oder noch später, und die wenigsten von ihnen kannte man noch. Sie waren an all dem Schrecklichen irre geworden. Ziemlich viele kamen gar nicht wieder.« Sie kratzte sich am Kopf. Schuppen rieselten auf ihr Shirt. »Aber für Abwechslung war gesorgt. Die Amis waren ja bei uns. Das war auch eine spannende Zeit, wissen Sie?« Ihr feistes Gesicht sah glücklich aus. »Wir haben was erlebt, und die Irma, die hat ja dann ihren Amerikaner gekriegt!«

Kreuzkamp räusperte sich. Ich streckte die Hand aus und berührte kurz seinen Arm. Ein Stromstoß schoss durch meinen Körper. Egal. Er musste auf alle Fälle die Klappe halten. Traudl Niebergall würde erzählen, was wir wissen wollten.

»Zu uns kamen die Amerikaner, die haben uns aus dem Haus getrieben. Wir hatten ja damals nichts weiter. Haben in der Barackensiedlung gelebt. Bis der Gustav dann die Gerda geheiratet hatte. Die hatte keine Brüder, also hat der Gustav den Hof übernommen und ist Landwirt geworden, obwohl er damals nicht mal wusste, wie er die Kaninchen ausnehmen sollte, die er schoss, um uns am Leben zu erhalten.«

Ich rutschte auf meinem Plastikstuhl näher an sie heran. Stelle Nähe her, und die Kunden reden wie die Wörterbücher.

»Ich konnte Englisch. Ein paar Wörter. Hatte ich in der Schule gelernt. Also, die Amis kamen und haben gesagt: ›Do you speak English?‹ Ich habe genickt, ich war schüchtern, und denken Sie mal, was die Nazis uns über die Amis erzählt haben!« Sie verzog das Gesicht. »Ich hatte Schuldgefühle, mit denen überhaupt zu reden. Du bist nichts, dein Volk ist alles. Das haben sie uns eingeimpft. So schnell habe ich das nicht aus dem Kopf gekriegt. Aber dann hieß es: Wir sagen euch, was ihr mitnehmen dürft, und was ihr dalassen müsst. Interessiert Sie das?«

Ich blinzelte ihr verschwörerisch zu. »Sahen die gut aus, die amerikanischen Soldaten?«

Kreuzkamps verständnisloser Blick brannte mir ein Loch zwischen die Schulterblätter. Ich streckte den Rücken.

»Oh, die sahen fantastisch aus!« Traudl Niebergall zwinkerte zurück. »Junge Kerle mit schicken Uniformen. Sie waren die Sieger, die waren naturgemäß besserer Laune als wir. Klar, wir hatten Angst vor ihnen, aber eigentlich kamen mir die Knaben ziemlich kindisch vor. Die haben sogar unser Wasser desinfiziert. Was haben die sich gedacht – dass wir da vorher reingepinkelt haben?« Sie kicherte. »Jedenfalls durften wir kurze Zeit später wieder ins Haus. Die Amerikaner haben seefeste Kisten zurückgelassen mit Essensrationen: Kekse, Schokolade, Bonbons, Nescafé. Den kannten wir nicht. Der Gustav hat sich die Körnchen auf die Hand gestreut und geschleckt. Beinahe hätte sein Herz das nicht mitgemacht!«

Ich lachte schallend.

»Ich sage ja, wir hatten auch eine heitere Zeit«, nickte Traudl belustigt. »So schnell dachte keiner mehr ans Sterben. Meine Mutter war krank, aber ein amerikanischer Arzt hat sie behandelt und bald ging es ihr besser. Keine Bomben mehr. Keine Durchhalteparolen. Und wir konnten endlich wieder an das Nächstliegende denken.«

»Haben Sie ans Heiraten gedacht?«

»Woran sonst, meine Schöne.«

»Und die jüngeren Mädchen?«, fragte ich.

»Die haben auch nur an das eine gedacht. Ich bin uralt geworden«, Traudl sah an sich herunter, »und ein ziemlicher Brocken. Kräftig war ich immer, aber bei all den Tabletten, die sie einem hier täglich verabreichen … Aber dennoch kann ich sehr genau erkennen, ob ein Mann attraktiv ist oder nicht.« Sie sah mich durchdringend an. Cary Grant neben mir fand das wohl ungebührlich. Er räusperte sich.

»Aber wie ist Lisa gestorben, Frau Niebergall?«

»Ich habe keine Ahnung.« Sie schwieg und sah aus dem Fenster. Wieder Regen.

»Man konnte auch im Krieg nicht so einfach sterben«, warf ich ein. »Landshut ist von Bomben außerdem ziemlich verschont geblieben.«

»Liebes Kind.« Traudl beugte sich vor. Ich bekam Angst, dass ihre Körpermasse sie vom Stuhl ziehen würde. »Denken Sie mal nach. Damals, im April 45, da haben sich Leute draußen herumgetrieben, die sich in Friedenszeiten nicht mal aus den Kanallöchern gewagt hätten.« Sie schüttelte den Kopf. »Männer von der brutalsten Sorte, dumpf, machtversessen, die ahnten, nun würde noch ein, zwei Wochen ihre Stunde schlagen. Männer, denen Gewalt einfach Spaß machte. Befriedigung verschaffte.«

»Sie meinen, Lisa ist vergewaltigt und dann ermordet worden?«

»Ich weiß es nicht. Ich glaube nicht, dass jemand von uns Alten Ihnen da noch eine Antwort geben kann.«

Kreuzkamp fand zu den naheliegenden Fragen zurück. »Hatte Lisa Verwandte? Wissen Sie von Geschwistern, Cousins oder Cousinen, Menschen, die heute noch leben könnten?«

»Ich weiß nicht, soll ich Ihnen dankbar sein, dass Sie mich besuchen, oder soll ich Sie fürchten?«, fragte Traudl mit einem verschmitzten Ausdruck auf ihrem feisten Gesicht. »Eine Erbenermittlerin und ein Mann, der ein Buch schreiben will.«

»Also keine Verwandten? Irma und Lisa haben sich wie Schwestern gefühlt, oder?«, hakte ich schnell nach.

»Die Irma hat die Lisa beschützt, wenn es Ärger gab. Wie eine Leibwächterin. In Irmas Herz brennt ein Feuer. Die kann alle Menschen lieben, wenn sie will. Wie eine Schwester oder einen Bruder. Die Irma hat auch keine Angst vor Verantwortung. Und von ihrer Stärke hat sie nichts verloren. Die war schon immer voller Kraft. Innerer Kraft. Die Irma kann sich immer neu aufrappeln. Wie Münchhausen sich selbst am Schopf aus dem Morast ziehen. Ich kenne niemanden, niemanden wie Irma.«

»Wissen Sie von Irmas Krankheit?«

»Sicher. Wir wissen das alle. Hier spricht sich alles herum. Gerade eine Frau wie die Irma, die hat jahrelang die Knotenpunkte der Stadt besetzt. Über die Irma haben alle geredet. Seit sie nach Amerika gegangen ist mit ihrem ersten Mann. Der ist ja dann gestorben. Sie war gar nicht so lange fort. Aber auch während sie in Amerika war, haben die Leute über sie geredet. Die Irma ist wie ein Motor für die Stadt. Selbst wenn sie nicht da ist. Und wenn sie mal tot ist, tja, dann werden die Landshuter weiter über sie reden.«

»Könnte Irma eine Ersatzschwester für Lisa gewesen sein? Weil Lisa sonst niemanden hatte?«

»Also, eine Mutter hatte sie. Der Vater ist im Krieg geblieben, das war in fast jeder zweiten Familie so. Meiner kam auch nicht wieder. In Stalingrad zu Pulver geworden.«

»Aber sie hatte keine Geschwister?«

»Ich glaube nicht. In den Ferien war sie bei der Irma. Irmas Mutter war eine sehr gastfreundliche Frau. Eine hübsche obendrein. Die nahm die Lisa an wie ein zweites Kind.«

Ich holte Atem, um weiterzufragen, als ein Donnerschlag aus heiterem Himmel uns zusammenzucken ließ. Jemand schaltete das Licht an.

»Nur Donner«, sagte Traudl. »Ihr Angsthasen! Nur Donner. Jedenfalls ist die Lisa vom Reichsarbeitsdienst nicht zurückgekommen. Die Irma kam heim, fiebernd, verdreckt, zerschunden, halb taub nach einem Bombenangriff. Die Lisa nicht.«

»Wer hat nach Lisa gefragt?«, setzte ich nach. »Außer uns?«

»Die Julika! Die war von allem, was mit ihrer Oma zu tun hatte, völlig gebannt. Kam aus Amerika und wollte unbedingt bei uns heimisch werden. Dazu gehört doch, dass man über die Vergangenheit Bescheid weiß, nicht wahr? Aber da drüben, über den Atlantik rüber, da haben sie wohl keinen richtigen Bezug zu dem, was mal war.«

»Wussten Sie das?«, fragte ich Kreuzkamp, als wir das Heim verließen und zum Auto gingen. »Dass Julika hier war?«

»Nein. Julika hatte einen guten Draht zu den Alten. Deswegen habe ich sie manchmal losgeschickt, einfach nur mit den Herrschaften sprechen. Aber von Traudl Niebergall hat sie kein Wort gesagt.«

32

Sie vermisst Julika. Beinahe panisch zeichnet Irma alle Telefonnummern auf ihrem Unterarm mit einem schwarzen Edding nach. Sie hat den ganzen Vormittag telefoniert. Alle ihre Freundinnen gefragt, ob sie wissen, wo Julika ist. Sie hat keine genauen Auskünfte bekommen. Irma rotiert. Sie läuft durch die Wohnung, trinkt Wasser aus dem Hahn. Sie muss dringend ihre Haare waschen, doch dabei muss Julika ihr helfen. Niemand anderen lässt sie mehr an sich heran. Wenn Julika sie in den Arm nimmt, wird die Schuld leichter. Diese schreckliche Schuld, dieses dunkle Gebilde aus Angst. Ich habe es nicht gewollt. Wenn ich sterbe, werde ich dafür geradestehen müssen. Doch in Julikas Arm, da kommt es Irma vor, als könnte sie sich verlieren. Aber sie kann ja nicht verloren gehen, solange Julika sie hält, die große, schöne, blonde Julika, die so nordisch aussieht, dass sie damals, in der schlimmen Zeit … daran will Irma nicht denken. Glücklich ist, wer vergisst.

Irma möchte in eine andere Zeit wechseln. Sie sieht sich gern den Landshuter Hochzeitszug an. Eine ihrer Freundinnen sorgt dafür, dass sie einen Platz auf einer Tribüne in der Altstadt bekommt. Dann denkt sie oft, sie könnte als Edeldame, nein, besser als Marketenderin leben. Sie will zurück, 500 Jahre zurück in die Vergangenheit, im Dunkel der Kostümfalten verschwinden, in einer Zeit, als es noch keine Lisa gab, als sie nicht schuldig war. Eine Zeit ohne Schmerz. Irma atmet schwer. Sie ist nicht mehr jung. Aber das ist ihr egal. Wenn sie es nur wieder gutmachen könnte. Sie liebt Julika so sehr. Dass sie Julika in dieser Intensität vermisst, das ist die Strafe. Die Strafe für die Sache mit Lisa.

33

»Bist du verrückt? Wie soll ich das machen?« Nero hörte sich ungehalten an.

»Elisabeth Halbwachs«, wiederholte ich geduldig. »Aus München. Geboren 1927 oder 1926. Um den Dreh. Kannst du mir helfen oder nicht?«

»Wo fummelst du da rum?«

»Ich fummle nicht, ich mache meine Arbeit.« Er verstand nicht. Seine Arbeit war in seinen Augen richtige Arbeit. Polizeiarbeit. Meine Arbeit war Spaß und Spannung, Fiktion, nichts Echtes: schreiben.

»Hast du mir sonst etwas zu sagen?«, fragte er.

Ich glaubte, nicht richtig zu hören. »Was meinst du?«

»Hast du eine Affäre?«

Ich musste lachen. »Nein, verdammt!«

»Aber du ziehst mit diesem Schauspielerverschnitt herum.«

Woher er das nun wieder hatte. In Kleinstädten wucherten alle Arten von Gerüchten, aber an diesem war garantiert nichts dran. Das wäre mir aufgefallen, wenn ich was mit Cary Grant hätte.

»Falls du auf den Lokalmatador der Landshuter Zeitung anspielst: Der schreibt ein Buch über Kriegskinder. Die Generation, die 1945 ungefähr 18 war. Sein Hobby. Wir haben in Sachen Recherchen zusammengeschmissen, weil mein neuer Auftrag und sein Projekt artverwandt sind.« Dabei fiel mir ein, dass Nero sich noch mit keiner Silbe nach meinem Landshuter Auftrag erkundigt hatte. Grund genug, auf der Eingeschnappt-Skala ein paar Teilstriche weiter nach oben zu wandern.

Nero grummelte irgendetwas. Diese Angewohnheit regte mich auf: Zwei, drei Sätze vor sich hinzumurmeln, so leise und undeutlich, dass ich sie garantiert nicht verstehen konnte, weil ich sie nicht verstehen sollte.

»Was ist?«, fragte ich ungeduldig.

»Nichts.«

»Aha.«

Das war es, was ich hasste, was ich nie wieder gewollt hatte. Spielchen. Nervereien. Rollenspiele nach dem Beziehungslibretto. Unfähigkeit zu klaren Aussagen.

»Hilfst du mir jetzt?«

»Wenn du mich brauchst …«

Nero fühlte sich nicht gerne übergangen, und dies war seine Art, es zu zeigen.

»Verdammt, Nero, mach es nicht so kompliziert. Können wir uns treffen?« Lass uns reden, dachte ich, aber dieser blöde Satz nervt, den wollte ich nie mehr aussprechen, ich habe genug geredet in diesem Leben. Ich schreibe lieber.

»Ich melde mich.« Drei Worte, und er legte auf.

Hätte ich nun im Supermarkt Regale einräumen müssen, wäre das kein Problem für mich gewesen.

Ich hätte mich einfach an die Arbeit gemacht. Aber schreiben, mit Wut und Verwirrung im Bauch, Selbstvorwürfen, die aus alten Tagen stammten, und dem Gefühl, irgendwo einen Fehler gemacht zu haben? Gänzlich unmöglich. Schreiben funktionierte nur, wenn ich auch selbst im Fluss war, im Gleichgewicht wenigstens, und das war mir höllisch durcheinandergeraten. An diesem aufgeblasenen, unprofessionellen Kreuzkamp-Grant lag mir nichts. Er rief nur ein paar körperliche Reaktionen hervor. Wozu hatte man schließlich Hormone! Ich schnappte mir mein Handy, verließ das Haus und legte mich auf meine Gänseweide. Austerlitz und Waterloo interessierten sich nicht für mich. Sie waren am Teich mit gegenseitiger Federpflege beschäftigt. Ich beneidete sie. Sie waren lebenslang treu. Das gehörte zu ihrem genetischen Programm, stand einfach außer Frage. Ich dagegen hatte die freie Wahl, ob ich dem Mann, den ich – keine Ahnung, liebte? – treu sein wollte oder nicht. Freier Wille ist was ganz Blödes, dachte ich und rief Juliane bei ihrer Schwester an.

»Ach, Keachen, wie gut, dass du dich meldest.« Juliane holte tief Luft. »Heute morgen habe ich Dolly zum Neurologen geschleppt. Sieht düster aus. Wahrscheinlich Alzheimer.«

»Woher weiß der das?«

»Sie musste eine Uhr zeichnen.«

»Eine Uhr?« Ich drehte mich auf den Bauch und rupfte ein paar Gänseblümchen aus.

»Das ist ein Test. Wenn du nicht mehr bei Trost bist, ist deine Uhr unnormal«, erläuterte Juliane.

»Ich verstehe kein Wort. Was für eine Uhr? Eine Wanduhr, Kirchturmuhr, Armbanduhr?«

»Du wärest durchgefallen, Schnullerbäckchen.«

»Aber ich hab kein Alzheimer.«

»Die Psycho-Heinis wollen ein genormtes Zifferblatt sehen. Ziemlich einfach, ja? Zahlen von 1 bis 12, 12 muss oben stehen. 6 unten. Dann noch zwei Zeiger. Super.«

»Und?«

»Dolly hat es nicht hingekriegt. Ihr Zifferblatt ging bis 32 und war an der Seite offen. Und sie malte nur einen Zeiger.«

»Würde ich kreativ nennen«, warf ich ein. »Ein Tag mit 32 Stunden, den hätte ich bitter nötig.«

»So habe ich bis heute früh auch gedacht.«

»Scheiße, Juliane. Was wirst du jetzt machen?«

»Nun: Ich bin die einzige Person von mehreren Milliarden Menschen auf dieser runden Kugel, die die Pflicht hat, einzugreifen. Dolly ist nicht mehr imstande, ein selbstständiges Leben zu führen. Alles hängt an mir.«

»Kann ich etwas für dich tun?«

»Schick mir ein anderes Leben. Per Einschreiben.« Juliane legte auf.

Ich blieb eine Weile in der Sonne liegen. Dann rappelte ich mich auf, ging ins Haus, steckte die Gänseblümchen in ein Schnapsglas und hockte mich an den Computer. Das WWW erklärte mir alles, was ich über Alzheimer wissen musste. Ich überflog die einzelnen Informationen, bis ich zur Quintessenz fand: dem Verlust eines Menschen. Sein Körper blieb, sein Ich verschwand. Und irgendwann baute auch der Körper ab. Blieb der Schluckreflex weg, half nur noch die Magensonde.

Vielleicht hätte ich es gar nicht so schlecht getroffen, wenn ich damals auf dem Sinai umgekommen wäre. Trotz der Schwüle überlief mich ein Schauder. Da kam die Sehnsucht nach der Schulter hoch, an der ich mich im Notfall festhalten wollte. Das war ganz gewiss nicht die von Cary Grant. Höchstens die von Juliane, aber ich hatte keine Chance; meine herzgeliebte Adoptivmutter würde den Abgang machen, bevor ich Alzheimer bekam, so viel war klar.

Mein Telefon klingelte. Ich dachte mit Schrecken an die Kundin, die mir die Buddha-Diät anvertraut hatte. Aber es kam noch schlimmer: Nero.

»Elisabeth Halbwachs«, begann er, ohne ein Wort der Begrüßung, »geboren am 27.12.1925 in München. Die Mutter hieß Franzi Halbwachs, geborene Salzacher, der Vater Georg Halbwachs. Vermisst seit 1943. Die Mutter, Jahrgang 1900, starb 1987. Elisabeth starb am 3. April 1945. Sie ist ertrunken.«

»Ertrunken?« Mein Gesicht brannte. Ich hatte zu lange in der Sonne gelegen.

»Steht hier.« Nero schwieg.

»Danke«, sagte ich halbherzig. »Wo sind die beiden begraben?«

»Auf dem Münchner Nordfriedhof, aber das Grab wurde 1997 aufgelassen.«

»Und gibt es Verwandte?«

»Kea, du machst mich wahnsinnig.«

»Aber darauf kommt es mir an! Dass beide tot sind, das weiß ich …«

»Franzi Halbwachs hatte keine weiteren Kinder. Aber eine ältere Schwester namens Sieglinde, und die hatte fünf Kinder, vier Mädchen und einen Jungen. Der Junge kam auch nicht heim. Ist 1939 in Polen gestorben. Von einem Unbekannten mit einem Messer angegriffen und getötet.«

»Lisas Cousinen!« Ich machte mir Notizen. »Wie hast du das rausgekriegt?«

»Ich habe jemanden gebeten, es herauszukriegen. Ich kenne ein paar Leute.«

»Danke! Wie heißen die Cousinen und wo finde ich die?«

»Liebe Kea, die Damen sind alle zwischen 1915 und 1920 geboren.«

»Leben sie noch?«

»Nur eine. Helga Geraldy. Jahrgang 1919. Versuch dein Glück.«

Er gab mir eine Münchner Adresse durch. Ich bedankte mich noch einmal. Wie artig ich war!

34

Wir sind entkommen. Durch den Schlund des zusammenstürzenden Hauses sind wir entkommen. Du, Lisa, ich, der einäugige Soldat und der, der mir den Druckverband gemacht hat, der sich allmählich rot färbt. Wir taumeln durch die Stadt, wieder ganz auf uns gestellt, und du suchst einen Arzt, der meine Wunde am Arm nähen kann, aus der ununterbrochen das Blut pulst. Es ist Nacht, Lisa, wo willst du einen Arzt finden? Einen, der hier ist, der noch lebt? Wo ist ein Krankenhaus? Wo ist jemand, der mir helfen will? Die Dienstpost hat mich umgebracht, Lisa. Doch ich hatte nie vor zu sterben. Du kommst aus der Großstadt. Aber ich bin aus einer kleinen Stadt, und dort hat man umso größere Träume.

Ich will leben. Will die Träume erleben, Lisa, meine liebe Lisa, will doch die Träume wahr machen. So wie du. Auch wenn unsere Träume verschieden sind. Ich träume von einem Amerikaner und du vom Führer, aber dennoch, dennoch …

Also, sagst du, dann reiß dich zusammen und lauf!

Ja, Lisa, in Ordnung, ich laufe ja, ich laufe, obwohl meine Ohren pfeifen, obwohl ich so schwach bin, so schwach wie nie. Obwohl der Hunger mich ganz schwindelig macht. Unsere mitgebrachten Brote vom Lager sind längst aufgegessen. Und der Staub, den ich mit jedem Atemzug schlucke, der Rauch und der Gestank, die trocknen mich aus.

Du nimmst mich am gesunden Arm und führst mich. Du kennst dich ja aus. Findest vielleicht das Krankenhaus, falls es noch steht. Findest vielleicht jemanden, der diese Wunde nähen kann, bevor gar kein Blut mehr in mir ist.

Da steht eine Frau vor mir. Eine Frau, die mit dir spricht, Lisa, und du beugst dich zu mir und brüllst mich an, damit ich dich höre, das ist die Frau vom Doktor, sagst du, sie näht die Wunde. Und warum nicht der Doktor selbst, frage ich, verzweifelt bemüht, meinen Kopf gerade zu halten. Warum nicht der Doktor? Der ist nicht hier, sagt die Frau. Sei tapfer, Kleines, das schaffen wir.

In meinem Arm brennt Feuer. Rote Glut. Ich schreie wie am Spieß und du hältst mich fest, Lisa. Du hast richtig Kraft, viel mehr, als ich je gedacht hätte. Die Frau des Doktors holt einen Splitter nach dem anderen aus meinem Fleisch. Ich sehe die Pinzette im Licht eines Lötkolbens. Es gibt kein anderes Licht. Nur diese Flamme.

Nimmt sie mir den Arm ab?, frage ich dich, aber du schüttelst nur den Kopf, starrst auf die Wunde und sagst, ich soll nicht albern sein. Warum übergibst du dich nicht, Lisa? Sagtest du nicht, du könntest kein Blut sehen? Und diese Frau da, die produziert Blut, das sprudelt und sprudelt aus meinem Körper, und ich zittere, mir ist kalt, aber ich will nicht albern sein, ich will mich nicht beschweren. Ich träume. Träume vom Amerikaner, der mich nach Chicago bringt. Niemand wird davon erfahren, von diesem Traum nicht und auch nicht von den anderen Träumen, die einer Maid aus der Kleinstadt im Kopf herumspuken.

Haben Sie keine Decke?, sehe ich dich fragen, und ich sehe dein Haar, das du schüttelst, und der Staub rieselt heraus, auf mich, auf mein Gesicht. Die Frau bringt eine Decke und sagt, die Wunde ist genäht, du bleibst noch ein bisschen liegen, dann musst du gehen.

Klar, flüstere ich, aber ich höre meine eigene Stimme nicht, sodass ich nicht weiß, ob ich es wirklich gesagt habe oder nur geträumt. Das ist der Nachteil. Alles passiert irgendwann nur noch in den Träumen.

Lisa, wo bist du? Bleib bei mir, ich will nicht allein sein, nicht jetzt, habe ich dich nicht immer im Arm gehalten, wenn du geweint hast?

Lisa?

35

Leitner saß auf der Ladefläche seines Pick-ups und rauchte. Das war nichts Besonderes, so verbrachte er den einen oder anderen Feierabend im Sommer. Er fuhr einfach aus der Stadt raus, stellte den Wagen auf einen Feldweg und spielte Amerika. Heute aber war Elke dabei, und das veränderte die Qualität seines selbstgedrehten Films. Auf eine Weise steigerte es das Erlebnis. Sein Pulsschlag war bei 200 angekommen, mindestens. Auf eine andere Weise schmälerte Elkes Anwesenheit sein Hochgefühl. Wenn er für sich war, brauchte er nicht zu reden. Leitner war maulfaul. Ihm gingen die Wörter aus. Vor allem am Abend. Da hatte er das Gefühl, alle fünf Kilogramm Wörter, die ihm pro Tag zur Verfügung standen, investiert zu haben. Zurück blieb nicht eine Silbe.

Elke hockte auf der Ladefläche neben ihm, das Kinn auf die Knie gestützt, und sah in die Ferne.

Entspann dich, dachte Leitner. Vielleicht will sie sich gar nicht unterhalten. Es soll Frauen geben, die lieben das Schweigen. Wieso Elke eigentlich weiter ihren Ehering trug? Leitner sah verstohlen auf ihre rechte Hand. Schöne Hände. Schnippelten täglich an Leichen herum, aber sie sahen aus wie die Hände einer Kosmetikerin. Wie sehen eigentlich die Hände einer Kosmetikerin aus?, überlegte Leitner. Das lag an Elke. Nur weil sie hier saß, machte er sich bescheuerte Gedanken. War ja ganz egal, welche Hände eine Kosmetikerin hatte.

»Die Julika geht mir nicht aus dem Kopf«, sagte Elke.

Leitner drückte seine Kippe an der Seitenwand aus und schnippte sie über Bord. War nur Tabak. Reine Natur. »Wieso?«

»Weil ich persönlich niemals einfach so eine CD mit zu den Veranstaltungen nehmen würde. Wenn ich Hochzeiterin wäre.«

»Was würdest du denn mitnehmen?« Leitner richtete sich auf und lehnte sich Elke gegenüber an die Seitenwand der Ladefläche. Nun hatte er die Sonne im Rücken, aber dafür sah er Elkes Gesicht in strahlendem Orange.

»Taschentücher, Hausschlüssel, vielleicht ein paar Euro. Eine Slipeinlage oder wahlweise einen Tampon zum Wechseln.«

Leitner wurde rot und war dankbar, dass Elke es im Gegenlicht nicht sah.

»Ich versuche, mir ein Szenario vorzustellen, wie Julika an die CD gekommen sein könnte, wenn sie sie nicht zu Hause in ihren Beutel gesteckt hätte«, fuhr sie fort.

»Sie könnte es irgendwo draußen von jemandem bekommen haben.«

»Pfff, Leitner!« Elke Winterling lachte. »CD-Übergabe auf der Landshuter Hochzeit? Unwahrscheinlich.«

»Sei nicht so streng! Auch die Landsknechte und Trommler gehen ab und zu in ein Café auf einen Coffee to go.«

»Vergiss es.« Elke lachte.

Leitner hätte gern noch eine Zigarette geraucht. Aber er wollte versuchen, die Pausen zwischen den Kippen auszudehnen. Vielleicht würde er auf 40 Zigaretten am

Tag runterkommen. Von mindestens 50. »Dann bleibt nicht mehr viel. Nur, dass der Mörder ihr die CD in den Beutel geschoben hat.«

»Überleg mal. Der Beutel ist winzig.«

Leitner wartete. Es war ihm sympathisch, dass Elke sich Zeit ließ.

»Allerdings habt ihr ja ständig mit Taschendieben und Kleinstkriminellen zu tun«, fügte sie hinzu. »Wer was aus dem Beutel klauen kann, kann auch was reinstecken. Und dann der Tatort: Denn der Fundort ist der Tatort, kein Zweifel. Warum hat niemand die beiden gesehen? Das Opfer und den Mörder? Hat er damit gerechnet, dass die Abflussrinne verstopft war und der Treppenaufgang kurz davor stand, sich in einen Wasserfall zu verwandeln? Kein Wunder bei dem Mistwetter. Oder hat der Mörder das alles akribisch geplant?«

»Mörder denken nicht unbedingt. Sie kommen mit halbgaren Plänen und geraten ins Hintertreffen, weil irgendwo Zeugen herumlaufen oder etwas anderes nicht klappt.«

»Klar.« Elke reckte das Kinn. »Gibst mir mal eine Zigarette, Leitner?«

Er lachte und hielt ihr eine Handvoll Selbstgedrehte hin.

»Nur eine«, wehrte sie ab.

Er gab ihr Feuer. Zündete sich selbst eine an.

»Unser LKA-Mann hält es für unwahrscheinlich, dass Julika Kontakte zur organisierten Kriminalität hatte. Er meint, Frauen kommen in Beziehungen oft zwangsläufig in die Situation, ihre Männer zu decken, ohne es zu merken«, sagte Leitner.

Elke zuckte die Achseln. »Der LKA-Typ ist doch völlig verwirrt. Irgendwas stimmt mit dem nicht.«

»Ja. Der ist in Gedanken ständig woanders.«

»Wahrscheinlich Liebeskummer.« Die Rechtsmedizinerin pustete den Rauch in Leitners Richtung. Ihr Gesicht verlor Farbe. Er drehte sich um. Die Sonne war nun fast über den Horizont geglitten. Ein Rest rot-goldenen Lichtes schwebte über den Bäumen.

»Ich bin ja lange weggewesen aus Landshut«, fuhr Elke fort. »Zu lange, wenn ich so drüber nachdenke. Aber eine Geschichte gilt nach wie vor zur Landshuter Hochzeit.«

»Welche?«

»Als Ritter – mit Turniersieg – hast du gute Chancen bei den Mädchen.« Sie lachte keck. »Als Geistlichkeit spielst du in einer anderen Liga.«

Leitner unterdrückte ein Husten: »Das sind die alten Späße. Das Turnier bietet gute Gelegenheiten.«

»Inklusive einen heimlichen Wettbewerb. Ein Liebesturnier.« Elke zwinkerte. »Wer die meisten Mädchen flachlegt. Die Männer gewinnen nach Punkten.«

»Hatte Julika Sex, bevor sie umgebracht wurde?«

»Nein.«

»Du meinst, sie wollte nicht und der Kerl hat sie deshalb in die Pfütze gedrückt?«

»Denkbar, oder?« Elke schnippte ihre Kippe ins Grüne. »Egal, aber schau dich mal um bei den attraktiven Kerlen unter den Rittern und Knappen. Da findest du vielleicht den einen oder anderen, der ein Auge auf Julika geworfen hat. Sie war ein hübsches Mädchen, sehr jung, sehr natürlich. Passte gut in die Rolle der Spielfrau.«

»Deine Mutter könnte mir die Arbeit erleichtern.«

»Meine Mutter?«

Leitner grinste. »Sie weiß doch, wer mit wem, oder?«

Elke Winterling streckte sich rücklings auf dem Pick-up aus. »Ich kümmere mich drum. Morgen.«

36

Von jeher hatte ich eine Schwäche für Haidhausen. Dieser Stadtteil kam mir jedes Mal wie eine andere Welt vor, wenn ich durch das Münchner Chaos gekurvt war. Wie ein Dörfchen, dem nur noch der Maibaum fehlte. Umso sympathischer war mir, dass Helga Geraldy, Lisas Cousine, dort lebte. Mit 90 in der eigenen Wohnung. Eine Frau, die ich unbedingt kennenlernen musste, um herauszufinden, wie man es anstellte, im Alter selbstständig zu bleiben.

Kurz nach 17 Uhr klingelte ich im Erdgeschoss eines Hauses in der Metzgerstraße. Ein rollstuhltauglicher Eingang ohne Türschwelle. Helga Geraldy wartete auf mich am Ende eines langen Korridors. Sie stützte sich auf einen Rollator und lächelte mir zu. Ihre braunen Augen verschwammen hinter immensen Brillengläsern. Die Arme, mager und blau geädert, ragten aus einem schwarzen T-Shirt, an dem sie eine Ginkgo-Brosche festgesteckt hatte. Sie trug Jeans. Jeans! Mit 90! Ich fühlte mich ihr sofort nah.

»Grüß Gott, Frau Geraldy. Ich bin Kea Laverde. Wir haben telefoniert.«

»Geraldy.« Der Druck ihrer knotigen Hand war fest. »Kommen Sie herein. Ein kühler Tag heute, das tut mir gut. Ich komme mit der Hitze nicht zurecht.«

Ihr weißes Haar war kurz geschnitten, so wie Julianes, aber lockig. Sie machte eine leichte Kopfbewegung in ihre Wohnung. Ich trat ein. Ein großes Zimmer, spartanisch eingerichtet mit zwei Sesseln, Anrichte, Fernseher. Ein Esstisch mit vier Stühlen. Nicht ein Bild hing an der Wand.

»Ich brauche nicht mehr viel. Kommen Sie, setzen Sie sich.«

Aus den Wohnungen alter Menschen kannte ich ganze Ahnenreihen – Fotos, die Ehepartner, Kinder, Kindeskinder, manchmal Generationen von Katzen und Hunden zeigten. Bei Helga Geraldy dagegen herrschte Minimalismus. Vielleicht war sie nie verheiratet gewesen.

»Ich interessiere mich für Ihre Cousine Lisa Halbwachs«, sagte ich, nachdem wir ein paar Floskeln über das Wetter und den Verkehr ausgetauscht hatten. »Es geht eigentlich darum, dass ich die Biografie von Irma Schwand schreibe. Sie war …«

»Irma! Mein Gott, wie lange habe ich nichts von Irma gehört.« Helga ließ den Rollator los und setzte sich erstaunlich anmutig auf einen Stuhl. »Ich bin ja nun um einige Jährchen älter als meine Cousine. Als Lisa geboren wurde, kam ich gerade in die Schule. Ich war unter meinen Geschwistern die Zweitjüngste. Deswegen war ich selten an der Reihe, auf Lisa aufzupassen. Das mussten meine Schwestern machen. Wir waren vier

Schwestern und ein Bruder. Alle kurz hintereinander geboren.«

»Wie war Lisa so?«

»Sie hatte den Kopf in den Wolken. Ein Träumerchen. Möchten Sie etwas trinken?«

»Nein, danke.«

»Gut, dann muss ich nicht aufstehen.« Sie lachte und ihre Züge verzogen sich zu einem frechen Lausbubengesicht. »Die Nazi-Ideologie war genau etwas für Leute wie Lisa. Die Lieder, die Lagerfeuer, die ganze Romantik … darauf ist Lisa hereingefallen. Sie wollte nichts anderes hören. Hat sich in Hitler verliebt. Schauen Sie nicht so! Als Autobiografin möchten Sie die Wahrheit hören, oder? Da gibt es so ein Alter, in dem verlieben sich Mädchen in einen Filmstar oder einen Actionhelden. Heutzutage stehen einige zur Verfügung. Ziemliche Tölpel. Gibt es überhaupt noch gut aussehende Männer mit Umgangsformen? Ich weiß nicht, warum diese Gattung ausgestorben ist.«

»Vielleicht haben die emanzipierten Frauen sie verjagt«, warf ich ein und kam mir schlau und witzig vor.

»Unsinn! Wenn die Männer klug gewesen wären, dann hätten sie uns bei unseren Bemühungen um mehr Rechte unterstützt und es hätte keinen Grund gegeben, sie als Spezies von der Bildfläche zu fegen.« Sie wies auf ihre kahlen Wände. »Ich war nie verheiratet. Keine Kinder. Aber wissen Sie, ich war gern allein. Ich mochte es. Und ich mag es heute noch. Ich kann niemanden für mein Glück oder mein Unglück verantwortlich machen.«

Ich nickte. Mit spontanen Einwürfen sollte man bei Helga Geraldy vorsichtig sein.

»Lisa hat die braunen Ideen in sich aufgesaugt wie ein Schwamm. Als hätte sie nur auf etwas gewartet, woran sie glauben konnte. Wie soll ich Ihnen das erläutern. Sie … war so verträumt. Sie träumte sich eine perfekte Gesellschaft nach Naziwünschen. Hing sehr an ihrem Vater, war aber stolz, als er 1939 an die Front zog. Er wurde sofort eingezogen, mein Onkel Georg. Ich habe geweint, ich mochte ihn. Er war ein lustiger Kauz, der uns Kindern oft etwas vorzauberte. Münzen aus Nase oder Ärmel zog.«

»Lisa hat nicht geweint?«

»Nun, vielleicht hat sie geweint. Seit dem Tag, da ihr Vater ging, hatte sie so einen traurigen Ausdruck in den Augen. Im Lauf des Krieges wurde sie immer ängstlicher. Aber dann lernte sie Irma kennen.«

»Irma aus Landshut?«

»Irma aus Landshut. Lisas Mutter war durch die Kriegsumstände und die beständige Sorge um ihren Mann sehr geschwächt. Sie hatte eine Freundin aus der Schulzeit, Irmas Mutter. So fuhr sie mit Lisa in den Sommerferien nach Landshut und die beiden Mädchen freundeten sich an. Später, als es in München verheerend zuging, schickte sie Lisa ganz nach Landshut.«

»Kannten Sie Irma persönlich?«, fragte ich.

»Aber ja. Sie war einmal bei Lisa in München zu Besuch. Lisa war mächtig stolz. Sie bewunderte Irma. Vergötterte sie geradezu. Wurde eifersüchtig, als Irma mich zum Abschied umarmte. Sie wollte, dass Irma ihr gehörte. Ihr ganz allein.« Helga Geraldy musterte mich kritisch. »Rauchen Sie?«

»Manchmal.«

Sie stand auf, ging ein paar wackelige Schritte auf dünnen Beinen. Nahm eine Schachtel Philip Morris aus der Anrichte, ein Feuerzeug, einen Aschenbecher.

»Ich habe geraucht, bis ich 60 wurde. Dann aufgehört. 1979. Aber nur pro forma. Ich dachte, ich sollte etwas für die Gesundheit tun. Nun gönne ich mir seit einigen Jahren zwei Zigaretten am Tag. Nicht mehr, aber auch nicht weniger.« Sie gab mir Feuer, mit zitternder Hand, aber in einer ebenso grazilen Geste, mit der sie alle Bewegungen ausführte.

»Irma vermittelte Lisa wahrscheinlich Sicherheit«, nahm ich den Faden wieder auf.

»Natürlich tat sie das. Irma hat sich nie abschütteln lassen. Sie fand immer einen Weg! Sie setzte sich Ziele und kämpfte, bis sie sie erreicht hatte.«

»Aber sie lag politisch ziemlich anders als Lisa. Hat sie mir zumindest erzählt.«

Helga rückte an ihrer Brille. »Irma hielt nichts von den Nazis. Sie machte halt mit. Hielt den Mund, wie wir alle. Zum Schämen ist das! Ein Volk, das mal eben mitmacht. Verstand und Instinkt ausschaltet und …« Sie brach ab.

»Lisa und Irma kamen dann zusammen zum Reichsarbeitsdienst?«

»Ja. 1944 muss das gewesen sein. Es erwischte sie gemeinsam. Lisas Vater galt seit 1943 als vermisst. Sie schwankte zwischen tiefer Trauer, irrationaler Hoffnung, er käme noch zurück, und Stolz, dass ihr Vater auf dem Feld der Ehre … und so weiter. Ich kann diese Formeln nicht einmal wiederholen, ohne dass sich mir alle Haare aufstellen.«

Wir schwiegen und rauchten. Als ich meine Kippe ausdrückte, fragte ich: »Wie ist Lisa gestorben?«

»Das war mysteriös. Aus Irma habe ich nie etwas herausgekriegt. Wenn Sie mich fragen: Irma fühlte sich schuldig an Lisas Tod. Nicht, dass sie … eine wirkliche Schuld auf sich geladen hätte. Aber irgendetwas beschäftigte sie. Als Lisa tot war, holten wir ihre Mutter zu uns. Sie blieb bei uns in München wohnen. Bis zu ihrem Tod lebten meine Mutter und Tante Franzi zusammen. Die beiden Schwestern hingen sehr aneinander. Im Alter wurden sie sich immer ähnlicher, wie Zwillinge. Sie kleideten sich gleich und gingen oft Hand in Hand spazieren. Ihre starke Nähe, ich möchte sagen, ihre Seelenverwandtschaft, hat sie aufrechterhalten. Tante Franzi war für meine Geschwister und mich wie eine zweite Mutter. In Zeiten wie diesen kann man ja gar nicht genug Mütter haben. Keine Liebe mehr, nur noch Leistung, Konkurrenz, Materialismus.« Helgas Hände spielten mit der Zigarettenschachtel. »Tante Franzi starb 1987. Meine Mutter ein halbes Jahr später.«

»Lagen sie auch im selben Grab?«

»Aber ja. Niemand hätte sie trennen können.«

»Haben Sie Kontakt zu Irma gepflegt?«

»Nein. Dazu waren wir auch … wie soll ich sagen … nun, wir hatten nicht viel gemeinsam.«

Ich betrachtete Helga. Eine Frau, die etwas Vornehmes, Anmutiges ausstrahlte. Dagegen Irma: ein Erdmännchen, ein Haudegen, ein Wirbelwind.

»Sie war ein Lausbub. Als Kind wollte sie immer ein Junge sein.« Helga lachte.

»Aber wie kam es, dass niemand etwas über die Umstände von Lisas Tod in Erfahrung brachte?«

»Wir bekamen nur bruchstückhafte Informationen. Meine Mutter kümmerte sich um alles, Papiere, Bestattung. Tante Franzi war gar nicht in der Lage dazu.«

»Lisa soll ertrunken sein«, sagte ich vorsichtig.

»Ja. In einer Pfütze.«

»In einer – Pfütze?«

»Ich sage ja, mysteriös. Meinen Sie, wir hätten damals Detektiv gespielt? Jeder war damit beschäftigt, zu überleben. Nicht krank zu werden, nicht zu verhungern, keine Bombe auf den Kopf zu kriegen. Nicht aufgeknüpft zu werden von den Schergen, die überall unterwegs waren! Wir zählten die Tage, bis endlich die Amerikaner kamen. Und fürchteten sie gleichzeitig. Ich habe damals mehr Angst um Lisas Mutter gehabt, als ich Trauer um Lisa empfunden habe. Ich wollte einfach nicht, dass Tante Franzi auch noch zugrunde geht. Lisa war tot, aber ich empfand kaum etwas. Dazu hatte ich zu viele Tote gesehen. Ich musste eine Weile in einem Lazarett arbeiten. Was ich dort mitbekam, hat an Entsetzlichem für mein Leben gereicht.«

»Hat irgendjemand sich näher dafür interessiert, wie Lisa in einer Pfütze ertrinken konnte?«, fragte ich. Ich dachte an den Mord in Landshut. Julika Cohen, die man tot in einer Pfütze liegend gefunden hatte. Nicht ertrunken, das hatte Kreuzkamp in der Zeitung geschrieben. Ihr war das Genick gebrochen worden. Ein Mädchen, etwa so alt wie Lisa damals, ein Mädchen, das dieser Lisa auch noch ähnlich sah.

»Nicht, dass ich wüsste. Wie geht es Irma?«

»Nicht gut. Sie hat eine schlechte Diagnose bekommen. Alzheimer.«

Helga sah mich durch ihre immensen Brillengläser hindurch an und sagte: »Das ist jetzt nicht wahr?«

»Doch. Leider.«

»Scheibenhonig. Hat sie schon vergessen, wer sie ist?«

»Das Problem besteht darin, dass ihre Enkelin umgebracht wurde. Julika, gerade 20 Jahre alt.« Ich räusperte mich. Todesnachrichten zu überbringen war ich nicht gewöhnt. »Seit Irma das weiß, hat sie rapide abgebaut.«

»Da werden die Ärzte sagen, das sei eine Stressdemenz. Extrem schneller mentaler Abbau aufgrund eines Schockerlebnisses. Ein schönes Etikett.« Helga Geraldy lachte laut auf. Dann blickte sie aus dem Fenster. Ich sah die Tränen auf ihren Wangen. »Aber so ist es. Wir bauen alle ab. Wir werden weniger und weniger. Der Körper, der Geist … bis das bisschen, was noch geblieben ist, von einem einzigen Windhauch davongetrieben wird.«

»Kannten Sie Julika?«

»Ich? Nein. Ich hatte, wie gesagt, keinen Kontakt zu Irma.« Sie zog, wiederum voller Anmut, ein Papiertaschentuch aus ihrem Ausschnitt und tupfte sich die Tränen ab. »Aber Irma war eine Grenzgängerin. Wissen Sie, was ich oft dachte? Dass Menschen wie Irma in winzigen, kurzen Augenblicken etwas von der anderen Welt offenbart wird. Wenn wir uns den Irmas dieser Welt anschließen, dann erfahren wir etwas. Dann ist Licht in unserer Finsternis.«

Dienstag, 30.6.09

Am Ende ist es so, dass wir die Dinge,
die wir unbedingt sehen wollen, niemals sehen.
Leonardo Sciascia

37

»He, Hartstetter!« Leitner griff dem Pferd in die Zügel. »Warte mal.«

»Was?« Christian Hartstetter, hoch zu Ross, trug Unterzeug und Schutzhandschuhe und machte eine wichtige Miene, während sein Knappe ihm half, die Rüstung anzulegen.

Leitner warf die Zigarette auf den Boden und trat sie aus.

»Mensch, Leitner!« Hartstetter beugte sich zu ihm herunter. »Der Dreck bringt dich noch um.«

»Kanntest du die Cohen Julika?«

Hartstetter, dem die blonden Haare fast bis auf die Schultern fielen, wurde rot. Wenn man Elkes Mutter glauben durfte, hatte er in dieser Saison bei der Damenwelt die höchste Punktzahl bereits erreicht. »Was meinst du?«

»Ob du sie kanntest.«

»Klar. Die war noch nicht lange in Landshut. Und wenn neue Mädchen kommen …«

»Neue Lieferung, ja?«

»Schmarrn.« Die Rüstung knarrte, das Pferd warf unruhig den Kopf hin und her. Der Knappe reichte die Helmglocke hinauf. Leitner erinnerte sich daran, wie er als Kind beim Hochzeitszug ganz vorne gestanden war. Ganz nah an den Akteuren. Wie die Pferde getänzelt hatten, nervös, verschreckt, wie sie manchmal ausgebrochen waren und von den Reitern nur mit Mühe gehalten werden konnten. Jedes Mal war er zurückgewichen, hatte sich an die Beine seiner Mutter gedrückt.

»Wer von euch hat sich denn für die Julika interessiert? Für sie als Frau?« Leitner kam sich dämlich vor. Wer war scharf auf sie? Wer hat sie flachgelegt? Das wären die richtigen Fragen. Aber hatte er, Leitner, Elke flachgelegt? Auf dem Pick-up? Das traf rein technisch zu. Aber stilistisch nicht.

Hartstetter stülpte den Helm über. Sein Gesicht war nun bis auf den Mund und das Kinn bedeckt. Leitner spürte, wie der junge Mann ihn durch den Sehschlitz musterte. Der Knappe reichte Kinnreff und Kehlstück an. Leitner kannte ihn vom Sehen. Thomas Kuznick, ein krummer Hund, vielleicht Mitte 20, der als Zwölfjähriger das erste Mal auf dem Revier aufgeschlagen war. Ladendiebstahl, kleine Gaunereien. Seit ein paar Jahren schien er sich gefangen zu haben. Sein Viperntattoo, das ihn im Ort auszeichnete und das normalerweise dreist von seiner Brust herabspähte, war ganz nach Vorschrift unter der Kostümierung verborgen. Meine Güte, so hager hatte Leitner ihn gar nicht in Erinnerung. Er sah fast verhungert aus!

»Ihr habt doch einen internen Wettbewerb«, sagte Leitner kühl. »Spricht sich ja schnell rum. Ritter kommen bei der Weiblichkeit gut an.«

Kuznick lachte. »Mit Turniersieg haben die Herren die besten Chancen. Das spornt an.«

Hackstetter klopfte auf seinen Schild, den er an der Rüstung trug, und den die Connaisseurs ›Tartsche‹ nannten. Die Montur bedeckte nun vollständig sein Gesicht. Seine Stimme klang metallisch durch die Panzerung. »Na und, Leitner! Ist nicht verboten!«

Der Knappe hängte die Lanze ein.

»Also hast du sie gekannt, warst scharf auf sie und hast sie flachgelegt. Und das bedeutet, du bist ein wichtiger Zeuge. Komm zu mir ins Büro. Ungeduscht. In zwei Stunden.«

Leitner zog von dannen. Er ließ sich doch von den potenten Halbstarken nicht verscheißern! Er doch nicht!

»Nun warte mal, Leitner.«

Aha. Der Kommissar drehte sich um: »Gedächtnisfunktionen durchgecheckt?«

»Ich hatte nichts mit der Julika.« Hartstetter trieb sein Pferd an und brachte es neben Leitner zum Stehen. »Aber es stimmt. Wir hatten sie auf der Liste.«

»Auf welcher Liste?«

»Keine Liste auf Papier. Du weißt ja, wie man redet. Unter Männern.«

»Weiß ich das?« Leitner starrte auf den Sehschlitz des Ritterhelmes. Was für eine alberne Prozedur. Er wollte nicht in der Panzerung feststecken, um in der Sonne zu rösten.

»Man unterhält sich eben. Diskutiert die Frauen durch, die man gut findet. Mit denen man gern mal …«

»… nebenraus gehen will«, vollendete Leitner. »Wer

wollte in die Besenkammer? Oder«, er wies auf die Stallungen hinter sich, »in die Sattelkammer?«

»Der Hallhuber Siegmar und sein Kumpel, der Berger Alfi. Die haben gewettet. Wer die Julika zuerst rumkriegt, hat gewonnen.«

»Wie hoch ist der Wetteinsatz?«

»Zwei Kästen Bier.«

»Was hat denn der Neugruber dazu gesagt?« Leitner musste an sich halten. Die Männer wurden immer fantasieloser. Kein Wunder, wenn sie keine Freundin fanden, die es länger als ein paar Nächte bei ihnen aushielt.

»Welcher Neugruber?« Hartstetter tätschelte seinem Pferd den Hals.

»Der Herbert. Mensch, die Julika war mit ihm zusammen.«

»Die war nicht mit dem Neugruber zusammen. Das hätte er gern gehabt. Er hat es in der ganzen Stadt herumposaunt. Aber das war Wunschdenken, Leitner! Wunschdenken. Die Julika hätte den Neugruber nicht mit der Kneifzange angefasst.«

»Die beiden sind also nicht miteinander in der Sattelkammer gewesen?«

»Ach, lass den Scheiß. Der Neugruber, der hat bei der Landshuter Hochzeit noch nie mitgemacht. Dem fehlt's an allem. Keine Disziplin, der kann nicht mal reiten. Zu den Proben würde er auch nicht kommen. So ein hartes Programm hält der Neugruber nicht durch. Der hockt lieber vor seinem PC und ballert sich die Birne weich.«

»Killerspiele?«

»Alle Spiele, wo das Blut spritzt. Schau ins Internet, da findest du, was du suchst, und erwischt wirst du eh nicht. Du kannst zu jedem legalen Spiel eine schuftige Aufrüstung finden. Mehr Gewalt, mehr Sex, mehr tote Frauen.«

»Also Julika und Herbert, die waren kein Paar?« Leitner betrachtete mitleidig das Pferd, das unruhig den Kopf hin und her warf, offensichtlich unglücklich über die schwere Schabracke, die ihm nur zwei schmale Gucklöcher ließ.

»Habe ich dir doch gesagt! Das hat der Herbert rumerzählt. Der gibt an wie zehn nackte Neger.«

»Vorsicht! Rassismus!«

»Bin ich Beamter? Wenigstens darf man noch sagen, wonach einem ist.«

»Servus«, sagte Leitner, und dachte bei sich: Hundsfrecker, damischer!

38

»Ich mache als Pferdeführer mit«, sagte Alfi Berger, ein hagerer Mann mit viel zu dünnen, langen Haaren, die frisch geföhnt seine Schultern umwehten. Seine geröteten Augen blinzelten Leitner nervös an. »Wenn du Ritter werden willst, musst du langsam reinwachsen.«

Als ob Leitner das nicht wüsste. Sie saßen vor einer Tasse Kaffee vor dem Haus Kronprinz in der Altstadt und betrachteten das bunte Treiben.

»Ist das nicht die typische Karriere? Erst Pferdeführer, dann Knappe, dann Ritter?«

»Schon.«

»Wie alt bist du?«

»19.«

»Hast ja noch Zeit.« Leitner zündete sich eine Zigarette an und dachte an Elke. Kein guter Augenblick, um sich abzulenken. Aber der Gedanke war einfach zu verlockend. Zu wohltuend. Zu … Leitner sortierte seine Gedanken. »Du und der Hallhuber, ihr habt da eine Wette laufen, ja?«

»Woher wissen Sie das?« Alfi zwinkerte nervös.

»War das etwa geheim?«

»Nicht unbedingt. Aber an die große Glocke haben wir es nicht gehängt.«

»Nicht?«

»Verdammt, ich hätte mir ja denken können, dass irgendeiner was mithört. Wir, also der Hallhuber und ich, wir haben gewettet, und der Hartstetter hat durchgeschlagen. Nur wir drei.«

»Dann muss wohl einer geplaudert haben«, lächelte Leitner und drückte die Kippe aus.

Alfi zuckte die Achseln. »Kann nur der Hartstetter gewesen sein, der Großkotz.«

»Warum?«

Alfi wurde puterrot.

Daran sieht man, dass er noch beinahe in der Pubertät ist, dachte Leitner und fragte: »Ich nehme an, der Hallhuber ist gerade nicht im Lande?«

»Der ist seit Donnerstag nicht mehr aufgetaucht. Ich habe ihn x-mal angerufen, aber der stellt sich tot.«

»Was?« Leitner hatte schon sein Mobiltelefon in der Hand.

»Ich kann nichts dafür!«

»Sagt ja auch keiner. Nun rück raus: Wo ist er?«

»Meinen Sie, er hat die Julika … umgebracht?«

»Ich habe meine Kristallkugel gerade nicht hier«, sagte Leitner und klopfte sich demonstrativ auf die leeren Jackentaschen. »Seine Handynummer? Adresse? Los, Bub, drück aufs Gas.«

»Der hat bei mir gewohnt. Für die gut drei Wochen Landshuter Hochzeit.«

»Und sonst? Ich krieg's raus, Alfi, aber du sparst dem Steuerzahler Geld, wenn du es mir gleich sagst.«

»Er wohnt in München. Fürstenried.« Alfi sagte brav die Adresse auf.

»Auch Pferdeführer?«

»Sie haben ihn nicht genommen.«

»Warum?«

»Er hat keine glückliche Figur gemacht bei der Bewerbung. Hat den Stress nicht ausgehalten. Kann man ja keinem verübeln. Ist anstrengend.«

Das ist deine Generation verflucht noch eins nicht gewöhnt, wetterte Leitner im Stillen.

»Aber der Hallhuber, der würde niemanden umbringen«, winselte Alfi.

»Nein, Mörder sind immer die anderen, die keiner kennt«, spottete der Kommissar. »Hast du mal drüber nachgedacht, dass jeder Mörder irgendjemands Freund, Bruder, Vater, Sohn ist?«

»Der Hallgruber ist sanft wie ein Lamm.«

»Das sind die Schlimmsten.«

»Nein, im Ernst!« Alfi strich sich das Haar zurück. »Im Ernst, Herr Leitner.«

»Bist du eigentlich mal auf die Idee gekommen, irgendjemanden zu verständigen, dass der Hallhuber verlustig gegangen ist?«

Alfi sagte nichts.

»Was hat dich davon abgehalten? Hast du ihn im Verdacht? Hat er mal was gesagt? Irgendwas gemacht, sich sonderbar verhalten? Nun mach's Maul auf!« Die letzten Worte brüllte Leitner. Die anderen Gäste sahen pikiert zu ihm herüber.

»Der Hallhuber und ich – wir waren zusammen auf der Schule. Bis zur mittleren Reife. Der Hallhuber hat danach keinen Job gekriegt. Ich habe die Ausbildung im Autohaus gemacht. Er war sauer, weil er beruflich nicht vorankam. Hat mir vorgeworfen, ich hätte nichts als Glück, während er die Scheiße abkriegt. Dann haben sie ihm seine Bezüge gekürzt, weil er sich nicht beworben hat. Der Hallhuber fängt alles an und hält nichts durch.«

»Und Julika? Hat er sie getroffen, angesprochen? Hat er dir was gesagt?« Leitner zündete die nächste Zigarette an. »Wer von euch hat die zwei Kästen gewonnen?«

»Keiner. Die Julika war ein harter Brocken. Abweisend und arrogant. Der Hallhuber hat nur so ein geheimnisvolles Gesicht gemacht, in der Nacht, als sie ermordet wurde. Wir haben bei mir zu Hause ein paar Bier getrunken. Dann hat er gesagt: Ich bin bald soweit. Dann überhole ich dich.«

»Was sollte das heißen?«

»Ich habe ihn gefragt, aber der Hallhuber hat nur

gegrinst. Hat sich gefreut wie ein Schneekönig. Als ob er was in der Hinterhand hätte. Oder im Lotto gewonnen. Oder bei ›Wer wird Millionär‹. Was weiß ich.«

»Wann genau kam der Hallhuber zu dir in die Wohnung?«

»So gegen 23 Uhr.«

»Ziemlich früh für einen wie den Hallhuber!«

Alfi zuckte die Schultern.

»Wo warst du letzten Donnerstag zwischen 1 und 3 Uhr?«

»Daheim. Im Bett. Wir haben kurz nach Mitternacht ausgetrunken und sind schlafen gegangen.«

»Zeugen?«

»Der Hallhuber …«

»Also gebt ihr euch gegenseitig ein Alibi?«

»Scheiße, Mann!« Alfi Berger wurde unruhig. Sein Blick begann zu flackern. Mit geröteten Augen starrte er Leitner an. »Ich habe die Julika nicht umgebracht.«

»Kann der Hallhuber bezeugen, dass du friedlich in der Heia gelegen hast?«

»Wir haben getrennte Zimmer, Mann!«

»Kann er?«

»Rausschleichen kann man sich ja wohl.«

»Gut. Dann also kein Alibi. Und für den Hallhuber gilt das Gleiche. Weil der sich auch hätte rausschleichen können. Wenn er noch was vorgehabt hätte. Zum Beispiel die Julika mit dem Gesicht in eine Pfütze zu drücken und ihr dann mit einem Tritt das Genick zu brechen.«

Alfi Berger wandte angewidert den Blick ab, als müsse er sich bei dem Gedanken übergeben.

»Fahndung!«, bellte Leitner in sein Handy. Gut, dass

die Katzenbacherin seinen Anruf entgegennahm. Die war von der schnellen Sorte. Kein Zögern, kein Zaudern. Die Katzenbacherin schlug knallhart zu.

39

Du hast mein Leben gerettet, Lisa. Wir stehen im Zug. Ich bin nicht am schlechtesten dran. Jemand am Bahnhof in München hat uns Haferschleim gegeben, der tobt nun in meinem Magen. Mein Arm glüht, die Wunde unter dem Verband pocht, aber ich lebe, noch lebe ich, also kein Grund, sich aufzuregen.

Die Leute um uns beobachten uns. Es ist früher Morgen. Wie lange haben wir nicht geschlafen? 48 Stunden? Oder sind es 72? Mir ist das Zeitgefühl abhanden gekommen, und ich höre nicht richtig, aber es stört mich nicht, weißt du, Lisa. Dadurch, dass alle Geräusche nur gedämpft bei mir ankommen, fühle ich mich beschützt, eingesponnen in einen Kokon wie ein Schmetterling, als könnte mir nichts mehr passieren. Nicht in dem Zug, der nun langsam aus München ruckelt. Heute Nacht sind die Bahnstrecken bombardiert worden, es geht aber voran, nicht alles ist zerstört, der Führer hat noch einen Plan in der Tasche, eine Waffe, ein Wunder, der Führer holt uns raus aus der Misere. Auch wenn er uns vorher hineingetrieben hat, nicht wahr, Lisa? Ich habe kein Wort laut gesagt, aber du siehst mich erschrocken an. So weit ist es gekommen, dass wir Gedanken lesen. Tut es weh, fragst du, und ich nicke. Ich habe Fieber, aber ich bin robust. Ich schaffe das, Lisa. Du hast mir das Leben gerettet, ich will mich nicht beklagen.

Es regnet, manchmal reißen die Wolken auf. Dann beleuchtet die Sonne unser Schicksal. Das Schicksal der Menschen im Zug, denen die Kraft ausgegangen ist. Die nur noch weitermachen, um nicht verrückt zu werden. Oder weil es einfach lächerlich wäre, jetzt aufzugeben. Nach all den Jahren, in denen sie uns die Gedanken im Kopf zurechtgeschnitten haben, nach den Jahren, in denen wir keine Menschen waren. Aber bald, bald werden wir wieder welche sein. Ich schaue aus dem verschmierten Fenster hinaus in die Wolken. Jemand gibt mir Wasser zu trinken. Ich bin ganz heiß. Ist nicht wichtig. Nur noch ein paar Tage, zwei Wochen, wenn überhaupt. Dann sind sie hier. Dann fallen keine Bomben mehr, und die Schergen haben ausgespielt. Dann haben wir keine Feinde mehr.

Du legst deine schöne, kühle Hand auf meine Stirn und ich lehne mich sachte an dich. Verkehrte Welt, Lisa, denn immer habe *ich* dich gehalten. Bisher.

Gute zehn Kilometer vor Landshut müssen wir aussteigen. Der Bahnhof ist in der Nacht bombardiert worden. Die Gleise ragen senkrecht in die Luft. Ein Kartoffelfuhrwerk nimmt uns mit bis Vilshofen, und ich schlafe auf den Erdäpfeln ein.

Es ist später Abend, als wir in Aidenbach ankommen. Zum Lager müssen wir zu Fuß gehen. Wenigstens regnet es nicht mehr. Ich schwanke, du reichst mir deinen Arm. So taumeln wir in der Dunkelheit durch das Wäldchen und lauschen angstvoll dem Singen der Zweige und dem Rascheln und Knistern all der Wesen um uns. Die Augen gewöhnen sich an das Schwarz. Manchmal reißen die Wolken auf, dann fallen Mondstrahlen aus dem Himmel. Im aufgeweichten Boden sinken unsere Füße ein. Fester und fester klammern wir uns aneinander, und um uns tanzt mit kaltem Lachen die Angst. Sollen wir reden, Lisa, nur um die Angst zu vertreiben? Aber ein Wort, eine Silbe, nur ein Ächzen, das über die Lippen gleitet, steigert die Furcht. Deswegen sagst du nichts, und ich auch nicht, und wir gehen weiter, bis wir die Abzweigung erreichen, wo es links zum Dorf geht und geradeaus weiter zu unseren Baracken.

Dauert nicht mehr lange, Lisa, will ich flüstern, da zerreißt dein Schrei die Nachtstille. Ich fahre zusammen, so laut schrillt deine Stimme in meinen halb tauben Ohren.

Links von uns, gleich bei der Weggabelung, in der mächtigen Rotbuche, die zaghaft ihr erstes Laub vorzeigt, baumelt ein Mann. Ein Soldat.

Tot.

Du beginnst zu hecheln, panisch, ganz schnell, in einem unbarmherzigen Rhythmus, der auf mich überspringt. Ich reiße mich von dir los.

Lass, Lisa, der Soldat ist tot.

Dein Führer ist es, der solche Leute erzeugt hat. Nicht solche wie diesen jungen Kerl, der ist nicht mal 20, der hatte noch einen Hauch Vernunft im Leib. Den Instinkt des Tieres, das flieht, wenn der Gegner übermächtig ist. Nein, der Führer hat Mörder erzeugt, Lisa, millionenfach. Im Wind baumelt der tote Körper zwischen den

Ästen, dreht sich hin und her. Ganz sacht. Nein, friedlich sieht er nicht aus. Die Zunge hängt ihm aus dem Mund. Er ist im vollen Bewusstsein des Entsetzens gestorben. Er hat es nicht geschafft. Aber ich lebe noch, weißt du, Lisa, und ich will weiterleben, die Entzündung in meinem Arm loswerden und mich in meinen Amerikaner verlieben, und deswegen gehe ich jetzt einfach weiter, auf diesem Weg, ob du hier stehst oder nicht und entgeistert auf die Leiche glotzt. Dem hilfst du nicht mehr, Lisa, nimm Vernunft an.

Du löst deinen Blick von dem Toten und siehst mich an. Vergiss es, Lisa, ich habe ihn nicht aufgeknüpft. Ich nicht. Du nickst, dein Gesicht ist bleich im Mondlicht, bleich von der Erschöpfung, dem Schlafmangel, dem Schock.

Lass uns von hier fortgehen, Lisa!

Wir laufen nun hintereinander, ich voraus, ich spüre deinen Atem in meinem Genick, manchmal berührst du meine Schultern, nun haben wir wieder die alten Rollen eingenommen. Ich, die Robuste, die Dunkle, ich gehe voraus, tue furchtlos, ohne es zu sein, aber wer interessiert sich dafür, was tief drinnen passiert. Das Fieber ist weg, beinahe. Ich fühle mich nicht mehr heiß, die kühle Nachtluft sorgt dafür, ein bisschen weich sind meine Knie, na und, solange sie nicht einknicken, solange sie funktionieren, was sollte ich ihnen Beachtung schenken. Ich denke ja gar nicht mehr, Lisa, und das ist mein Geheimnis: Ich denke nicht. Ich gehe nur. Setze einen Fuß vor den anderen, halte dabei den verletzten Arm angewinkelt, damit die Wunde nicht so pocht.

Du bemerkst den Mann als Erste. Er tritt vor uns auf den Weg. Ich habe den Blick gesenkt, starre auf meine Stiefel, und mit meinen fast tauben Ohren habe ich ihn nicht gehört. Ich bemerke ihn erst, als ich seine Schuhspitzen sehe. Da steht er, legt ein Gewehr auf uns an.

Ich bleibe stehen, du drängst dich von hinten an mich. Stocksteif schaue ich in das dunkle Auge der Flinte. Schießt der jetzt? Wir sind keine Deserteure, wir haben die Dienstpost nach München gebracht, für den Führer, keinen Gefahren haben wir nachgegeben. Uns brauchst du nicht aufknüpfen, denke ich, uns nicht.

40

Nach einem langen und zehrenden Interview verließ ich Irma Schwands Wohnung. Mir war kalt in meinen dünnen Hosen und dem T-Shirt. Wer hätte ahnen können, dass es dermaßen abkühlen würde? Der Spätnachmittag näherte sich der 15-Grad-Grenze. Ich schob die Hände in die Taschen und lief los, um mein Auto in der Mühlenstraße aufzuspüren, wo ich es vor Stunden abgestellt hatte.

»Neuigkeiten?«

Natürlich, Cary Grant, das Herzstück des Boulevards.

»Ach, servus«, sagte ich und hoffte, er würde sich trollen.

»Wie geht es Irma?«

»Mittelprächtig.«

»Und Ihnen?«

»Was wollen Sie?«

»Sie frieren.«

»Meine Güte. Wofür interessieren Sie sich denn noch alles?«

»Die Polizei hat eine neue Spur«, verkündete Kreuzkamp gelassen.

»So?« Meine Fühler stellten sich auf.

»Nun sind Sie heiß auf alle Infos, die Sie kriegen können, nicht wahr?«

Ich ließ mich ungern durchschauen. Ging wahrscheinlich jedem so.

»Einen Kaffee? Bei mir? Wahlweise Mokka oder …«, begann er.

»Schon gut«, unterbrach ich ihn. »Schießen Sie los. Ich habe noch ein paar ungeschriebene Seiten im Nacken.«

»Setzen Sie sich immer so unter Druck?«

Wie toll er sich vorkam. Eine kleine Meldung ans Unterbewusste. Muteten wir uns nicht alle zu viel zu? Achteten wir nicht alle zu wenig auf unsere wirklichen Bedürfnisse? Ich sagte keinen Ton. Ging einfach weiter. Durch die Winzlingsgassen, an einem grauen Toilettenwagen vorbei.

»Frau Laverde?« Er blieb stehen. Clever. Aber nicht mit mir. Ich achtete gar nicht auf ihn. Er kam mir nach. 100 Punkte für mich, Mister Grant.

»Die Polizei hat Julikas letzte Stunden nachgezeichnet. Sie haben aber keine Zeugen, die klären könnten, wo diese CD herstammt. Außerdem hat sich herausgestellt, dass Herbert Neugruber, mit dem Julika angeblich zusammen war, gar nicht ihr Freund war. Er hat das nur behauptet.«

Männlicher Überschwang, Unfähigkeit, Wunsch und Wirklichkeit auseinanderzuhalten. Ich kannte das. Kreuzkamp meinte wohl, er hätte mit dem Neugruber den weltweit ersten Fall testosteronbedingter Wahnvorstellungen aufgedeckt. Ich lief über den Ländsteg und hatte das Gefühl, er vibriere unter mir.

»Zwei Typen haben gewettet, Julika zuerst ins Bett zu kriegen. Alfi Berger, Pferdeführer, und ein anderer Typ, Siegmar Hallhuber.«

»Du liebe Zeit!« Ich drehte mich zu Kreuzkamp um, der mir nachgelaufen war wie ein verirrter Hund. »Warum erzählen Sie mir das?«

»Interessiert Sie das nicht?«

Natürlich interessierte es mich. Brennend sogar. Aber da gab es noch eine Kundin, die ihr Manuskript zur Buddha-Diät in einem annehmbaren Zustand bis zum Ende der nächsten Woche haben wollte, es gab Irmas Geschichte, die mir über den Kopf wuchs, weil ich sie persönlich nahm. Da war der Ärger mit Nero und die Sorge um Juliane, die ich telefonisch nicht erreichen konnte, weil sie aus weltanschaulichen Gründen kein Handy besaß. Ich holte tief Luft: »Quod erat demonstrandum?«, fragte ich naseweis.

»Weder Alfi noch Siegmar sind bei Julika zum Zug gekommen; Siegmar ist nach dem Mord aus Landshut abgehauen. Leitner lässt nach ihm fahnden.«

Eine Gruppe Gaukler rannte laut lachend und ›Hallo‹ rufend an uns vorbei.

»Kollege«, sagte ich, »den Mord kann wer weiß wer begangen haben. Solange sich keine Zeugen finden …«

»Die Polizei hat Anrufe noch und nöcher bekommen. Von Leuten, die meinen, etwas gesehen oder gehört zu haben.«

»Aber wie immer in solchen Fällen ist nichts Verwertbares dabei«, vollendete ich für ihn den Satz.

»Sie sind zynisch!«

»Geht Sie das was an?«

Mein Alfa stand vor mir. Ich zückte den Autoschlüssel. Erste Regentropfen fielen auf uns herab. Sie wurden schnell mehr, wurden dicker, wurden zu Hagel. Zwei Frauen rannten an uns vorbei, hielten die Handtaschen über ihre Köpfe. Eh ich es mich versah, saßen Kreuzkamp und ich in meinem Italiener.

»Toller Wagen.«

»Der einzige Grund, warum ich Ihnen ein Dach über dem Kopf gewähre«, ich wies auf die pingpongballgroßen Hagelkörner, »ist meine Menschenfreundlichkeit.«

Er hatte die Dreistigkeit zu lachen. »Keine Sorge, wenn es mir hier mit Ihnen zu ungemütlich wird, stürze ich mich aus dem Wagen.« Er drehte sich zu mir, legte den Arm um meine Kopfstütze und sagte: »Ich habe jemanden ausfindig gemacht. Den Sohn des Kammerjägers.«

»Ein Manuskript für einen historischen Roman?«

Er lachte. Ein schönes, perlendes Lachen. Ich sah ihm nicht ins Gesicht. Starrte auf meine Motorhaube und beobachtete die springenden Hagelkörner. Das würde Lackschäden geben.

»Herbert Neugruber, der angebliche Freund von Julika. Ich habe mir gedacht … nun, es ist eine alte Erfahrung der schreibenden Zunft, dass die erste Idee oft die beste ist, nicht? Wir haben sie viele Male verworfen, holen sie am Ende aber wieder hervor, wenn alle anderen Einfälle missraten.«

Yes, sir.

»Also dachte ich mir, auch wenn Leitner mir steckt, dass der Neugruber gar nicht Julikas Lover war … warum sollte das bedeuten, dass er nichts mit dem Mord zu tun hat?«

»Ermitteln Sie in Sachen Kriegskinder auch so präzise?«, warf ich ein.

»Warten Sie, der Clou kommt noch.«

»Darauf wette ich.«

»Ich habe mir die Geschichte der Familie Neugruber genauer angesehen. Da ist Herberts Vater, Peter Neugruber, ein netter Kerl von 71 Jahren, der noch den Betrieb vom alten Martin weiterführt. Weil sein Sohn als Hallodri verschrien ist und sich an keine geregelte Arbeit gewöhnen kann.«

»Oder weil der Altvordere ihn nicht ranlassen will.«

»Mag sein«, gab Kreuzkamp zu.

Ich wiegte den Kopf. Bisweilen erwiesen sich gerade vermeintliche Randerscheinungen als Kern der Geschichte. Ich musste das wissen. Im Gegensatz zu Kreuzkamp-Grant war ich in meinem Job erfolgreich. Ich wusste, dass ein Plot sich mitunter selbst strickte. Mich zur Tippse degradierte. Weil die Story sich unerwartet selbst erzählte, nachdem man sich wochenlang gequält hatte, ohne zu wissen, worauf sie hinauslaufen würde.

»Mich machte neugierig, wer diese Familie wirklich ist. Was sie zusammenhält. Also habe ich ein wenig recherchiert.« Kreuzkamp ließ meine Kopfstütze los, zum Glück, denn die Mischung aus Aftershave und Schweiß, feuchter Baumwolle und Brunft begann im Auto ihre volle Wirkung zu entfalten, während die Scheiben beschlugen und die Hagelkörner zu platschenden Regentropfen mutierten. Ich öffnete mein Fenster einen Spalt.

»Peter Neugruber ist 1938 geboren. Ich wollte ihn für mein Projekt gewinnen. Bei Kriegsende war er immerhin sieben Jahre alt. Aber ich habe …«

»Sie haben sich verzettelt«, sagte ich niederträchtig. Ich musste den Mann dazu bringen, mich zu hassen. Nur so ersparte ich mir eine Niederlage in der Schlacht der Hormone und Drüsen.

Stattdessen lachte er wieder. »Wie kommen Sie darauf? Halten Sie mich wirklich für so eine Napfsülze?«

»Den Ausdruck muss ich mir aufschreiben.«

»Tun Sie das. Also, Peter, Herberts Vater. Er führt noch das Geschäft, das er von seinem Vater übernommen hat: Von Martin Neugruber. Der ist seit 15 Jahren tot. Aber eine Figur, die es zu erforschen lohnt. Er war nämlich einer von Landshuts besonders eifrigen Nazis. Und es gibt Gerüchte, dass er in den letzten Wochen des Krieges die Wälder rund um diese hübsche kleine Stadt unsicher gemacht hat.«

»Wie das?«

»Schauen Sie nie Guido Knopp?« Er grinste über meine verwirrte Miene. »Den ZDF-Geschichtsmatador.

Bereitet alle historischen Stoffe auf, die Deutschland nicht sehen will.«

Der Regen ebbte ab. Ich öffnete die Fahrertür, um die frische Luft zu atmen. Nun ging es auch meinem Unterleib besser. Am besten, ich kippte Kreuzkamp gleich hier auf das Pflaster.

»Damals sind eine Reihe von Leuten herumgezogen, die in letzter Minute sogenannte Volksschädlinge ausgerottet haben. Deserteure, Leute, die den Mund zu weit aufgemacht hatten. Leute, die von den Nazis als Defätisten beschimpft wurden. Die Moral unterwanderten oder wie man das nennen soll.«

»Das soll dieser Martin Neugruber getan haben?«

»Es gibt Landshuter, die sich daran erinnern. Aber … wie soll ich sagen … es ist peinlich für eine kleine Stadt.«

»Was ist peinlich? Zuzugeben, dass Idioten auf Gemeindegebiet leben? Nennen Sie mir einen hornochsenfreien Platz in der Welt!«

»Mit mir redet keiner Tacheles. Nicht mit mir, dem Saupreußen. Mag sein, dass Martin Neugruber Leute aufgeknüpft oder erschossen hat. So viele Zeugen kann ich ja nicht mehr fragen.«

Mir schwante etwas. »Sie wollen, dass ich mich umhöre?«

»Wenn Sie so freundlich wären …«

Ich verstand ihn nicht. Er gab sein Projekt freiwillig ab. Verlor den Überblick über seine eigenen Themen. Ziemlich unvorsichtig. Er lief Gefahr, seine Sicht der Dinge einzubüßen und ungeprüft die Perspektive einer anderen Person zu übernehmen.

»Konkret: Ich habe noch mal mit Traudl Niebergall gesprochen. Aber sie hatte auch nichts als Gerüchte in der Hinterhand. Ihr Bruder könnte etwas wissen. Fragen Sie ihn.«

»Ich?« Ich starrte ihn an. »Nein, mein Hübscher, das machen Sie mal schön selbst.«

»Der Kirchler ist nicht gut auf mich zu sprechen.«

»Warum ausgerechnet der Kirchler?«

»Er war 1945 einer der wenigen Knaben, den sie nicht mehr eingezogen haben. Traudl sagte, er hätte seine Einberufung bekommen, aber wenige Tage, bevor er dran gewesen wäre, kamen die Amerikaner.«

»Anrührend, wie Sie Ihre Infos mit mir teilen.«

»Damit ist Traudl Niebergall erst jetzt rausgerückt.«

»Sie machen mir Spaß«, sagte ich.

41

Unheimlich! Kreuzkamp durchschaute mich bis ins Mark. Er hatte mir einen saftigen Knochen hingeworfen und wusste nur zu genau, dass ich dem nicht widerstehen konnte. Mistkerl. Ebenso machte er mir durch seine großzügige Geste begreiflich, dass ich viel besser als er in der Lage sei, aus dem launischen Kirchler die eine oder andere Kostbarkeit herauszukitzeln. Komplimente standen mittlerweile unter Artenschutz. Also nahm ich, was ich kriegen konnte. 20 Minuten später fuhr ich auf den Kirchler'schen Hof. Ein Schlepper stand quer vor der Haustür. Kirchler kletterte gewandt herunter.

»Was wollen Sie schon wieder?« Er belastete sich wirklich nicht mit Höflichkeit.

»Helfen Sie mir?«

»Erbenermittlerin!« Er lachte ein graues, freudloses Lachen. »Sie schreiben eine Geschichte. So wie der Preuße, der Kreuzkamp. Euch Schmierfinken rieche ich gegen den Wind, auf Kilometer, wenn es sein muss.«

»Wir versuchen die Gunst der Stunde zu nutzen und Zeitzeugen zu sprechen, solange sie uns noch einen Einblick in eine Zeit geben können, die meiner Generation und denen nach uns auf ewig verschlossen sein wird.« Meine Fresse, solche Sätze kriegte ich sonst nur zustande, wenn ich ein Glas Rotwein intus hatte.

»Sie schmieren mir ganz schön Honig ums Maul.« Er wischte sich die Hände an den Arbeitshosen ab. »Also, zehn Minuten. Kommen Sie rein.«

Teilsieg Nummer eins. Ich folgte ihm in eine niedrige Küche, wo er sich an einen langen Tisch setzte. Ich ließ mich ihm gegenüber nieder. Nebenan lief ein Fernseher in voller Lautstärke.

»Meine Gerda hört nicht mehr so gut«, kommentierte Kirchler. Er griff nach einem halb vollen Bierglas. Mir bot er nichts an.

»Man hört des Öfteren, dass gegen Ende des Krieges eine Reihe von Leuten auf mysteriöse Weise umgekommen wären«, begann ich.

»Den ganzen verdammten Krieg über sind Leute abgekratzt. Da wurde gestorben wie im Rausch!«

»Aber es ist korrekt, dass gerade in den letzten Kriegswochen ab und zu mal einer an einem Baum aufgeknüpft wurde!«

Seine hellen Augen sahen mich aufmerksam an. »Ja. Das ist passiert. Bei uns im Gymnasium, da war ich vor ein paar Jahren mal als Zeitzeuge eingeladen. Die Kinder stellten die gleichen Fragen wie Sie.« Er nickte düster. »Ich selbst habe nur einen baumeln sehen. Ich war 18. Eigentlich hatte ich Glück. Ich habe nicht viele Tote gesehen.«

»Wie war das eigentlich, in den letzten Kriegstagen, bevor die Amerikaner kamen?«

»Wie das war?« Er musterte seine rissigen Hände. Dieser Mann hatte richtig geschuftet in seinem Leben, keine Frage. »Ab und zu hat mal einer von unseren Leuten eine Bemerkung fallen lassen. Wir sollten uns überlegen, wo wir uns in Sicherheit bringen, wenn … na, wenn wir schnell weg müssen.«

»Hatten Sie Angst?« Manchen Kunden musste man die schwierigsten Fragen ganz direkt stellen. Angst gehörte zu den wirklich großen Themen. Wer wollte schon zugeben, dass er Angst gehabt hatte, egal in welchen Situationen. Aber bei vielen löste die Frage dasselbe aus, wie bei Kirchler: eine gewisse Erleichterung, gefragt worden zu sein, und deswegen endlich reden zu können.

»Klar hatten wir Angst. Wir wussten ja nicht, was die mit uns machen würden. Die Nazis, die kannte man. Auch diejenigen, mit denen man am liebsten nichts zu tun hatte.«

Ich wartete.

»Nachher, als sie uns die Bilder von Auschwitz zeigten,

da hatte ich das Gefühl, betrogen worden zu sein. Um meine Jugend, mein ganzes Leben.« Seine Augen verengten sich zu Schlitzen. »War's das?«

»Wie hat man gelebt in jenen Tagen?«, fragte ich.

»In Unsicherheit. Wir mussten später, als die Amis da waren, aus unserem Haus raus. Da kamen drei Offiziere, Quartiermacher. Aber bis dahin ... eigentlich war uns fast alles egal. Hauptsache, wir lebten noch. Mir war damals definitiv alles gleichgültig. Ich wollte am liebsten nichts mehr mitkriegen. Hatte mir die Tage vorher damit vertrieben, im Wald auf Kaninchenjagd zu gehen.« Er biss sich auf die Lippen.

»Kaninchenjagd?«

»Wir hatten Hunger. Es gab ja nichts! Nichts! Buchstäblich nichts. Meine Mutter war schwach, die brauchte was zum Essen, aber woher sollten wir das nehmen? Meine Schwester hat bei Bauern um Mehl gebettelt und Brot gebacken. Ich habe ab und zu Kaninchen geschossen. Nachts, im Wald, wie gesagt. Und dabei ist meine Mutter jedes Mal irre geworden vor Sorge, dass mir was zustößt. Damals sind Leute durch die Nacht gezogen, um Deserteure aufzuknüpfen.« Er schob sein leeres Glas weg. Seine Hände zitterten.

»Wie muss man sich das vorstellen? Wer ist da durch den Wald gezogen? Um Deserteure einzufangen?«

»Ich weiß nicht.« Er räusperte sich.

Sehr unwahrscheinlich, dachte ich. Im Gegenteil. Wem bist du begegnet, als du im Wald Kaninchen geschossen hast? Die Menschen denken, wenn sie so tun, als wüssten sie gar nichts, wären sie aus dem Schneider. Sind sie aber nicht.

»Ich frage mich, ob Lisa vielleicht einer politischen Rachetat zum Opfer gefallen ist«, wagte ich mich vor.

»Lisa? Fangen Sie damit wieder an? Von Lisa weiß ich nichts.«

»Aber Sie waren doch befreundet. Sie und Irma. Oder?« Ich dachte an das Foto, auf dem die drei als Kinder zu sehen waren. »Auch Lisa gehörte dazu. Sie wohnte ja eine ganze Weile bei Irma.«

Sein Blick wurde dunkel. »Sie müssen jetzt gehen.«

Nebenan dröhnte der Tagesschau-Jingle.

»Schade.« Ich erhob mich.

»Und Sie brauchen auch gar nicht wiederzukommen«, rief er mir nach, während ich durch den langen Flur zur Haustür ging. »Ich weiß nichts.«

42

»Er mauert«, berichtete ich Juliane, als ich kurz nach 20 Uhr endlich auf meinem Küchensofa lag.

»Menschen sind antithetisch, mein Liebchen. Gerade wenn sie reden wollen, können sie nicht.«

»Wie meinst du das?«

»Ich wusste seit geraumer Zeit, dass mit Dolly etwas nicht stimmt. Aber ich konnte nicht darüber sprechen. Auch mit dir nicht, Sweetheart. Nicht, weil ich dir nicht vertraue. Es schien mir einfach, als würde das Schreckliche noch wahrer, noch wirklicher, wenn ich es in Worte fasse.«

»Ja, das ist oft so«, gab ich zu.

»Du fehlst mir.«

»Du mir noch mehr.«

»Ich habe für Dolly eine Kurzzeitpflege in einem Seniorenheim organisiert. In ein paar Tagen liefere ich sie dort ab. Wenigstens für zwei Wochen will ich mein altes Leben zurück. Du weißt ja: Als Krankenschwester bin ich nur bedingt geeignet.«

»Dolly konnte nichts Besseres passieren, als dich zur Schwester zu haben!«

»Schmeichlerin.«

Ich schenkte ihr dieses Kompliment aus tiefster Überzeugung. Wann immer es mir schlecht ging, wünschte ich mir Juliane an meiner Seite. Mit ihrer Tatkraft, ihrer Kaltschnäuzigkeit gegenüber Autoritäten, ihrer unaufdringlichen Fürsorge.

»Wenn du frei hast«, sagte ich rasch. »Komm doch zu mir. Ich schreibe …«

»… und ich darf kochen?«

»Quatsch, wie kommst du darauf?«

»Das könnte dir so passen.« Sie gluckste vor Lachen.

»Ich wollte etwas ganz anderes sagen.«

»Behalte es für dich. Wir sehen uns.«

Sie legte auf. Ratlos betrachtete ich das Telefon in meiner Hand. Undurchschaubare Juliane. Plötzlich vermisste ich sie so sehr, dass sich mein Magen vor Sehnsucht zusammenzog. Vielleicht tat er das aber auch nur, weil ich hungrig war. Draußen schnatterten Waterloo und Austerlitz.

Missmutig kramte ich in der Tiefkühltruhe. Keins von den Fertiggerichten sprach mich an. Ich hatte Appetit auf etwas Frisches. Auf Salat, Tomaten, Gurken, Zwiebeln. Am besten, ich fuhr Richtung Fünfseenland und aß irgendwo dort zu Abend. Kurz entschlossen griff ich nach Geld und Autoschlüssel, als es an meiner Tür klingelte.

Manchmal war man ja blöd.

Ich gehörte zu den Leuten, die immer misstrauisch waren. Aber nicht im entscheidenden Moment.

Der Mann, dem ich die Haustür öffnete, war dunkel gekleidet und trug eine Gesichtsmaske. Ein hagerer Kerl, der schlecht roch.

Er presste mir die Hand auf den Mund und schob mich mit der Kraft desjenigen, der den Überraschungseffekt auf seiner Seite hatte, in meine Küche.

»Du hörst auf, Fragen zu stellen, Alte! Sonst kannst du was erleben.« Er zerrte an meinen Jeans. Aber so leicht gab ich nicht auf. Ich warf mich mit meinem ganzen Gewicht herum.

»Wer sind Sie?«, keuchte ich.

»Klappe!« Er kriegte den Gürtel mit der Cowboyschnalle nicht auf.

Ich trat und biss. Doch er hatte Kraft. Genug Kraft, um mir ein Taschentuch in den Mund zu stopfen. Sein Knie rammte meinen Magen. Ich kippte um, würgte, bekam keine Luft, schlug hin. Vergaß mich und meine Welt.

Mittwoch, 1.7.09

So much to live for
So much to die for
Nightwish

43

»Der Neugruber hatte keine Killerspiele auf seinem PC, Chef«, sagte Yoo Lim ungehalten. »Wir haben seine Kiste geröntgt. Da war nichts. Nur Spider Solitär. Das ist nicht verboten. Und brutal sowieso nicht. Nur öde.«

»Fahndung nach Siegmar Hallhuber läuft«, verkündete die Katzenbacherin. »Bislang nichts Neues. Aber irgendwann taucht jeder auf.«

Leitner stöhnte leise. Die Katzenbacherin besaß das Gemüt einer Hebamme, die kraft Erfahrung wusste, dass jeder Säugling irgendwann zur Welt kam.

»Habt ihr die Handydaten durchgecheckt?«, fragte er.

»He, Chef, ein englisches Wort aus deinem Mund?« Yoo Lim lachte frech.

»Was gefunden?«

»Etliche Gespräche mit ihrer Großmutter. Und einer Prepaid-Nummer aus«, Yoo Lim runzelte die Stirn, und Leitner stellte mit Schrecken fest, dass ihr Mienenspiel ihn anzog, »Guatemala.«

»Wem gehört der Anschluss?«

»Nicht festzustellen. Verliert sich.«

»Gibt's nicht.«

»Gibt's leider doch. Chef, man kann anonym im Netz telefonieren, wenn man weiß, wie man's machen muss, und genauso kann man sich über einen Strohmann in Lateinamerika eine Prepaid-Nummer besorgen.«

»Dann …«

»Genau!«, posaunte die Katzenbacherin. »Klingt krumm, ist krumm.«

»Julika besaß keine Festnetznummer«, fügte Yoo Lim hinzu. »Viele Freundinnen hat sie in Landshut wohl auch noch nicht gehabt. Sie war ja erst kurz wieder in Deutschland.«

Was denke ich da, fragte sich Leitner. Yoo Lim ist jung, unverbraucht, straffe Haut. Kaum Resignation, also keine Stirnfalten, kein schützendes Bauchfett. Warum geht mir die Katzenbacherin mit ihrem Riesenbusen plötzlich auf den Geist? Er dachte an Elke.

»Chef, wer sich ein Prepaid-Handy aus Guatemala besorgt, führt vermutlich nichts Positives im Schilde, und wenn Julika den Typen angerufen hat, dann …«

»Zeugen?«, unterbrach Leitner. »Haben sich Zeugen gemeldet? Irgendwer muss Julika in der Tatnacht doch gesehen haben!«

»Anrufe bis zum Abwinken. Aber es ist nichts Brauchbares dabei.« Die Katzenbacherin schwitzte, obwohl der Tag nach dem gestrigen Hagelsturm kühl begonnen hatte. Noch klarer stand Elkes Bild vor ihm. Ihre schönen Augen, das fröhliche, ein wenig spöttische Lächeln, wenn er sich eine Zigarette anzündete.

»Also hat Julika vielleicht doch Kontakte zu …«, begann Yoo Lim.

Leitner riss sich zusammen. Er verbot sich jeden weiteren Gedanken an die Frau, die ihn nächtelang beschäftigte. Real und in seiner Gedankenwelt. Leitner verfluchte seine Fantasie. Er konnte sich alles vorstellen. Wirklich alles. Mit Elke. Die er liebte. Verdammt, jetzt eine Liebeserklärung, nur das Eingeständnis, sie zu lieben, und er fühlte sich schwach und verwundbar. Wir werden verwundbar, sobald wir jemanden lieben, dachte er. Altersweisheit. Konzentrier dich, Leitner. Sag was Gescheites. Damit die neunmalkluge Jungkollegin Ruhe gibt und die Katzenbacherin mir mit ihren Kohleaugen nicht gleich ein Loch ins Hemd brennt. Aber was sind wir, wenn wir nicht lieben. Zombies. Keine menschlichen Wesen jedenfalls. Er räusperte sich und bekam gerade noch mit, wie Yoo Lim sagte:

»Der Kollege vom LKA meint, dass in der Cyberszene die Partnerinnen der Schurken unwissentlich in solche Geschichten reingeraten. Aber das muss ja nicht sein. Vielleicht hatte Julika Beziehungen zur organisierten Kriminalität und verdiente sich eine goldene Nase.«

»Mit ›vielleicht‹ kommen wir nicht weiter!« Die Katzenbacherin klatschte in die Hände. »Ich habe mir Alfi Berger heute früh noch mal vorgeknöpft.«

Oje, dachte Leitner, eine echte Mutprobe für den Alfi.

»Ich habe ein paar Namen bekommen. Kumpane der beiden. Nichtsnutze, wie der Hallhuber. Einige vorbestraft, andere wohlbekannt.«

»Gut, Katzenbacherin«, sagte Leitner. »Klapper die ab. Pak, stell mir mal eine Leitung zum LKA her. Mit dem Kollegen Keller.«

44

Die Lehre des Karma besagt, dass die Biografie eines Menschen seine Leiden und seine Not determiniert. Ich persönlich hing dieser Theorie nicht an. Aber ich hatte ein wenig darüber gelesen, im Zusammenhang mit der Buddha-Diät. Weil das Primatenhirn komplex gestrickt war, raste mir der Gedanke an das Karma als Erstes durch die Synapsen, als ich zu mir zurückfand. Der Morgen dämmerte schon, kein Wunder, wir hatten ja Sommer, Anfang Juli, da wurde es gar nicht richtig dunkel.

Ich wollte mich auf den Rücken wälzen. Würgte, spuckte. Mein Mund war trocken wie Pergament. Es gelang mir, das Taschentuch auszuspucken. Mein Rücken schmerzte brutal. Ich versuchte mich aufzurichten, aber das ging nicht. Meine Hände waren fest mit meinen Fußknöcheln verschnürt. Ich lag da wie ein Embryo. Bewegungsunfähig. Die letzten Tage im Bauch der Mutter. Bevor du ausgestoßen wirst, um ein für alle Mal mit dir selbst zurechtzukommen. Mit deinem Kummer und den beschissenen Fehlern, die du nie wieder gutmachen kannst. Mit dieser ganzen verdammten Sehnsucht nach Liebe, die du nie bekommen wirst. Dein ganzes Leben nicht. Alle Befriedigungen sind nur Trostpflästerchen. Alibis. Bonbons, um dich bei Laune zu halten, bis alles zu Ende ist.

Meine Jeans hing auf Halbmast. Ich keuchte. Durst. Zuallererst hatte ich Durst. Die schlimmste Panik, die mich sofort überfiel und mir den Schweiß über den Körper trieb, war diese: Ich verdurste. Ich stellte keine

Fragen. Nicht wer, warum, warum ich. Da war nur Angst.

Große Gefahren waren eine Chance, wieder auf die alten Instinkte unserer Ahnen und nahen Artverwandten zurückzugreifen. Auszuprobieren, wohin es einen führte, wenn man sich nicht auf den Verstand verließ, sondern den Eingebungen aus den ältesten Teilen unseres Hirns lauschte. Die hatten ihre Bewährungsprobe längst bestanden, was von den entwicklungsgeschichtlich jüngeren Komponenten nicht behauptet werden konnte.

Stunden, in denen das Licht klarer, transparenter wurde, trieben vorüber. Wo die Nacht an den Tag stößt, so hatte ich gelesen, kann der Mensch die Ewigkeit fühlen. Deshalb stehen sie in den Klöstern so früh zum Morgengebet auf. Weil ein Geheimnis in der Luft liegt. Ein Geheimnis, wenn das Leben neu erwacht. Weil unser ganzes Dasein ein Rhythmus ist. Eine Musik, vielleicht. Oder weil die Finsternis und das Licht nur zwei Seiten derselben Sache sind. Und wir im Morgengrauen merken, dass auch Leben und Tod nichts anderes sind als zwei Seiten derselben Sache.

Hoffnung. Ich lag Stunden, bis die Sonne durch die Fenster strahlte und ich endlich, endlich die Versuche aufgegeben hatte, zu meinem Telefon zu robben, um es irgendwie zu bedienen. Ich lebte allein, und ich tat es aus Überzeugung. Deswegen würde ich auch aus Überzeugung sterben. Zuerst würden meine Nieren versagen. Aus Flüssigkeitsmangel. Wie es dann weiterging, wusste ich nicht. Nur, dass ich irgendwann zu stinken anfangen würde. Niemand würde sich darüber beschweren, denn niemand würde es riechen. Dumm nur, dass auch meine beiden Gänse nicht allzu lang durchhalten würden, eingesperrt in ihrem Stall.

Ich döste ein, bis Motorengeräusch mich aus dem Halbschlaf riss. Es klingelte. Und ich schrie aus Leibeskräften.

Zehn Minuten später hatte die Paketbotin den Ersatzhausschlüssel aus meinem Schuppen geholt und schlitzte die Kabelbinder mit einem Schweizer Taschenmesser auf. Ich kannte sie nicht, aber sie erschien mir wie eine Lichtgestalt aus der anderen Welt.

»Sie sind neu hier?«, keuchte ich, während ich versuchte, meine schmerzenden Glieder auszustrecken. Mein Hals tat weh, so ausgetrocknet war ich.

Sie goss Wasser in ein Bierglas und hielt es mir hin. »Chrissie Brehm.«

Ich schüttete das Wasser in mich hinein. Sie schenkte sofort nach. Nachdem ich anderthalb Liter getrunken hatte, warf mein Körper seine wichtigsten Funktionen wieder an. Wie ein Außenborder, der nach etlichen vergeblichen Startversuchen endlich ansprang. Ich hockte immer noch auf dem Boden. Sah hoch in Chrissie Brehms freundliches Gesicht. Bestimmt musste sie weiter. Die Paketdienste knechteten ihre Angestellten mit surrealen Zeitplänen.

»Soll ich jemanden anrufen? Polizei? Arzt?« Sie sah mich unsicher an. Eine kompakte, kleine, runde Frau mit kurzen Beinen, einem dicken Hintern und wuscheligem, schwarzem Haar.

»Ich glaube nicht«, antwortete ich. Bleib bei mir, wollte ich sagen. Nimm mich in deine Arme, drücke mich an deinen runden Körper, und ich fresse dir aus der Hand.

Natürlich sagte ich das nicht. In unserem Kulturkreis wurde nicht geweint. Man stürzte sich einer Fremden nicht in die Arme. Auch nicht, wenn sie ein Ausbund an Mütterlichkeit war. Man riss sich am Riemen. War grausam zu sich selbst. Am Riemen reißen, die Zähne zusammenbeißen, alles brutale Bilder. Eingeschnürt in einen Riemen. Ausgerechnet eingeschnürt. Mir sprangen die Tränen aus den Augen.

Chrissie Brehm, die Paketbotin, setzte sich neben mich auf die Küchenfliesen und nahm mich in ihre Arme. Presste mich an ihren weichen Busen, an ihre dümmliche Paketbotenuniform, die nach Waschmittel roch und nach Schweiß, nach Sommertag.

Ich hatte nie eine wirkliche Mutter gehabt. Eine biologische Mutter, das schon. Die hatten wir alle. Die war die Eintrittskarte. Aber die Vorstellung, die wir mit diesem Ticket besuchten, konnte ganz unterschiedlich sein. Meine Mutter war keine warmherzige Frau. Sie war kein Monster, aber sie hatte auch nichts Mütterliches an sich. Sie hatte sich nie dafür interessiert, wie es mir ging. War ihren eigenen Weg gegangen, der gesellschaftlichen Propaganda folgend. Ich hatte nebenbei mitleben dürfen. Als Kind, als Jugendliche. Ich hatte den Vater verloren, der daran zugrunde gegangen war, dass seine Frau ihn nicht liebte. Ich hatte meinen Bruder geliebt, aber in den letzten Jahren hatten wir immer weniger voneinander gehabt. Ich war erwachsen. Ich liebte Nero, aber ich war allein.

Nun Chrissie Brehm. Unerwartet, geschenkt. Außergewöhnlich. Und so wunderbar weich und rund, wie meine Mutter nie sein wollte. Sie zog eine Diät nach der anderen durch, um athletisch auszusehen. Joggte, stemmte Hanteln. Hungerte sich durch ihre einsamen Abende mit Selleriestangen und Vollkornknäckebrot. Eingepfercht war sie im Kerker ihrer Forderungen an sich selbst.

Chrissie Brehm besaß ein Stofftaschentuch, das sie aus ihren unvorteilhaft sitzenden Uniformhosen herausnahm. Ich wollte danach greifen, aber sie tupfte mir die Tränen ab. *Sie* tat das.

Ich hielt still.

Unbegreiflich.

45

Natürlich hatte er geschimpft und sich aufgeführt und Stress produziert. Aber wenigstens war er hier. Bei mir.

»Du musst ihn anzeigen. Kannst du ihn beschreiben?«

Ich muss, ich muss, ich muss. Schluss mit den Instinkten. Jetzt gelten wieder Regeln und Gesetze. Weil wir die Instinkte abgeschaltet haben, brauchen wir Normen von außen, die uns sagen, wie wir zusammen leben können, ohne uns gegenseitig auszurotten.

»Groß, vielleicht so groß wie du«, antwortete ich. Ich war heiser, mein Hals tat immer noch weh. »Hager. Wirkte irgendwie knöchern. Trug ein dunkles Sweatshirt, langärmelig, dunkle Jeans, eine Gesichtsmaske. Roch komisch.«

»Wie?«

»Ich würde es dir sagen, wenn ich ein Wort wüsste.«

Nero stampfte ungeduldig mit dem Fuß auf. »Verdammt, Kea! Konzentrier dich! Bist du nicht die Freundin aller Wörter?«

Ich dachte an Chrissie Brehm und ihre bedingungslose, unverkrampfte Freundlichkeit. An ihre warmen Arme und mein Gesicht an ihrem Busen. Vor mir stand Nero, unruhig tänzelnd wie ein Hengst, mit einem krittelnden Unterton in der Stimme.

»Das ist ein Kerker«, sagte ich leise. »Wir quälen uns noch selbst zu Tode.«

»Zum Teufel, Kea, ich will dir helfen! Wir müssen diesen Typen auftreiben!«

Müssen, müssen, müssen.

Alles ist vergänglich. Nichts hat Bestand. Zwei Sätze aus dem Vorwort der Buddha-Diät. Wie konnte man den Buddhismus gut finden, wenn einem dort jegliche Illusion genommen wurde? Eine Religion, in der nichts Bestand hatte? Sehnten wir uns im Gegensatz dazu nicht nach dem ewigen Leben? Wo genau das Bestand hatte, was uns so kostbar war: das Leben?

Ich nahm mein Handy und wählte die Nummer von Julianes Schwester Dolly.

»Kea!«, rief Nero.

Niemand ging an den Apparat. Ich legte das Handy weg.

Nero packte mich bei den Schultern. »Rede mit mir!

Du musst den Mann anzeigen. Steckst du in dieser Landshuter Sache drin?«

»Sache?«

Er schüttelte mich. Schüttelte die Tränen aus mir heraus. Mir fiel auch gerade kein Witz ein, mit dem ich die Situation hätte retten können.

»Der wollte mich vergewaltigen, aber er hat's nicht gemacht«, sagte ich später. »Ein Sexverbrechen, geplant an einer Frau, die in einer entlegenen Ecke lebt. Schutzlos, wenn du so willst.«

Nero hielt mich im Arm, aber nicht wie Chrissie Brehm. Nicht warm und ohne Erwartung, sondern eilig, hektisch, drängend, abwartend.

Ich liebe Nero, ich liebe nicht Chrissie Brehm, dachte ich, aber natürlich hatte das alles keine Bedeutung. Gefühl ist machtvoller als Verstand, pflegte Juliane zu sagen.

Dann ging Nero mit dem Versprechen, bald wiederzukommen. Aber ich würde nicht da sein. Na gut, vielleicht neigte ich zu Eifersucht, Skepsis, Überheblichkeit, Arroganz. Vielleicht verfing ich mich mitunter in meiner eigenen Traurigkeit. Aber ich würde der Versuchung widerstehen, andere hineinzuziehen.

Ich packte meine Geistersachen zusammen, duschte, zog frische Klamotten an und schlüpfte in meine Regenjacke. Draußen befreite ich endlich meine beiden Grauen aus ihrem Stall. Sie würden eine Weile zurechtkommen. Ich stieg ins Auto und ließ den Motor an. Ein Gefühl von Freiheit. Ein Auto, ein Motor. Und endlich die dummen Träume von der Liebe abgelegt.

46

Er richtet eine Lampe auf uns. Geblendet schließe ich die Augen. Du schluchzt, Lisa. Hör auf. Das Licht fällt auf unsere dreckigen RAD-Uniformen. Auf den schmutzstarrenden Verband an meinem Arm.

»Bist du nicht die Maid vom Michelbacher?«, fragt der Mann. Ich kenne ihn. Er hat letztes Jahr, während der Heuernte, beim Michelbacher geholfen.

»Ja«, sage ich leise. Meine Zunge klebt am Gaumen.

»Wo kommt ihr denn her?«, fragt der Mann. Er ist vom Volkssturm. Vom letzten Aufgebot. Ein Gewehr, Munition, eine Handgranate zur Verteidigung des Vaterlandes. »Ihr müsst sofort weg. Wir haben schon Panzeralarm. Die Amerikaner kommen, es ist vorbei.«

Ich höre dich aufkeuchen, Lisa, aber ich bin nur erleichtert. Schade um dich, Soldat in der Rotbuche. Hättest dir eben ein besseres Versteck suchen müssen.

»Ihr müsst sofort weg«, wiederholt der Mann, und nun fällt mir sein Name ein. Karl, schlicht und einfach. Ein Muskelprotz, der hat für zwei gearbeitet auf dem Michelbacher Hof. War seit einem Jahr nicht im Feld, weil sie ihm in Russland das Knie zerschossen haben. »Los, auf geht's, lauft, holt eure Zivilkleidung und dann nichts wie weg mit euch! Nach Hause, am besten geht ihr nach Hause!«

Da hätten wir längst sein können.

Ohne ein Wort zu verlieren, taste ich hinter mich, finde deine Hand, Lisa, und ich ziehe dich mit, an Karl vorbei, nur weiter, weiter über den finsteren Weg, den wir, geblendet von der Lampe, nicht einmal mehr ahnen.

»Beeilt euch!«, ruft er uns nach, und wir rennen, du beschleunigst, schiebst mich beiseite, rennst voraus, ich hinterher, wir rennen, bis wir die Baracken sehen, die sich in die Schatten ducken. Ich muss husten, weil mein Hals so trocken ist. Stürze zum Brunnen im Hof und trinke, trinke.

Es ist niemand mehr da. Die Mädchen sind alle weg.

Du läufst durch die Baracken, ich komme nach, schüttele den Kopf hin und her, um das Brummen aus meinen Ohren zu kriegen.

Dann taucht eine von den Maidenunterführerinnen in der Tür auf. Steht groß und breit da, mit dem üppigen Busen, der mich vermuten lässt, dass sie ein paar Essensrationen extra für sich abzweigt.

»Was tut ihr denn noch hier?«, fragt sie. »Ja so was!«

Dienstpost, höre ich dich reden. Ich möchte lachen. Lachen bis zum Umfallen. Haben die Damen uns nicht höchstpersönlich losgeschickt? Dienstpost, München, die Bomben, der einäugige Soldat, die Frau Doktor, der Zug mit den verschmierten Scheiben, der Soldat in der Rotbuche, alles spielt sich vor mir ab wie ein Film. Wir haben gehorcht, den Auftrag ausgeführt, die Post ausgeliefert, die niemals mehr jemand lesen wird, die ohnehin nur dummes Zeug enthält, was soll man in diesen Tagen schon schreiben. Dass es zu Ende geht, das pfeifen die Vögel von den Zweigen, und eben hat es sogar der Karl gesagt, der Erntehelfer vom Michelbacher.

Das kalte Brunnenwasser randaliert in meinem Magen. Kurz wird mir schwarz vor Augen, aber das wäre ja noch schöner, jetzt zusammenzubrechen.

»Ihr müsst sofort weg!«

»Wir müssen schlafen!«, sagst du. Es ist das erste Mal, dass ich dich widersprechen höre.

»Nichts da! Die Amerikaner sind jede Minute da. Ihr müsst sofort weg.«

Die Maidenunterführerin wogt davon und bringt uns unsere Zivilkleidung. Sie legt kurz die Hand an meine Stirn. »Was hast du denn gemacht?«

Amüsiert habe ich mich, in München, in Schwabing. Habe getanzt und mich betrunken. Was sonst?

Ich hebe stumm den verletzten Arm.

»Meine Güte, das kannst du doch nicht so lassen!«, ruft sie und wird plötzlich mütterlich in ihrer Walkürenhaftigkeit. Sie wickelt den alten Verband ab. Das tut weh, aber ich beiße die Zähne zusammen. Der Schmerz ist nicht so schlimm wie das Brummen in meinen Ohren, das wird immer lauter. Die Walküre hebt den Kopf. Flugzeuge. Aber sie sind weit weg. Zu hoch, um Bomben in den Wald zu werfen.

Die Walküre bringt Jod und frisches Verbandszeug. Die Wunde sieht widerlich aus, aber ich bin froh um das Jod, soll es mir ruhig das Fleisch verbrennen, Hauptsache, es tötet alle Bakterien, die in mir wüten.

Lisa, was machst du denn? Da stehst du und weinst, aber warum? Nun beginnt das Leben neu, vielleicht noch heute Nacht, oder morgen, spätestens übermorgen, und wir halten zusammen, du und ich, oder, Lisa? Nun heule nicht. Du hast mir doch das Leben gerettet in dem

Keller, in dem Scherbenhaufen, unter dem Blick des Einäugigen.

Ruck, zuck ist der Verband festgezurrt.

»Nun zieht euch endlich um. Ich besorge euch Fahrräder. Seht zu, dass ihr nach Hause kommt!« Ihr Blick wird weich, während sie uns ansieht, bevor sie davonläuft.

Wir reißen uns die Uniform vom Leib, schlüpfen in unsere Sachen, das fühlt sich gut und seltsam zugleich an. Du weinst die ganze Zeit, aber ich kann nicht anders, ich spucke auf den Kleiderhaufen, der vor mir liegt, während ich mir die Bluse zuknöpfe.

Die Walküre kommt zurück.

»Schnell! Die Mäntel dürft ihr behalten! Und nun los!«

Sie hat zwei Fahrräder aufgetan, eines ist ein Herrenrad, mit einer hohen Querstange, das drückt sie dir in die Hand, Lisa, weil du die Größere bist. Ich widerspreche nicht, obwohl du mir einen Blick zuwirfst, der sagen soll, dass du tauschen willst. Aber ich bin schwach, total ausgepumpt, ich will nicht auf dem Herrenfahrrad fahren. Wir müssen 60 Kilometer schaffen. Noch heute Nacht. Nach 72 Stunden ohne Schlaf.

Die Maidenführerin hält das Rad für dich fest, und du balancierst wie ein Artist. Ich radle los, ich winke nicht, ich werfe keinen Blick zurück. Denke an meine Mutter und frage mich, ob sie noch in Landshut ist. Ob sie noch lebt. Es kann alles passieren in diesen Tagen. Und in diesem Augenblick, so kurz vor dem Ende, bekomme ich Angst.

Manche sind in den ersten Kriegstagen umgekommen.

Die haben sich viel erspart. Aber da ich nun einmal bis heute überlebt habe, will ich weiterleben.

Wir radeln. Der Morgen graut bereits.

Zuerst fahren wir über den Feldweg. Dann erreichen wir die Landstraße, da geht es leichter, und bald wird es hell. Aber ich habe Angst, gesehen zu werden. Ich werde schneller. Ich stemme mich in die Pedale, gebe die Geschwindigkeit vor, und ich sehe mich kaum nach dir um, Lisa, du wirst schon hinterherkommen, oder?

Ich verfalle in einen fast einschläfernden Rhythmus. Ob man im Fahren auf dem Rad schlafen kann? Ich möchte dich fragen, aber ich bin zu müde. Wie hügelig dieses Land ist! Wie heftig pumpt mein Herz, wenn es bergauf geht. Ich spüre den Schweiß auf meiner heißen Stirn.

Was ist, Lisa? Wieso schreist du so? Ich weiß, ich höre schlecht, aber … hinter mir scheppert etwas, ich drehe mich um, du bist vom Rad gesprungen, rennst auf mich zu, ich bremse, was ist denn?

Du deutest in den Himmel, und was meine zerstörten Ohren nicht hören konnten, das hörst du. Tiefflieger. Du stößt mich in den Graben, wir pressen uns ins Gras, so tief es geht. Dein Gesicht berührt meine Knie.

Die schießen. Diese Idioten schießen.

Weil die ja nicht wissen können, dass ich gegen den Führer war. Aber gemacht habe ich auch nichts gegen ihn.

Blöde Gedanken, blöde Angst, während man in einem Graben liegt, die Kleider nass werden, der Verband am Arm durchweicht. Ich spüre, dass du zitterst, Lisa, und ich würde dich gerne festhalten, so wie im Schlafsaal, aber besser, wir bewegen uns nicht. Denk einfach an meine Umarmung, denk einfach dran. Stell sie dir einfach vor. Das fühlt sich fast genauso warm an wie die Wirklichkeit.

47

Nero kam eine Stunde zu spät zur Besprechung in Landshut. Er parkte, stellte den Motor ab. Auf der Autobahn hätte ihn beinahe ein Bus gerammt. So fühlte sich sein Inneres an: Als wäre er mit einem Bullen zusammengestoßen. Der innere Absturz rief altbekanntes Entsetzen hervor. Wie damals, als Leonor tot in seinen Armen gelegen hatte.

Kea, die zweite Liebe seines Lebens …

Ich verstehe sie nicht, dachte Nero. Sie ist mir fremd. Er musste dringend mit jemandem reden. Nero presste für Sekunden die Stirn an das Lenkrad seines Volvos. Ein Wagen, über den Kea sich so gern lustig machte. ›Sicherheit aus Schwedenstahl‹, neckte sie ihn. Nero, der Sicherheitsapostel. Der Schattenparker. Der Hasenfuß.

Er musste Peter Jassmund anrufen. Seinen ehemaligen Kollegen aus Fürstenfeldbruck, den Freund, der ihn aufgefangen hatte, als Leonor umgebracht worden war.

Nero fühlte sein Herz schlagen, schnell, zu schnell, als habe dieses Herz es eilig, ihn von seinem Erinnerungstrip herunterzuholen. Er stieg aus und klopfte zwei Minuten später an Leitners Bürotür.

»Schmeißen wir zusammen«, sagte Leitner anstelle einer Begrüßung. »Kommen Sie rein. Wir haben was.«

»So?«, fragte Nero. Er wollte von Kea sprechen. Aber Leitner, dieser massige Typ mit dem Dauerhusten und dem Tick, wo er ging und stand Zigaretten auf Vorrat zu drehen, kam ihm zuvor.

»Wir haben den Hallhuber Siegmar. Der ist nach dem Mord an Julika aus Landshut abgehauen. In Deggendorf haben sie ihn geschnappt. Stockbesoffen. Mittlerweile hat er ausgeschlafen. Kommen Sie mit?«

Ein kompakter, dunkelblonder Mann mit einem Dreitagebart saß im Vernehmungszimmer am Tisch und litt erkennbar an einem Kater. Seine Züge waren verknittert, Angst und Unsicherheit drangen aus jeder Körperzelle. Er stank unerträglich nach Schweiß. Nero schüttelte sich vor Ekel.

»Siegmar Hallhuber? Geboren am 23. April 1987?«, fragte Leitner. »Landshuter?«

»Ja.« Hallhuber nickte und kniff dabei die Augen zusammen. »Mein Hirn platzt.«

Leitner rief nach draußen, die Kollegen sollten sich um ein paar Aspirintabletten kümmern.

»Du bist aus Landshut abgehauen. Nach dem Mord an Julika Cohen.«

»Kenne ich nicht.«

»Kennst du. Du hast mit dem Berger Alfi gewettet, dass du sie eher flachlegst als er. Und du hast es geschafft.«

»Ich?«

Die Verwirrung in Hallhubers Gesicht brachte Nero beinahe zum Lachen.

»Also?«

»War ein Spaß, o. k.?«

Ein Beamter klopfte und brachte Mineralwasser und ein Päckchen Aspirin. Leitner legte seine Pranke auf die Tablettenschachtel.

»Hast du sie flachgelegt?«

»Gib mir das Aspirin, Leitner.«

»Dir zerreißt es die Birne. Ist gleich vorbei. Die Tabletten wirken schnell. Aber erst reden wir noch ein bisschen.«

Nero sah seinen Kollegen von der Seite an. Er musste ihn bewundern. Nerven wie Drahtseile, trotz der vielen Zigaretten. Leitner hatte sicherlich mehr Verdächtige weichgekocht als die meisten seiner Kollegen.

»In der Nacht, als Julika starb, wann bis du da heimgekommen?«

»Heim?«, stammelte Hallhuber.

»Zum Berger Alfi. Bei dem hast du dich breitgemacht.«

»Ungefähr um 11 Uhr nachts.«

»Und dann?«

»Dann haben wir ein paar Bier getrunken. Der Alfi, der macht seit Wochen einen auf abstinent. Pisst sich ins Knie wegen seiner Pferdeführergeschichte.«

»Neidisch?«

»Pfff … ist Provinzkram. Die Landshuter Hochzeit, das alles.«

»Für diesen Provinzkram bist du extra aus München gekommen und hast dich beim Alfi eingenistet«, bohrte Leitner.

»Naja, da hängen ein paar Erinnerungen dran.« Hallhubers Augen fixierten Leitners Hand über dem Aspirin. »Kann ich wenigstens einen Schluck Wasser haben?«

Leitner goss ihm ein Glas ein. »Für dich wäre das nichts, Hochzeiter zu sein? Mitmachen zu dürfen ist eine Ehre. Du wohnst nicht mehr hier, aber du bist ein Landshuter.«

»Ich scheiße auf Ehre. Dafür kannst du dir nichts kaufen.«

»Und du bist notorisch knapp bei Kasse.« Leitner warf Nero einen Blick zu und schob das Glas über den Tisch. »Na, trink mal!«

Siegmar Hallhuber betrachtete das sprudelnde Wasser und hob zweifelnd das Glas. Seine Hand zitterte so, dass er ein gutes Drittel verschüttete. Gut, dachte Nero. Gut. Mach ihn fertig, Leitner. Schließen wir den Fall ab und ich kläre das mit Kea.

Leitner stützte die Ellenbogen auf den Tisch. »Du hast Ärger mit dem Arbeitsamt. Bewirbst dich nicht, lässt dir nicht mal gut zureden. Also kürzen sie dir die Bezüge. Und du brauchst dringend Schotter.«

Siegmar Hallhuber sah Leitner aus blutunterlaufenen Augen an. »Ich bin nicht mit einem goldenen Mantel geboren. Arme Mutter, kein Vater.«

»Ach! Du Unglücksrabe!«, sagte Leitner und hob die Faust, ließ sie auf den Tisch krachen. »Du bist über 18! Da musst du für dich selbst sorgen! Also. Du brauchst Geld. Hast dich benommen, als hättest du im Lotto gewonnen. Woher hast du es?«

»Hä?«

»Julika Cohen«, sagte Nero ins Blaue hinein, ehe Leitner ihn hindern konnte, »ist zu Geld gekommen. Da konnten Sie nicht nachstehen!« Es könnte so sein, dachte er. Es könnte wirklich so sein. Ich fische im Trüben, aber wer sagt mir, dass sie nicht doch in der Phishing-Szene die Pfründe angräbt?

»Leitner, gib mir das Aspirin«, bettelte Hallhuber.

Leitner drückte eine Tablette aus dem Blister, behielt sie jedoch in der Faust.

»Aber sie wollte nicht zahlen. Da haben Sie sie ermordet«, setzte Nero nach.

»Wie blöd bin ich, hä?«, fragte Siegmar Hallhuber. Er rieb sich die Stirn. »Leitner, gib mir die Tablette.«

Leitner goss Wasser nach und warf das Aspirin in das Glas.

»Sie haben Julikas Geheimnis erkundet«, sagte Nero. »War es nicht so? Ein hübsches Geheimnis, das für Sie viel Geld wert war. Aber nun ist sie tot, und nun kann sie Sie nicht mehr beteiligen.« Nero spürte Leitners verständnislosen Blick auf sich gerichtet. Es konnte nicht stimmen. Wieso sollte Hallhuber Julika umbringen, wenn er sich einen hübschen Geldsegen von ihr erhoffte? Umgekehrt würde ein Schuh draus.

Gierig trank Hallhuber das Glas leer. »Ich weiß nicht, was Sie meinen.«

»Aber ja«, sagte Nero kühl. »Sie wissen, was ich meine. Sie haben Kontakte. Sie lassen Ihre Lebenszeit ja nicht ungenutzt verstreichen. Während andere ihrer Arbeit nachgehen, um Geld zu verdienen, durchstreifen Sie die Welt auf der Suche nach dem schnellen Reibach.«

Der Hallhuber stellte das leere Glas ab und rülpste.

»Benimm dich!«, raunzte Leitner ihn an.

»Julika Cohen ist zu Geld gekommen. Sie hat bezahlt. Und bekam die CD von Ihnen«, legte Nero los.

Hallhuber wurde blass. »Was? Was ist das für eine Scheiße, Mann?«

»Selbst angerührte Scheiße«, fuhr Leitner dazwischen. »Ein bisschen Erpressung macht sich gut. Damit hast du ja Erfahrung, oder? Du bist schon wegen anderer Sachen aufgefallen. Erpressung war eine von den größeren. Das ist kein Spaß mehr, Hallhuber, und dafür handelst du dir richtig Ärger ein.«

Siegmar Hallhuber lehnte sich zurück. Die fahle Blässe verschwand. Sein Gesicht wurde rosig. Er hustete.

»Brauchst du noch ein Aspirin?«, fragte Leitner, und seine Stimme klang plötzlich mitleidig.

»Mir ist schlecht«, sagte Siegmar Hallhuber und ruckte auf seinem Stuhl hin und her.

»Wie viel hat dir die Julika gegeben?« Leitner beugte sich vor, warf eine zweite Tablette ins Glas und schenkte den Rest aus der Mineralwasserflasche drauf. »Trink. Und rede!«

»Warum haben Sie sie umgebracht?«, hakte Nero nach.

»Ich habe sie nicht umgebracht.« Hallhuber trank ein paar Schlucke, ließ das Glas sinken und griff sich an den Hals. »Ich habe überhaupt nichts mit ihr zu tun gehabt. Mir ist schlecht.«

»Mach hier keinen Markus!«, sagte Leitner. »Also?«

Hallhubers Gesicht war nun puterrot. Er keuchte, beide Hände an der Kehle, und schnappte nach Luft. Seine Wangen schwollen an. Die geröteten Augen schienen in ihren Höhlen zu versinken.

»Krieg keine Luft!« Er ruderte mit den Armen.

»Scheiße!«, schrie Leitner und stürmte auf den Gang hinaus. »Ruft einen Notarzt! Los, ruft einen Notarzt!«

48

Wenn Irma mit der Frau spricht, die ihren Pferdeschwanz so energisch in den Nacken wirft und deren Namen sie längst vergessen hat, dann fühlt sie sich freier. Nicht mehr lange, und Irma wird das Schlimme, das Unsagbare ausgesprochen haben. Damit Julika es erfährt, auch wenn sie mit Irma nichts mehr zu tun haben will. Wenn sie doch Zeit gehabt hätte, Julika alles zu erklären. Schon wieder schuldig geworden, denkt Irma. Ich habe zu lange gewartet. Gezögert, nie geredet, wie sollte ich auch reden, das tut so weh.

Sie geht ins Bad und zieht langsam ihr Kleid aus. Lässt sich ein Bad ein. Sie möchte nicht sterben. Noch nicht. Nicht, ehe sie alles erzählt hat. Dann kann sie sterben. Heimkehren, was auch immer das ist. Sie stellt sich vor, jemand beamt sie in eine andere Zeit. Das Gefühl mag sie, sie hat es gerade zur Landshuter Hochzeit wieder und wieder hervorgerufen und genossen. Vor allem, als sie noch selbst Hochzeiterin war. Ja, denkt Irma, und setzt sich auf den Wannenrand. Hält die Füße in das warme Wasser. Ich glaube, Sterben ist so. In eine andere Zeit gehen. Dann bin ich wieder so alt wie Lisa. Wie dumm wäre es, wenn sie 19 ist und ich bin so eine alte Schateke! Irma kichert. Sie rutscht ganz in die Wanne. Betastet ihren Körper und stellt fest, dass sie Schlüpfer und Unterhemd angelassen hat. Das ist gut. Das erzählt sie Julika. Julika schimpft nie mit ihr, wenn Irma ungewöhnliche Sachen macht. Wenn in der Wohnung am Tag alle Lichter brennen. Wenn Irmas Hände kackbraun sind, weil sie den Selbstbräuner mit der Handcreme verwechselt hat. Dann legt Julika den Arm um sie, Irma drückt den Kopf an Julikas Schulter, und sie lachen beide und haben einander lieb. Julika, meine Julika, mein einziges Glück.

49

»Natürlich ist das Thema knifflig«, sagte Kreuzkamp und goss uns Kaffee nach. Ich hockte auf seinem indonesischen Sitzkissen und besah mir den Haufen an Unterlagen, den er im Laufe der letzten 30 Minuten vor mir abgelegt hatte. »Nazis, Kriegsgeneration.«

»Wenn Sie Ihr Buch veröffentlichen, kriegen Sie sofort eins aufs Maul«, erwiderte ich. »Das Thema ist zu belastet. Unser geschichtliches Erbe zu grässlich. Jedes Wort wird auf die Goldwaage gelegt, kann Ihr Verhängnis werden. Außerdem ist mittlerweile viel zu viel veröffentlicht worden. Die eine Fraktion wird sagen, Sie verharmlosen. Andere werden meckern, weil das Thema zum hunderttausendsten Mal aufgerollt wird.«

»Aber mir geht es nicht um Verbrechen, nicht um Schuld, nicht um Sühne. Mir geht es um das Vergessen!«, ereiferte sich Kreuzkamp. »Nicht um die historische Verantwortung unserer Generation. Nicht um das gesellschaftliche Bewusstsein. Nicht um die Frage, wie das alles passieren konnte. Ich will die Leute sprechen lassen, die es noch mitbekommen haben, aber die bald tot sein werden. Sie sind die letzten Zeitzeugen. Menschen wie Irma oder Gustav Kirchler. Es kann doch nicht verboten sein, sie ihre Erlebnisse erzählen zu lassen.«

»Verboten ist es nicht, aber Sie wissen, wie Öffentlichkeit funktioniert. Kritiker müssen was zu kritteln haben, und da bietet Ihr Buch genug Stoff.«

Kreuzkamp stöhnte. »Warum entmutigen Sie mich so?«

Ich hatte seine wenigen Kapitel, die halbwegs abgeschlossen schienen, gelesen. Mein Bauch sagte mir sofort: So wird das nichts.

»Wenn ich mal Kritikerin spielen darf: Das, was Sie bisher geschrieben haben, ist Wischiwaschi. Daraus geht Ihre Absicht überhaupt nicht hervor. Sie sagen, Ihr Thema ist das Vergessen. Dann schreiben Sie Ihren Text so, dass der Leser das merkt.«

Kreuzkamp lachte matt. »Diese Generation kann gar keine Täter mehr hervorgebracht haben. Die waren 18 bei Kriegsende. Als ich 18 war«, er seufzte theatralisch, »ging ich in die 12. Klasse und meine Mutter gab mir jeden Morgen die Cornflakes in die Schüssel.«

»So unterschiedlich können Leben sein.«

»Das ist es ja! Das interessiert mich.«

»Sie meinen: das Individuelle?«

»Oblivion«, sagte Kreuzkamp. »Warum schwinden Erinnerungen? Warum zerfällt das Gedächtnis? Schützt sich Irma vor etwas? Wenn ich mich nicht mehr erinnere – wer bin ich dann?«

Ich dachte an die vergangene Nacht, an den Morgen, den ich stundenlang verschnürt auf den Küchenfliesen gelegen hatte.

»Man kann nicht willentlich etwas vergessen«, sagte ich. »Unser Gedächtnis macht mit uns, was es will.«

»Ich habe recherchiert«, verkündete Kreuzkamp stolz. »Wollen Sie hören?«

»Nur zu!«

»Das Gedächtnis ist nicht ausschließlich an einer bestimmten Stelle in unserem Gehirn lokalisierbar. Es ist sozusagen überall. Es ist auch nicht einfach ein Speicher. Es funktioniert deshalb, weil jede Nervenzelle mit jeder anderen in Verbindung steht. Ein gigantisches Spinnennetz aus Fäden, auf denen Informationen hin und her rasen. Jede Stimulation von außen verursacht Veränderung, Bewegung, Aktivität. Und auch Stimulation von innen! Wenn wir uns etwas vorstellen, dann beeinflusst das unser Gehirn. Ist das nicht großartig?«

»Aber Erinnerung funktioniert nicht nur in jedem einzelnen Kopf«, widersprach ich. »Sie ist eine Angelegenheit aller. Wenn wir in unserer Gesellschaft die Erinnerung an die Millionen ermordeter Juden und anderer Opfer des Naziregimes hochhalten, hat das wenig mit Gehirn zu tun, sondern mehr mit Verantwortungsgefühl oder dem gemeinsamen Bewusstsein von Schuld.«

»Sehr weise.« Kreuzkamp trank seinen Kaffee aus und wühlte in den Papieren. »Noch ein Aspekt ist wichtig:

Wir sind mit Erinnerung völlig übersättigt. Ich suche jemanden, der mich lehrt, zu vergessen. Überall umflattern uns Informationen, Daten. Mein Kopf ist überfordert.«

»Das ist keine Erinnerung, was Sie meinen. Das ist …«

Kreuzkamp unterbrach mich: »Korrekt, und dieser Gedanke fasziniert mich: Die Erfindung der Schrift hat das Gedächtnis zerstört. Wir können alles konservieren. Und daher brauchen wir uns an nichts mehr zu erinnern. Nicht wie die schriftlosen Kulturen, die ihre Mythen und ihr gesamtes kollektives Bewusstsein mündlich weitergeben. Die haben noch ein gutes Gedächtnis. Aber wir …«

Er rührte am springenden Punkt: In unserer virtuellen Welt war authentische Erfahrung ein kostbares Gut geworden, sodass ich mich ab und zu dabei ertappte, Irmas Generation zu beneiden.

»Was machen wir jetzt?«, fragte ich.

Es klingelte an Kreuzkamps Tür. Er sah mich verschmitzt an.

»Klingt nach Theaterstück, oder? Regieanweisung. Es klingelt an der Tür.«

»Erwarten Sie jemanden?« Mein Herz schlug zum Zerspringen. Wieder Erinnerung. Jemand hatte an meiner Tür geklingelt.

»Nein!« Ratlos sah Kreuzkamp zur Wohnungstür, stemmte sich vom Boden hoch und ging öffnen.

Ich rutschte mit dem Hintern an die Wand und lehnte mich an den Heizkörper. Zur Not konnte ich aus dem Fenster springen. Aus dem ersten Stock, aber egal.

Kreuzkamp kam mit einer Frau zurück. Sie mochte um die 50 sein, trug das Haar lang und offen. Getöntes Haar. Zu kastanienbraun, um echt zu sein.

»Linda Offenbach«, stellte Kreuzkamp vor. »Das ist Kea Laverde. Eine Kollegin.«

Linda Offenbach nickte mir unsicher zu. Ich stand auf und drückte ihr die Hand.

»Sie schreiben doch diese Geschichten auf«, sagte Linda zu Kreuzkamp und musterte die Sitzkissen. Anscheinend hatte sie Angst, er würde sie auffordern, Platz zu nehmen. »Ich wollte Ihnen sagen: Das wird plötzlich ein Thema in der Stadt.«

»Was meinen Sie?« Wieder trat der typische Ausdruck von Verwirrung in Kreuzkamps Gesicht, der so verdammt an Cary Grant erinnerte: ein paar sehr dekorative Falten auf seiner Stirn.

»Weil die Julika nämlich auch herumgefragt hat«, sagte Linda. »Das war eine eigenartige Sache. Die meinte, wenn Hochzeit ist, dann kennt Landshut ja keinen anderen Gesprächsstoff. Dann ist für etwas anderes keine Zeit.«

Ich verstand nur Bahnhof.

»Möchten Sie Kaffee?«, fragte Kreuzkamp.

»Nein, danke. Meine Mutter war auch so eines«, sagte sie. »Eines von den Kriegskindern. Für die Sie sich interessieren. Julika war bei uns. Der Polizei habe ich das nicht gesagt. Sie hat lange mit meiner Mutter gesprochen. Der Julika ging es nahe, dass ihre Großmutter abbaut. Richtig leidenschaftlich hat sie sich um die Irma gekümmert, hat herumgefragt wegen Plätzen im Pflegeheim. Hat sich dann anders entschieden. Wollte dafür sorgen, dass Irma nach Regensburg kommt, in eine Wohngemeinschaft für Demenzkranke. Sie wollte sogar selber nach Regensburg ziehen, dort studieren ab dem Herbst, damit sie in Irmas Nähe sein konnte. Die Julika hat für ihre Großmutter ihr ganzes Leben umgekrempelt.«

Ich warf einen Blick aus dem Fenster. Sah die Tribünen, die Absperrungen. Ein Trupp Musikanten gab ein Ständchen vor dem Rathaus.

»Ich habe das für meine Mutter nicht gemacht«, sagte Linda Offenbach.

»Was ist mit Ihrer Mutter?«, fragte ich.

»Sie ist gestorben. Vor zwei Wochen. Ich mache mir Vorwürfe. Ich habe nie auf sie geachtet. Ihre Geschichten nicht hören wollen.«

Das ist ganz normal, dachte ich. Dafür braucht es die Enkelgeneration. Die stellt die Fragen.

»Julika kam kurz nach Mutters Beerdigung zu mir. Sie fragte mich allerlei. Über eine Lisa. Und Sie«, sie sah mich an, nicht Kreuzkamp, »tun ja wohl dasselbe, ja?«

»Woher wissen Sie das?«

»Das erzählen die Leute. Die Traudl Niebergall ist eine Klatschtante, bei der ist kein Geheimnis sicher. Wenn Sie was unter die Leute bringen wollen …« Sie sah mich mit schiefgelegtem Kopf an. »Sie sind auch keine Erbenermittlerin!«

»Was erzählen sich die Leute?« Ich trat auf Linda Offenbach zu und sah ihr fest in die Augen. Braune Augen. Die Iris verschwamm mit dem Weiß ihres Augapfels.

»Dass Sie nachforschen, weil es einen Mord gegeben haben soll. Damals. 1945.«

»Ach was«, wiegelte Kreuzkamp ab. »Die Landshuter sind durcheinander. Ein Mord zur Hochzeit und dann auch noch eine alte, aufgewärmte Geschichte …«

»Die Traudl kennt ihren Bruder durch und durch. Der Kirchler ist ein Fuchs. Dem traut die eigene Schwester nicht. Ich traue ihm auch nicht. Meine Mutter war in seinem Alter. Die hat mir einmal erzählt, wie der Kirchler, als er ein Jugendlicher war, den Mädchen an die Wäsche ist. Kleineren Mädchen. Die waren keine zehn.«

Ich wechselte einen Blick mit Kreuzkamp. »Hat Julika Ihre Mutter auch nach Lisa gefragt?«

»Natürlich. Das war der Grund, warum sie mit meiner Mutter sprach. Sie wollte die Geschichte ihrer Großmutter rekonstruieren. Irma erzählte Julika nicht alles. Nur, dass Lisa tot war. Julika wollte wissen, wie sie gestorben ist.«

Julika, davon war ich überzeugt, hatte den richtigen Riecher gehabt. Hatte gespürt, wie Irma mit dieser Lisa in Verbindung stand. In einer Verbindung, die auch durch Lisas Tod nicht gelöst worden war.

»Meine Mutter hat immer mal wieder gesagt, wenn die Rede darauf kam: Die Lisa ist ermordet worden. Doch dann fügte sie stets hinzu: Aber im Krieg, da ist jeder Tod ein Mord.« Linda Offenbach liefen die Tränen über die Wangen. Ich dachte an Chrissie Brehms warme Arme. Streckte die Hand aus und strich Linda über den Arm. Aus den Augenwinkeln sah ich Kreuzkamp. Vermutlich setzten sich die Mosaiksteine auch in seinem Kopf zusammen.

»Meine Mutter und Irma, die waren sich nicht grün. Als Mädchen, da haben sie nichts miteinander anfangen können. Aber im Alter wird man milde und beginnt, die Dinge anders zu sehen. Konkurrenz und Männer spielen ja dann nicht mehr so die Rolle.«

»Ihre Mutter konnte Julika also ein paar Tipps geben?«, schaltete Kreuzkamp sich ein.

Meine Güte, wie bekam der Mann nur diesen exakten Scheitel hin.

»Als die Irma aus den USA zurückkam, hat sie eine Weile nicht in Landshut gelebt. Vielleicht ein halbes Jahr nicht. Da war sie in Niederaichbach. Hat mit ihrem Kind bei einer Bauernfamilie gewohnt. Weil sie es unter dem Dach ihres herrschsüchtigen Vaters nicht ausgehalten hat, ist die Irma da hingezogen. War schlimm genug für sie, in seinem Friseurladen arbeiten zu müssen.« Linda Offenbach wischte sich mit Nachdruck die Tränen von den Wangen. »Das Forsthaus steht noch. Ein wenig außerhalb von Niederaichbach. Nicht weit von der Isar. Halb verfallen ist es, eine Schande.«

»Und Julika? Ist sie hingefahren?«

»Ja, sie hat sich dort umgesehen.«

»Und?«

»Dann ist sie ermordet worden.« Linda zog scharf die Luft ein. »Was für ein entsetzliches Verbrechen. Ein so junges Mädchen. Die arme Irma! Sie kann das nicht mehr ertragen. Sie verliert alle, die sie liebt.«

50

»Solche Überempfindlichkeitsreaktionen sind selten«, fasste Leitner eine Stunde später im Besprechungszimmer zusammen. »Der Hallhuber ist Asthmatiker. Es hat ihn voll erwischt. Analgetika-Intoleranz, sagt der Arzt.«

»Sie brauchen sich keine Vorwürfe zu machen«, erwiderte Nero. »Sie konnten es ja nicht wissen!«

»Den allergischen Schock hätte er fast nicht überlebt!« Leitner zündete sich eine Zigarette an. »Dem ist der Kehlkopf zugeschwollen. Wäre der Notarzt nur ein paar Minuten zu spät gekommen … der Hallhuber hätte ins Gras gebissen. Scheiße. Der wäre unter unseren Augen erstickt. Wollen Sie eine?«

Nero nahm die Zigarette, die Leitner ihm hinhielt. Nur, um die Beziehungsebene zu stabilisieren. »Der Hallhuber muss doch gewusst haben, dass er allergisch ist. Hat man in seinem zarten Alter den ersten Kater?«

Leitner zuckte die Achseln.

»Oder hat er es drauf angelegt?« Nero traute es ihm zu.

»Also, was war das, Keller, was haben Sie da für eine Geschichte zusammenfantasiert?«, lenkte Leitner ab.

»Ich glaube, ich war auf der falschen Spur«, sagte Nero. »Ich kann meinen Verdacht nicht untermauern, aber da wir auf dem eingeschlagenen Weg nicht weiterkommen, sollten wir uns überlegen, ob nicht doch Julika Cohen die Kontaktfrau zur Phishing-Szene war.«

»Und der Hallhuber hat sie erpresst? Mit einer CD? Der Hallhuber ist dafür zu blöd, Keller.«

»Oder er stellt sich blöd.«

»Ich kenne ihn, seit er in die Schule kam. Immer ein bisschen träge. Das Gegenteil von clever.«

»Aber er lebt nicht mehr hier, sondern in München. Und mit wem er da zugange ist, das wissen Sie nicht.«

Leitner drückte die Kippe auf einer Untertasse aus und zündete die nächste an: »Vielleicht war es umgekehrt. Vielleicht hat die Julika den Hallhuber erpresst. Erpressung ist ein Risikogeschäft. Hoher Einsatz mit einer gewissen Falltiefe.«

»Das hieße aber, Hallhuber muss im Phishingsumpf stecken. Außerdem muss Julika etwas gegen ihn in der Hand gehabt haben. Sie halten das nicht für wahrscheinlich, oder? Vielleicht haben wir mit Hallhuber auch nicht den richtigen Vogel in den Käfig gesperrt.« Nero drückte die halb aufgerauchte Zigarette aus. »Mein Szenario geht so: Julika Cohen brauchte Geld. Und suchte sich eine passende Einnahmequelle.«

»Könnte hinkommen«, sagte Leitner. »Wir haben ihr Konto gecheckt. Da waren nur 200 Euro drauf.«

»Sie ist eine aufgeweckte junge Frau. Will studieren. Wen sie kennt, das wissen wir nicht. Mit wem sie so herumzieht. Aber nichts spricht dagegen, dass sie Kontakt zur Szene fand und für die Herrschaften ein paar Hilfsdienste übernommen hat.«

»Fantasie, Keller.«

»Ja, noch. Aber wir haben in diese Richtung nicht ermittelt.«

»Kollegin Asien hat ihre Anrufe gecheckt. Julika hat einige Male eine Prepaid-Nummer angerufen. Guatemala.«

»Her damit.«

Leitner trat auf den Korridor und kam kurz darauf mit einem Stapel Papiere zurück. »Schauen Sie sich das an. Yoo Lim sagt, sie kriegt nicht raus, wer das andere Ende der Leitung ist.«

»Ich kümmere mich drum.«

»Mir gefällt Ihre Methode nicht«, sagte Leitner zögernd. »Ich sammle lieber Spuren und reime mir dann die Geschichte dahinter zusammen.«

»Ein rein induktives Vorgehen. Spricht nichts dagegen«, entgegnete Nero. Leitner tat ihm leid. Dass sein Verdächtiger um ein Haar abgenippelt wäre, hatte ihm einen Schock versetzt. »Deduktiv ist aber auch ganz gut. Von einer Annahme ausgehen und sehen, was dazupasst.«

Leitner hustete anhaltend.

»Machen Sie, was Sie meinen. Ich erkundige mich nach dem Hallhuber.« Er hievte seinen schweren Körper hoch und ging zur Tür, als Yoo Lim hereinstürmte.

»Elizabeth Cohen ist da«, sagte sie. »Ihr Flieger kam pünktlich in München an. Sie sitzt im Besprechungszimmer.«

»Dann muss ich das wohl zuerst erledigen.« Leitner seufzte tief. Ein außerirdischer Hustenanfall folgte.

Nero sah dem Kollegen nach. Sein Gesicht war ganz grau geworden.

51

Es wird wieder Abend und wir sitzen immer noch auf unseren Rädern.

Ich habe aufgegeben zu zählen, wie oft wir abgesprungen sind, um den Tieffliegern zu entkommen. Damit lebe ich besser, habe das Fieber unter Kontrolle. Es schüttelt mich vor Kälte in den nassen Sachen. Jedes Mal, wenn wir wieder aufs Fahrrad steigen, muss ich dir helfen, über die Querstange zu klettern, dich anschieben und dir dann nachkommen. Es wird dunkel, und ich reibe mir beim Fahren die Augen. Die brennen so sehr vom Fahrtwind, das halte ich kaum noch aus. In einem Dorf gibt uns eine Frau Brot und Milchkraut, sie schaut auf meinen Verband, durch den wieder das Blut dringt, aber sie tut nichts, sie sagt, sie könnte kein Blut sehen. Ich müsste fragen, ob sie Verbandszeug hat, und selber den alten Verband abmachen und einen neuen anlegen, aber ich bin zu erschöpft, ich kann kaum denken. Wo sind die Amerikaner, kommen die wirklich? Oder war das eine Falle, um zu sehen, was wir tun werden?

Aber dann wird im Radio gemeldet, dass der Führer auf dem Feld der Ehre gefallen ist. Wir sehen uns an, alle drei. Keine sagt ein Wort.

Lisa und ich, wir wollen weiter. Die Frau sagt, seid's vorsichtig, Dirndln, draußen treibt sich allerhand Gesindel herum. Wollt's net bleiben, hier bei mir? Aber wir wollen nur nach Hause.

Es beginnt zu regnen, als wir das Dorf verlassen.

Irgendwann, gegen Morgen, kommen wir auf Landshut zu. Ich erkenne vertraute Biegungen der Straße, Feldwege, die abzweigen, in den Wald führen. Ich lehne mich zurück, will dir zurufen, bald sind wir da, Lisa, da knallt ein Schuss, so laut, so nah, dass sogar meine dröhnenden Ohren schmerzen.

Die Fahrräder hinschmeißen, von der Straße runter und in Deckung gehen ist eins.

Wir kauern im Graben. Sehen uns um, nichts passiert. Wir wagen es, die Köpfe in die Luft zu strecken. Hörst du was, frage ich dich, aber du sagst nichts, schaust verängstigt, und dann zeigst du auf die Straße hinauf. Da kommt jemand. Du wackelst mit den Fingern, trip trap. Ich kneife die Augen zu schmalen Schlitzen. Da läuft einer, ein Mann, der trägt eine Mütze und schultert ein Gewehr, und ich kann nicht mehr, ich will endlich heim.

Der Mann sieht unsere Räder, er bückt sich und späht in den Graben, das Gewehr locker im Anschlag.

Dann sieht er unsere weißen Gesichter.

»Wer ist da?«, ruft er halblaut.

Die Stimme kenne ich. Verzerrt kommt sie in meinen Ohren an, aber ich kenne sie.

»Gustav«, antworte ich ihm. Er stutzt.

»Irma?«

Aber er sieht dich an. Ihr kennt euch. Klar, wenn du bei mir zu Besuch warst, haben wir auch den Gustav getroffen. Der Gustav ist der Nachbarsjunge, der meiner Mutter manchmal im Garten hilft. Nur ein halbes Jahr jünger als ich. Immer haben wir zusammengesteckt.

Gustav klettert zu uns in den Graben.

Du schaust ihn voller Angst an.

Der Gustav, Lisa, ist ungefährlich. Du kennst ihn doch!

»Was tust du hier, Gustav?«, frage ich.

»Und was machst *du* hier?« Er schaut auf dich, Lisa, mit Augen, die im Dunkeln leuchten. Spricht mit mir und schaut dich an. Das kennen wir zur Genüge, oder?

»Hast du geschossen?«, frage ich. Bekomme Angst, denn wenn nicht der Gustav geschossen hat, wer dann?

»Kaninchen«, sagt er kurz.

Ich bin überrascht. Habe den Eindruck, der Schuss sei aus der anderen Richtung gekommen. Nicht von der Straße, auf der Gustav entlangkam, sondern aus dem Wald, hinter uns. Aber ich kann meinen Ohren nicht trauen. Und so nicke ich nur.

»Dann lass uns weiterfahren, Irma«, bettelst du mich mit furchtsamem Blick an.

»Die haben uns heimgeschickt«, sage ich zu Gustav. »Wir sind seit Tagen unterwegs. Erst mussten wir Dienstpost aus dem Lager in Aidenbach nach München bringen, dann kamen wir zurück, und die Maidenführerin hat die Hände über dem Kopf zusammengeschlagen.«

»Ja, es stürzt alles ein«, nickt Gustav, sieht nur dich an. Wir sind beide ziemlich ramponiert, du, Lisa, und ich auch. Wie ausgehungert müssen die Männer sein, dass sie an solchen Jammergestalten Gefallen finden.

Ich rappele mich hoch und reiche dir die Hand. Du ergreifst sie, flehend beinahe.

Da kommt der nächste Schuss.

Gustav reißt uns zu Boden.

Kaninchen, was?

»Haltet den Schnabel!«

Ich lande mit dem Gesicht neben einer Pfütze. Du fällst neben mich, Lisa, ich sehe dich heute noch da ausgestreckt, wie du den Kopf hebst und anfangen willst zu schreien. Ich sehe, wie deine Lippen sich öffnen, und ich presse deinen Kopf auf den Boden. Sei nur still, du Verrückte, sei still! Irgendwas stimmt hier nicht, besser, die finden uns nicht. Denn was die im Schilde führen, das wird mir schlagartig klar, während ich Gustavs Gesicht mustere. Er liegt an deiner anderen Seite. Ich drücke immer noch meine Hand auf deinen Kopf. Spüre dein weiches, seidiges Haar zwischen meinen schmutzigen Fingern. Schrei nicht, sei ruhig. Ich brauche deine Ohren, ich höre zu schlecht, kann keine Schritte ausmachen, keine Stimmen, mein Kopf will platzen vom Fieber, und ich zittere vor Kälte.

Die Henkertrupps ziehen durch den Wald, um alles zu erschießen, was sich entfernt von dort, wo es dem Führer noch nützlich sein könnte. Aber dem ist niemand mehr nützlich, der lebt nicht mehr, und ob ich das mit dem Feld der Ehre glauben soll … vielleicht hat endlich einer von den Leuten um ihn den Mut gefunden … ein General, ein Diener, eine Sekretärin, eine Köchin.

Der Schüttelfrost bringt mich um. Mit aller Kraft bäumst du dich auf, Lisa, aber ich halte deinen Kopf. Sei still. Sei nur still. Die sollen uns nicht finden, sonst bringen die uns auch noch um, und wer weiß, zu wem der Gustav gehört. Man kann nie wissen, und so kurz vor dem Ende noch weniger als sonst.

Dann kommt ein weißes Licht auf mich zu, und ich stürze ab, in eine zärtliche, wunderbare Ohnmacht.

52

Wir fuhren in meinem Wagen. Ich war gern unabhängig. Außerdem traute ich keinem mehr. Außer Juliane. Ich versuchte, sie zu erreichen, während ich den Wagen durch das prächtige Grün nach Niederaichbach steuerte. Keine Chance. Bei Dolly zu Hause meldete sich niemand.

»Verdammt«, murmelte ich und warf mein Handy aus alter Gewohnheit auf den Beifahrersitz. Direkt in Kreuzkamps Schoß.

»Na, na«, grinste er.

Ich lachte. Er war nett. Er war o. k. Er konnte ja nichts dafür, dass er aussah wie Cary Grant, der Schwarm aller Frauen.

»Sorry, ist ein Reflex.« Ich bog von der Autobahn ab.

»Ja, so was kommt vor.«

Natürlich konnte er nicht einfach die Klappe halten. Manche Menschen sonderten in einem fort Kommentare ab. Hielten sich für geistreich. Kreuzkamp ließ lässig sein Fenster herunter. »Wissen Sie, was mich erstaunt?«, sagte er in den Fahrtwind hinein.

»Sagen Sie es mir.«

»Dass Sie mich noch nicht auf ihn angesprochen haben.«

»Auf wen?«

»Auf den großen Cary.«

»Kenne ich nicht.«

Er lachte. »Au Backe, da habe ich aber eine ganz sensible Stelle erwischt.«

Ich fuhr rechts ran. »Steigen Sie aus. Das Taxi, das Sie nach Landshut zurückbringt, geht auf meine Rechnung.«

»He!« Er sah richtig erschrocken aus. »Sie können mich nicht mitten in der Botanik aussetzen!«

»Doch. Kann ich. Habe ich schon öfter gemacht. Sparen Sie sich Fragen nach Details.«

»Sie sind ja verrückt.«

Wir maßen uns mit Blicken. Ich gewann. Bisweilen kamen ungeahnte Kräfte in mir hoch.

»Wir fahren gemeinsam nach Niederaichbach und suchen das Forsthaus, von dem Linda erzählt hat«, bestimmte ich. »Wir sehen uns um, ob wir auf etwas stoßen, das Julika vielleicht wichtig gewesen ist. Das ist unser Dienstauftrag. Witzchen, Erotika und so weiter sind nicht eingeschlossen.«

Kreuzkamp schmollte, bis wir nach Niederaichbach kamen. Wir kurvten ein wenig herum und fragten schließlich eine Frau, die auf High Heels den Gehweg entlangstöckelte, nach dem ominösen Forsthaus.

»Fahren Sie an der Kreuzung Richtung Landshut«, schlug sie vor. »Wenn Sie das Kernkraftwerk sehen, geht's links in den Wald. Wollen Sie das Haus kaufen? Zeit würde es. Es verfällt immer mehr. Schöne Ecke da unten, für eine Familie wie geschaffen.«

»Danke bestens«, sagte ich und gab Gas. Kreuzkamps Schmunzeln ging mir durch Mark und Bein.

»Das muss es sein«, sagte er wenige Minuten später. Rechts glitzerte die Isar in der Sonne, und das Atomkraftwerk am anderen Ufer steuerte zu dem ganzen Panorama etwas Morbides bei.

»Hier?«

Auf der linken Seite der Straße erstreckte sich ein dicht bewaldeter Hügel. Tief in die Schatten geduckt lag ein altes Haus, verfallen, mit herabhängenden Fensterläden, einem an einigen Stellen eingebrochenen Dach und der Aura eines Spukschlosses.

»Hier könnte man eine bayerische Version von ›High Noon‹ drehen«, murmelte ich. »Gruseliger geht's nicht.«

Hupend überholte uns ein Wagen aus dem Dorf.

»Biegen Sie endlich ab. Die Zufahrt sieht ja halbwegs ordentlich aus«, schlug Kreuzkamp vor.

Ich lenkte meinen Alfa vorsichtig über eine schmale Brücke aus hölzernen Bohlen, die einen Graben überdeckten. Im schlammigen Boden vor dem Haus fanden sich eine Menge Reifenabdrücke.

»Hier ist was los«, sagte ich. »Kommen Sie, bevor die Schauerhütte zusammenbricht, wenn man etwas zu heftig ausatmet ...«

Wir stiegen aus. Ich meinte, irgendwo eine Mundharmonika zu hören. Sah zu viele Filme. Der Nervenkitzel für meine Einsamkeit in meiner Klause.

Die Haustür war abgeschlossen.

»Ein neues Schloss«, sagte Kreuzkamp halblaut. »Schauen Sie sich das an. An dieser Bruchbude!«

»Soll alles vorkommen«, antwortete ich. In meinem Kopf begannen sich die Räder zu drehen. »Was jetzt?«

Wir sahen einander an. In Kreuzkamps Mundwinkeln kräuselte sich ein Lächeln. In stillem Einvernehmen gingen wir um das Haus herum.

»Im Film hätten wir längst unsere Colts gezogen«,

murmelte er. Die Fensterläden auf der Rückseite des Hauses, die auf einen dicht bewaldeten Hang ging, waren hergerichtet und verschlossen.

Probeweise rüttelte ich an einem. »Dicht wie eine U-Boot-Luke.«

Kreuzkamp ging ein paar Schritte auf den Hang zu und sah zurück. »Im ersten Stock sieht es weniger hermetisch aus. Wollen wir es da probieren?«

Ich trug Sneakers und eine Jeans, dazu ein leichtes Leinen-Top. Allerdings wog ich um einiges mehr als Kreuzkamp. Ich hatte keine Lust, vor ihm den nassen Sack zu geben, der nicht einen einzigen Klimmzug schaffte. Aber der spröde Ostwestfale schien sich in diesem Augenblick schon mit der konkreten Durchführung seiner Turnübung befasst zu haben. Ehe ich es mich versah, glitt er an einer marode aussehenden Dachrinne hinauf.

»Waren Sie in Ihrem früheren Leben Fassadenkletterer?«, rief ich.

Er hockte auf einem Fenstersims im ersten Stock und machte sich am Fenster zu schaffen. Mit einem trockenen Knack ließ es sich öffnen. »Bis gleich, Frau Laverde.« Er kroch ins Haus.

Ich fröstelte. Es lag nicht nur an der feuchten Kühle des Waldes und dem langen Schatten, den der Hang warf. Mir gefiel dieser Ort nicht. Am Atomkraftwerk, dessen Dampfschwaden senkrecht in den Himmel stiegen, konnte es nicht liegen. Ich war der Auffassung, dass nicht nur Menschen, sondern auch Orte ein Gedächtnis besaßen, das Gefühle, Ereignisse und Absichten jener Menschen spiegelte, die sich dort aufgehalten hatten.

Dieses alte Forsthaus strahlte etwas Bösartiges aus. Als hätten hier nur kleinliche, rücksichtslose Menschen in geistiger Enge gelebt.

»Frau Laverde?«, kam Kreuzkamps Stimme von oben. Ich sah zu dem Fenster hinauf, durch das er ins Haus eingedrungen war. »Sorry, aber unten ist alles verrammelt. Kommen Sie rauf. Ich helfe Ihnen.«

Misstrauisch musterte ich das wacklige Rohr, an dem Kreuzkamp sich wie ein Äffchen hinaufgehangelt hatte.

»In Sport hatte ich eine Vier.«

»Wer interessiert sich schon für Schulnoten!«

Die Tasche quer über die Schulter geschlungen, umklammerte ich halbherzig das kühle Metall. Der Anfang ging leicht. Ich konnte mich am unteren Fensterbrett abstützen. Dann suchten meine Füße Halt an den Dübeln in der Wand, die eigentlich die Dachrinne halten sollten. Ich spürte, wie sie unter meinen Schuhen nachgaben. Meine linke Hand erreichte das Sims, auf dem Kreuzkamp hockte und mir die Hand entgegenstreckte.

»Bravissimo. Sie haben's gleich!«

Er zog mich zu sich hinüber und gemeinsam kippten wir durch das geöffnete Fenster ins Haus hinein. Wie ein Sack Müll. Irgendwas schepperte.

»Nur das Fenstersims«, sagte Kreuzkamp cool. »Es ist runtergefallen. Kein Wunder, alles recht abgewrackt hier.«

»Abgewrackt ist gar kein Ausdruck«, erwiderte ich.

Was mochte Julika hier gesucht haben? Der Raum, in dem wir uns befanden, bestand nur aus stinkendem

Parkett voller Löcher, Tapeten, die von den Wänden hingen, und Mäusedreck.

»Schauen wir uns um!« Ich ging voran. Keinesfalls bekäme Kreuzkamp Gelegenheit, den Scout zu spielen, der die Dame durch den Dschungel geleitete.

»Ein großes Haus. Vier Zimmer sind hier oben. Alle leer. Wollen wir versuchen, auf den Dachboden zu kommen?«, schlug er vor. »Unten geht's nicht weiter.«

Die schmale Treppe, die zur Dachbodenluke führte, erinnerte mich an eine Hühnerleiter.

»Überall Vogelkacke«, sagte ich. Das Haus kam mir von Minute zu Minute widerwärtiger vor. Aber ich war Irmas Ghost. Ich wollte herausfinden, was Julika in diese erbärmliche Behausung getrieben hatte. »Kaum vorstellbar, dass Irma mal mit einem kleinen Kind hier gewohnt hat.«

»Wenn ein Haus erst mal leer steht, kommt der Verfall schneller als gedacht.« Kreuzkamp turnte über die Stiege und rüttelte an der Luke, die von einem ebenfalls neu aussehenden Vorhängeschloss gesichert wurde.

»Tut sich was?«

»Sie ist abgeschlossen, aber kein Problem. Ich brauche nur etwas, womit ich sie aufstemmen kann.« Er ging zurück in eines der Zimmer. Irgendwie musste ich ihn bewundern. Er bewegte sich mit der Geschmeidigkeit einer Raubkatze. Nutzte vermutlich diese unerwartete Chance, mir seine Vorzüge vor bester Kulisse zu zeigen. Aber halt: In ›High Noon‹ hatte Gary Cooper die Hauptrolle gehabt. Ich lugte vorsichtig die breite Treppe ins Erdgeschoss hinunter.

»Was ist eigentlich dort unten?«, fragte ich.

»Keine Ahnung. Alles verrammelt«, hörte ich Kreuzkamps Stimme. Dann folgte ein Splittern. Er kam mit einem Fenstersims unter dem Arm auf mich zu. Der Scheitel war nicht mehr ganz so exakt wie sonst. Unter seinen Achseln breiteten sich Schweißflecken auf dem T-Shirt aus. »Vielleicht haben die Eigentümer angefangen zu renovieren.«

»Wissen Sie, wem das Haus gehört?« Ich sah zu, wie er die Treppe hinaufturnte und das Fensterbrett wie ein Stemmeisen in die Fuge der Dachbodenluke drückte.

»Nö. Aber ich kann mich erkundigen. Ich kenne jemanden beim Katasteramt.«

Ich verdrehte die Augen. Irgendwo flatterte ein Vogel. Seit Monaten, wenn nicht Jahren mussten gefiederte Zweifüßler in diesem Haus ihre Nachkommenschar großgezogen haben. Keine schlechte Zuflucht, dachte ich. Ein lautes Krachen riss mich aus meinen Gedanken.

»Kommen Sie!«, rief Kreuzkamp, und ich machte, dass ich hinterherkam.

Der Dachboden war riesig, belegte ungeteilt den gesamten Grundriss des Gebäudes. In der Mitte, der einzigen Stelle, wo man aufrecht stehen konnte, waren Schränke aufgereiht.

»Da hat einer seine Möbel entsorgt«, lachte Kreuzkamp. »Landhausstil, Büroschränke, billige Baumarktmöbel. Alles dabei.«

»Wie ist Julika hier hereingekommen? Wenn sie hier war?«, fragte ich.

»So wie wir.«

»Aber sie hat hier nichts aufgebrochen, oder?«

»Sie könnte das Vorhängeschloss angebracht haben.«

»Wozu?«

»Um etwas zu schützen?«

»Aber was«, flüsterte ich. Wieder flatterte etwas. Unwillkürlich drehte ich mich um.

»Das sind nur Vögel«, beruhigte Kreuzkamp. »Die Löcher im Dach sind die idealen Einflugschneisen.«

»Einen Kampfjet habe ich auch nicht erwartet.«

»Himmel, sind Sie immer so dünnhäutig?«

Ich öffnete den ersten Schrank. Ein bunt bemaltes, wurmstichiges Eichenmöbel, welches Hobbybastlern vermutlich einen Schauder der Begeisterung über das Rückgrat getrieben hätte.

»Leer«, sagte ich.

»Schauen Sie!« Kreuzkamp stand vor einem anderen Schrank. »Vom Stil her auch nicht besser, aber hier sind lauter Kästen drin.«

Ich schob ihn beiseite. Mindestens zehn Metallboxen waren übereinandergestapelt. Jede einzelne abgeschlossen.

»Verflucht!«, rief ich.

»Kennen Sie den alten Spruch?« Er zog einen Schlüsselbund aus der Tasche und begann, an einem der Kästen zu hantieren.

Wütend stellte ich meine Tasche ab. »Ich höre.«

»Wieder versuchen. Wieder scheitern. Besser scheitern. Von Samuel Beckett.«

»Passt hier aber nicht, oder?«, sagte ich leise, denn Kreuzkamp hatte das Schloss bereits geknackt. »Sie machen mir Angst. Waren Sie mal als Einbrecher eine große Nummer?«

In dem Kasten lag nur ein einziger Gegenstand. Eine Kladde mit schwarzem Umschlag und einem kleinen Schloss, das am seidenen Faden hing. Ich hatte auch massenweise Tagebücher dieser Art vollgeschrieben.

»›Lisas Tagebuch‹«, zitierte Kreuzkamp. »Steht hier. Auf der ersten Seite.«

»Lisas?«

Wir sahen einander an. Die Geräusche in dem alten Haus drangen laut an mein Ohr. Wieder flatterte irgendwo ein Vogel. Ich zog den Kopf ein.

53

»Wir möchten Ihnen unser Mitgefühl ausdrücken«, sagte Leitner und wies auf Nero neben sich. »Mein Kollege Nero Keller vom Landeskriminalamt.«

»Warum?«, fragte die Frau mit der leuchtend roten Mähne. Ihre Hand spielte mit der Perlenkette um ihren Hals. »Warum Landeskriminalamt?«

»Nun, der Fall um den Mord an Ihrer Tochter«, Leitner räusperte sich, »zieht einige Kreise. Es könnte einen Zusammenhang zur organisierten Kriminalität geben.«

»Bitte was?«

Scheiße, dachte Leitner. Ich bin einfach nicht geeignet für solche Situationen. Muss endlich lernen, mich zurückzuhalten und so wenig wie möglich preiszugeben.

»Wir gehen nicht davon aus, dass Julika in der organisierten Kriminalität tätig war«, half Nero aus.

»Sondern vermuten, dass sie aufgrund der Beziehung zu einem Mann in eine unschöne Geschichte hineingeraten ist.«

»Julika liebt Mädchen«, sagte Elizabeth Cohen mit Nachdruck. »Sie war 16, als sie es mir gesagt hat. Sie liebt Mädchen.«

Leitners Blick traf Neros.

»Sie war lesbisch?«

»Was für ein bescheuertes Wort«, regte Elizabeth Cohen sich auf.

Leitner fragte sich, ob sie den amerikanischen Akzent nur imitierte. »Sie müssen verstehen, dass diese Information für unsere Ermittlungen wichtig sein kann. Tötungsdelikte sind in den meisten Fällen Beziehungstaten«, erklärte er.

»Julika hat hier, in Landshut, wahrscheinlich niemandem etwas gesagt«, erwiderte Elizabeth und warf das Haar in den Nacken. Sie trug Schwarz. Schwarze Jeans und einen schwarzen Seidenpullover. Das Rot ihres Haares leuchtete ungesund. »Ich habe sie davor gewarnt, sich zu outen. Ihre Großmutter hätte das nicht gemocht. Meine Mutter war eine sehr, wie soll ich sagen, in ihren Einstellungen festgefahrene Frau. Für Homosexualität hätte sie kein Verständnis gehabt.«

Leitner kannte Irma anders, aber er erwiderte: »Sie sprechen über Ihre Mutter in der Vergangenheit?«

»Sie ist nicht mehr die, die ich kannte. Ich war vorhin bei ihr. Sie hat mich angesehen, als sei ich eine Fremde.«

Wahrscheinlich können sich zwei Menschen nicht fremder sein als du und Irma, dachte Leitner.

»Wollte Ihre Tochter Penelope Sie nicht nach Deutschland begleiten?«, erkundigte sich Nero.

»Pen ist in Südamerika unterwegs. Sie will Journalistin werden und hat dort eine Möglichkeit gefunden, Praxiserfahrungen zu sammeln.«

»Wie verstanden sich denn Ihre beiden Töchter?«

»Überhaupt nicht. Sie haben ihre ganze Kindheit hindurch gezankt. Die eine hat der anderen die Haare ausgerissen, die Puppen massakriert, die Stofftiere gelyncht. Was bin ich froh, dass das vorbei ist.«

Dumme Pute, dachte Leitner. Die kann nie und nimmer Irmas Tochter sein. Unterschiedlicher geht's nicht. Von wegen, Genetik! Alles ist Genetik, so ein Quatsch! Irma und diese Cohen – die haben nichts gemeinsam. Er beschloss, mit Elke über Gene zu reden.

»Standen die beiden in Kontakt?«

»Nein. Bestimmt nicht.«

»Das heißt, Sie wissen es nicht?«

»Ich bin mir sicher, dass jede von ihnen auf dem Globus nach einem Ort sucht, der möglichst weit von der anderen entfernt liegt.«

»Sie sagten, Ihre Tochter sei in Südamerika«, schaltete sich Nero wieder ein. »Hat sie vielleicht Guatemala bereist?«

»Dort flog sie hin, um einen Journalisten zu treffen, der ihr zu weiteren Kontakten verhelfen wollte. Mittlerweile ist sie in Argentinien.«

»Kann man sie telefonisch erreichen?« Nero sah Elizabeth Cohen fest in die Augen.

»Kann man.« Sie kramte in ihrer Handtasche und förderte ein Adressbuch zutage. »Hier.« Ein rot lackierter

Finger deutete auf eine Nummer. »Das Handy hat sie Tag und Nacht an.«

Nero schrieb die Nummer ab und verließ den Besprechungsraum. Yoo Lim hockte hinter ihrem Schreibtisch.

»Gib mir mal die Nummer von diesem Prepaid-Anschluss, der auf Julikas Handy-Liste steht«, sagte er. Er und Yoo Lim waren am Tag zuvor zum Du übergegangen.

»Nichts tue ich lieber, als dich mit Infos zu versorgen«, spöttelte sie und reichte ihm ein Papier.

Vorsicht, mahnte sich Nero. Vorsicht. Der erste Damm ist gebrochen. Ich will Kea. Aber vielleicht will Kea mich nicht.

»Dieselbe Nummer!«, rief er. »Julika hat ihre Schwester Penelope angerufen. Zuletzt am Tag vor ihrem Tod. Muss sie ein Vermögen gekostet haben.«

»Wenn Schwestern sich lieben«, juxte Yoo Lim.

»Eben nicht.«

»Was, eben nicht?«

»Die Cohen sagt, die beiden hätten sich gehasst.«

»Oh.«

Nero betrachtete das schmale Gesicht seiner Kollegin. Die vor Tatendrang blitzenden schwarzen Augen.

»Entweder«, lachte Yoo Lim, »hat die Cohen so gar keine Ahnung von ihren Töchtern, oder sie will nur das Bild aufrecht erhalten, dass die Schwestern nicht miteinander können.«

Nero griff nach dem Telefon und wählte die guatemaltekische Nummer.

54

Mom geht es nicht gut. Sie ist fahrig, vergesslich und chaotisch. Sie geht mir wirklich auf die Nerven. Ich kann ihr erzählen, was ich will: Sie kriegt nichts mit. Es ist, als würde ich alles in den Wind sprechen. Eins weiß ich: Wenn ich 18 bin, haue ich ab. Ich gehe wieder nach Amerika.

…

Ständig kommen Leute zu uns nach Hause. Dieser Affenschwanz, dieser Kirchler. Und seine blöde Frau, die mir immer Süßes mitbringt. Ich mag nichts Süßes. Ich mag salzige Sachen.

Die Kirchlers hängen fast jeden Abend bei uns herum. Mom kümmert sich um die Bewerbungen für die Landshuter Hochzeit. Ich mache da nicht mit. Kommt nicht in Frage. Ich nicht.

…

Gestern waren wieder die Kirchlers da. Blödes Palaver über die Bewerbungen und das Hochzeitspaar für dieses Jahr. In der Nacht hat Mom im Schlaf geschrien. Sie hat ›Lisa, Lisa!‹ gerufen. Ich bin zu ihr ins Zimmer gerannt und habe sie an der Schulter angefasst, sie geschüttelt und gesagt, ›ich bin hier, ich bin hier‹. Aber sie hat nicht reagiert. Ihre Stirn war ganz heiß. Ich habe Angst gekriegt. Mom war noch nie krank. Nichts haut sie um. Wenn alle Grippe haben, dann kriegt Mom sie bestimmt nicht. Ich habe sie aber nicht wachbekommen. Sie hat irgendwas gemurmelt, sich umgedreht und weitergeschlafen.

…

Sie hat nicht mich gemeint. Irgendwie meint Mom nie mich. Ich habe ihr beim Frühstück gesagt, dass sie in der Nacht nach mir gerufen hat. Dass sie ›Lisa, Lisa‹ geschrien hat, als wäre sie in Panik. Aber sie hat nicht mich gemeint. Sie hat gesagt: ›Das hat nichts mit dir zu tun‹, und dann musste ich in die Schule.

55

»Das ist nicht unsere Lisa«, sagte ich überzeugt.

»Unsere! Hurra! Endlich fangen Sie an, mich als Ihren Partner zu sehen.«

Ich schlug mit der Hand auf das aufgeschlagene Tagebuch. Nur die Hälfte der Seiten war gefüllt. Die meisten Leute, die mit einem Journal begannen, hörten bald wieder auf. »Dieses Tagebuch hat nicht Lisa Halbwachs geschrieben.«

»Sowieso klar.« Kreuzkamp deutete auf die spärlichen Datumsangaben. »1973. Du liebe Zeit.«

»Dann haben wir das Tagebuch von Irmas Tochter vor uns. Sie heißt Elizabeth. Irma hat sie als Kind Lisa genannt. Sie sagte mir mal, dass ihre Tochter diese Anrede nicht mochte, sondern auf der englischen Version bestand. Elizabeth.«

»Julikas Mutter«, sagte Kreuzkamp.

»Präzise Schlussfolgerung, Kollege.«

Kreuzkamp hob den Kopf. »Da ist ein Auto vorgefahren.«

»Vorgefahren, Ihro gräfliche Durchlaucht! Ich habe dem Butler Anweisung gegeben, unseren Gast zu empfangen«, witzelte ich.

»Hören Sie?« Kreuzkamp legte den Kopf schief.

Ich lauschte. Ein Motor wurde abgestellt.

»Scheiße«, flüsterte ich. »Mein Alfa steht auf dem Präsentierteller.«

»Wir hätten woanders parken sollen.«

»Was machen wir jetzt?« Mein Herz raste. Ich schlich über den Dachboden zu einer der Stellen, wo die Ziegel eingebrochen waren, und spähte hinaus. Konnte aber nur den Fluss, die Abzweigung von der Straße und die baufällige Brücke erkennen.

»Was tut sich?«, wisperte Kreuzkamp direkt hinter mir.

Ich fuhr zusammen. »Müssen Sie mich so erschrecken?«

»Wir sollten abhauen.«

»Klappe!« Ich spitzte meine Ohren. Auf die konnte ich mich verlassen. Ich besaß ein Gehör wie ein Luchs. Meinte, jemanden sprechen zu hören. Nur eine einzige Person. »Da telefoniert einer.« Wir konnten nicht weg. Wir steckten im Dachboden fest. »Sollen wir aus dem Fenster springen und in den Wald türmen?«

»Wir stellen uns tot. Tun so, als wären wir gar nicht da«, schlug Kreuzkamp vor.

»Los, schauen Sie sich um, ob wir noch irgendwas finden, was sich anzuschauen lohnt. Und dann machen wir die Fliege. Egal wie.«

Ein Motor sprang an. Kurz darauf sah ich, wie ein dunkler Wagen aus der Zufahrt auf die Landstraße abbog und verschwand.

56

»Spreche ich mit Penelope Cohen?«, fragte Nero auf Deutsch.

»Yes?«, kam die Antwort.

Er wechselte ins Englische.

»Mein Name ist Nero Keller, ich bin Polizist. Landeskriminalamt München.«

»Oh.«

Gegen das Knistern in der Leitung sprach er weiter: »Sind Sie die Schwester von Julika Cohen?«

»Natürlich. Sie ist tot. Ich weiß. Meine Mutter hat mir Bescheid gesagt.«

Das klang mehr als nüchtern. Nero hätte selbst bei zwei Schwestern, die sich verabscheuten, ein wenig mehr Gefühl erwartet. »Ihre Mutter ist mittlerweile in Landshut eingetroffen. Sie berichtete, Sie seien auf einer Südamerikareise. Ist das korrekt?«

»Ja, ich bin in Argentinien. Wenn ich es mir hätte leisten können, wäre ich nach Deutschland geflogen. Wenigstens zur Beerdigung. Aber die Flüge sind verdammt teuer.«

Nero konnte sich nicht vorstellen, dass er zur Beerdigung einer seiner Schwestern nicht kommen würde, und wenn er sich mit dem Hubschrauber aus dem Himalaja ausfliegen lassen müsste. »Julika hat in den letzten Wochen vor ihrem Tod mehrmals mit Ihnen telefoniert. Worum ging es da?«

»Sie hat angerufen, weil sie über unsere Großmutter forschte. Julika mochte Großmutter sehr gern. Viel lieber als Mom.«

Kein Wunder, dachte Nero, der Irma zwar nie kennengelernt hatte, von Elizabeth Cohen aber nicht viel hielt. »Sie und Julika – Sie waren sich nicht grün, nicht wahr?«

»Das hat Mom behauptet, oder?«, erwiderte Penelope. »Aber sie weiß kaum etwas über uns, seit wir ihr Haus verlassen haben. Julika und ich haben uns vor Jahren versöhnt.«

Nero meinte, sie leise weinen zu hören. »Worüber forschte Julika?«

»Sie hat Tagebücher gefunden. Von Großmutter. Eigentlich ging es um eine ganz alte Geschichte«, sagte Penelope. »Großmutter hatte ein Trauma aus dem Krieg. So würde ich das nennen. Sie sprach nie darüber. Julika wollte Psychologie studieren. Deswegen ging sie nach Deutschland. Weil sie … nun, sie fühlte sich nie wohl in den USA. Ich kann das verstehen. Ich habe auch nach jedem Strohhalm gegriffen, um wegzukommen. Dafür hänge ich zurzeit in Südamerika fest.«

»Sprechen Sie kein Deutsch?«, fragte Nero.

»Doch, aber nicht so gut wie Julika. Julika hat mit Mom nur deutsch gesprochen. Obwohl Mom das eigentlich nicht wollte. Zumindest als wir klein waren, fand sie es wichtig, mit uns englisch zu sprechen. Wir sollten ja in den Staaten groß werden.«

Nero beobachtete aus den Augenwinkeln, wie Yoo Lim mit zwei Kaffeebechern den Raum verließ. Sofort fühlte er sich leichter.

»Als wir älter waren, tat es Mom mit einem Mal leid, dass sie das Deutsche so von sich abgekoppelt hatte«, fuhr Penelope fort. »Und mit der Sprache auch ihre deutsche Kindheit. Immerhin ist sie drüben aufgewachsen.«

»Kann es sein, dass Julika zu ihren Wurzeln zurückwollte?«

»Das war der eine Grund, warum sie nach Landshut zog. Aber der andere war der wichtigere: Sie liebte Großmutter. Eine instinktive und bedingungslose Liebe. Großmutter gab ihr das Mütterliche, Zärtliche, das Mom nie hatte.«

»Erzählen Sie mir mehr über Julikas Recherchen.« Nero dachte an die Telefoneinheiten, die durch den Zähler liefen, und an seine Meinung über die Steuerlast in Deutschland. Egal, dachte er. Das ist eine Mordermittlung.

»Großmutter muss zum Ende des Krieges hin etwas Schlimmes erlebt haben. Sie hat jemanden sterben sehen, haben wir gedacht, Julika und ich. Ich habe mich nie mit der deutschen Geschichte befasst. Julika hatte mehr Interesse. Sie fragte Großmutter oft aus, wenn sie zu Besuch war. Sie kam jedes Jahr zu uns. Julika wich dann nicht von ihrer Seite.«

Yoo Lim kam zurück und stellte einen dampfenden Becher Kaffee vor Nero ab. Er ignorierte sie.

»Dann fanden wir heraus, dass Großmutters beste Freundin die letzten Kriegstage nicht überlebt hatte. Das tat Großmutter noch so weh, dass sie nicht darüber sprechen konnte. Sie fing manchmal an, etwas darüber zu erzählen, aber dann brach sie ab. Ich glaube nicht, dass sie Angst hatte, uns zu viel zuzumuten. Sie brachte die entscheidenden Sätze einfach nicht über die Lippen. Julika wollte rauskriegen, was Großmutter so quälte. Aber vor allem wollte sie bei Großmutter sein. Sie suchte ... nun, sie suchte ihre Nähe und ihre Liebe. Um die zu bekommen, war sie zu allem bereit.«

»Was wissen Sie noch über Julikas Nachforschungen? Ihre Schwester hat Sie einen Tag vor ihrem Tod angerufen. Worüber haben Sie gesprochen? Versuchen Sie, sich so genau wie möglich zu erinnern.«

»Sie hat einen Mann kennengelernt. Einen Journalisten. Der behandelt wohl ein ähnliches Thema. Schreibt ein Buch über die Generation, die das Kriegsende als Kinder erlebt hat. Aber Julika meinte, der Typ hätte nicht so den Durchblick und würde sich in zu vielen Einzelheiten verzetteln. Sie wusste, dass mich das interessieren würde, und wollte mir bei Gelegenheit eine Mail mit Texten schicken. Aber dazu kam es nicht mehr«, schluchzte Penelope.

»Warum sollte das Thema Sie interessieren? Sie sagten doch, Sie hätten sich nichts aus deutscher Geschichte gemacht.«

»Aus der journalistischen Perspektive. Mir schwebt etwas Ähnliches vor. Ein Serie über Menschen zu schreiben, die in südamerikanischen Militärdiktaturen aufwuchsen.«

»Hatte Julika eine sexuelle Beziehung zu diesem Mann?«

»Nein! Julika mag keine Männer. Sie liebt Frauen.

Aber ich habe manchmal den Eindruck gehabt, das könnte sich noch ändern. Sie ist – war – keine so überzeugte Lesbe.«

»Aber an ihm war sie definitiv nicht interessiert? Als Mann?«

»Nein. Sie fand ihn ziemlich albern. Er sah aus wie Cary Grant. Darüber hat sie Witze gerissen.«

Scheiße, dachte Nero.

»Julika hat ein Forsthaus entdeckt, irgendwo in einem Dorf in der Nähe von Landshut. Dort haben Großmutter und Mom mal für kurze Zeit gewohnt. Julika stellte fest, dass noch Tagebücher, Briefe und alte Fotos unserer Großmutter dort lagerten. Anscheinend ist das Haus am Zusammenfallen und niemand hat sich darum gekümmert, es zu erhalten.«

»Wo genau liegt das Haus?«

»Keine Ahnung.«

»Na gut«, sagte Nero. »Danke für Ihre Zeit. Eventuell melde ich mich noch mal.«

»Egal wann. Ich kann ohnehin nicht schlafen.«

Nero hörte, wie Penelope sich die Nase putzte. Erschrocken dachte er an die Zeitverschiebung.

»Ich habe Sie aus dem Bett geholt.«

»Wie gesagt – seit ich weiß, dass Julika ermordet wurde, kann ich kaum schlafen. Macht nichts. Das geht vorbei.«

Soviel Resignation fand Nero bei einer jungen Frau ungesund.

»Aber noch was fällt mir ein«, sagte Penelope und räusperte sich. »Julika meinte, das Haus würde einen seltsamen Eindruck auf sie machen. Weil das

Erdgeschoss komplett verrammelt ist. Mit neuen Schlössern.«

»Danke, Penelope. Bis bald.« Nero dachte allen Ernstes daran, Penelope das Flugticket nach Deutschland vorzustrecken.

»Julika war lesbisch«, sagte er mehr zu sich selbst als zu Yoo Lim, doch die Kollegin antwortete: »Ach?«

Der spöttische Unterton ging Nero auf den Keks. Er verließ das Büro. Den Kaffee ließ er stehen.

57

Ich griff aufs Geratewohl nach ein paar Kladden aus den anderen Kästen, die Kreuzkamp mir nichts, dir nichts geöffnet hatte. Dann tasteten wir uns die Hühnerleiter hinunter.

»Unten kommen wir nicht durch. Wir müssen wieder durchs Fenster«, zischte Kreuzkamp.

Mir wurde blümerant. Hinaufzuklettern war schwierig genug gewesen, aber mit dem Hinabsteigen hatte ich noch mehr Probleme.

»Machen Sie sich nicht in die Hosen«, kommentierte ich. »Der Wagen ist weggefahren.«

»Wissen wir, was als nächstes kommt? Der Typ hat doch gesehen, dass jemand hier ist.«

Schlappschwanz, dachte ich.

»Wenn wir unten sind, hauen wir zur Not in den Wald ab«, sagte Kreuzkamp und betrat das Zimmer im ersten

Stock, durch das wir hereingekommen waren. »Los. Sie zuerst.«

Ich warf einen Blick aus dem Fenster und schüttelte den Kopf. »Vergessen Sie's. Ich will mich nicht umbringen.«

»Meine Güte, so hoch ist das auch wieder nicht.«

»Ich habe eine künstliche Hüfte.«

Kreuzkamp starrte mich an wie ein Mondkalb.

»Ja, verdammt.« Angriffslustig stützte ich die Hände in die Seiten. »Normalerweise ist das was für 60 plus. Mich hat es halt früher erwischt. Berufsunfall. In Ausübung meiner journalistischen Tätigkeit und so weiter.« Das stimmte nicht ganz. Der Bombenanschlag auf dem Sinai war passiert, als ich dort privat unterwegs war. Ein kurzer Urlaub zwischen Auftragsreisen. Aber für Kreuzkamp genügte diese Version. Ich wandte mich um und stieg die Treppe ins Erdgeschoss hinunter. Die Stufen endeten in einem düsteren Flur, von dem mehrere Türen weggingen. Alle waren mit neuen Schlössern versehen. Hier sicherte jemand sehr sorgfältig sein Territorium. Sachte fuhr ich mit dem Finger über die Türklinken. Nur eine gab nach. Sofort.

»He, Kollege«, rief ich halblaut durchs Treppenhaus. »Sehr ordentlich haben Sie aber nicht recherchiert!«

Kreuzkamp polterte die Treppe hinunter. »Sie sind verrückt. Lassen Sie uns abhauen!«

»Warum sind Sie so ein Schisshase?«, fragte ich und grinste. »Hier geht's in den Keller. Lust auf eine Expedition?« Ich zückte die kleine Halogen-Taschenlampe, die an meinem Schlüsselbund baumelte, und beleuchtete die Kellertreppe.

»Was soll das bringen?«

»Einen Weg nach draußen.«

»Verdammt, ich trage Sie zur Not huckepack.«

»Ich komme drauf zurück.«

Die Treppe war lang und steil. Ich zählte die Stufen. 52. »Was haben die hier früher wohl gelagert?«, fragte ich leise.

»Vorräte. Als Eldorado für die Mäuse.«

Ich drehte den uralten Lichtschalter am unteren Ende, doch alles blieb dunkel. Meinte, das leise Trippeln vieler hundert Mäusefüßchen zu hören.

»Hier ist nicht mehr viel zu wollen«, meckerte Kreuzkamp. »Ich muss ans Tageslicht.«

»Ich schlage vor, Sie gehen an die liebe Sonne und telefonieren mit Ihrem Katasterfreund.«

»Ich kann Sie doch nicht allein lassen.«

»Sie sind mir einer.«

Ich durchwanderte den Keller, Kreuzkamp im Schlepptau. Das ganze Haus musste unterkellert sein, doch anders als der Dachboden war der Raum in viele winzige Abteile eingeteilt, teils durch Mauerabschnitte, teils durch Bretterwände voneinander getrennt. Es roch nach Moder, Kohlen, und nach etwas Dumpfem.

Ich kannte diesen Geruch. Er war mir so vertraut, dass mein Körper reagierte, ehe ich den Gedanken zugelassen hatte. Angst und Tod.

»Hier stimmt was nicht.«

»Was murmeln Sie da in Ihren Bart?« Kreuzkamp stieß gegen meinen Rücken.

Der Tod zog mich an. Einmal war ich ihm so nahe gewesen, hatte im Tunnel festgesteckt. Hatte einen kalten Arm auf meiner Schulter gespürt. Alles Bilder. Nur

Bilder. Aber Menschen lebten in Bildern. Wer den Tod geküsst hatte wie ich, behielt seinen Geruch ein Leben lang im Gedächtnis.

Die Leiche lag in der Ecke eines mikroskopisch kleinen Abteils des Kellers, direkt unter einem vom Schmutz der Jahrzehnte völlig blinden Fensterchen. Hinter mir schrie Kreuzkamp auf. Sein Grauen stülpte sich über mich. Ich begann zu zittern, tappte aber näher, leuchtete dem Mann ins Gesicht. Seine Augen waren weit aus den Höhlen getreten, die Gesichtsfarbe nicht zu definieren. Dünnes langes Haar verbarg nur unzureichend den entsetzten Ausdruck seiner Züge.

»Ein Hochzeiter«, kam es von Kreuzkamp.

»Was?«, keuchte ich und drehte mich zu ihm um.

»Ein Mann, der sich die Haare hat wachsen lassen. Für die Landshuter Hochzeit. Bei Männern müssen die Haare mindestens die Ohren bedecken.«

58

»Was für ein Forsthaus soll das sein?«, fragte Nero.

»Das finde ich raus. Ich frage die Mutter einer Freundin.« Leitner ärgerte sich nicht einmal, als er rot wurde. Immerhin war Elkes Mutter die ergiebigste Informationsquelle der Stadt. Warum sollte er ihr nicht den Bauch pinseln? Aus falsch verstandener Loyalität Elke gegenüber?

Fünf Minuten später wusste er, was er wissen musste.

»Das Haus liegt einsam an der Straße zwischen Niederaichbach und Landshut. In unmittelbarer Nähe des Kernkraftwerkes. Irma und ihre Tochter waren die letzten, die dort unterkrochen. Wenige Jahre später starb Thomas Hopfinger, dem das Haus damals gehörte, und das Gebäude verfiel. Der Wald ist dabei, es sich zurückzuholen.«

»Wer ist denn der Eigentümer?«

»Das Haus fiel an den Staat. Opfinger hatte keine Erben. Aber vielleicht hat sich ein Interessent gefunden. Ich erkundige mich.«

Nero sah aus dem Fenster, während Leitner mit dem Katasteramt telefonierte. Die Sonne brachte die alte Stadt zum Glänzen. Unten auf der Straße sah er Yoo Lim vorüberhasten. Mit forschem Schritt eilte sie über die Fahrbahn. Eine schöne Frau mit Ausstrahlung. Ein Lächeln stahl sich auf seine Lippen. Dann dachte er daran, dass er Kea anrufen sollte. Er musste sich einfach überwinden. Yoo Lim war hübsch, aber für seinen Geschmack zu knabenhaft. Schon hielt Nero sein Handy in der Hand. Er sah auf das Display, blickte dann wieder auf die Straße. Dort stand Yoo Lim, an der Ecke zur Kirchgasse, vor den Schaufenstern eines Mobilfunkshops, und küsste eine junge Frau, die ein Kind an der Hand hielt und ein Eis lutschte. Nero stutzte. Sie küssten einander. Nicht auf die Wangen, wie es sogar in Bayern Mode wurde. Sie küssten sich auf den Mund.

»Hab's«, verkündete Leitner. »Ziemlich obskur, wenn Sie mich fragen. Der Hallhuber hat das Haus vor einem halben Jahr gekauft. Ausgerechnet der Hallhuber.«

»Der Knilch, der uns beinahe abgenippelt wäre?«, fragte Nero.

»Ich bin genauso verdattert wie Sie.« Leitner zündete sich eine Zigarette an. »Sagen Sie mir, was der Hallhuber mit einem Forsthaus macht?«

»Er wohnt nicht mal dort.«

»Warum nistet er sich beim Berger Alfi ein, wenn er ganz in der Nähe ein Haus besitzt?« Leitner stieß eine Rauchwolke aus, die der ersten Lokomotive auf ihrer Jungfernfahrt zwischen Nürnberg und Fürth alle Ehre gemacht hätte. »Ist was da draußen?«

»Nein.« Nero steckte sein Handy in die Hosentasche und wandte sich vom Fenster ab. »Dafür kann es nur eine Antwort geben. Er hat es gar nicht zum Wohnen gekauft. Sondern für einen anderen Zweck.«

»Der Hallhuber? Der Verlierer? Kauft ein Haus? Woher hat er das Geld?« Leitner hieb mit der Faust auf den Tisch, dann sprang er auf und stürzte auf den Gang hinaus. »Katzenbacherin! Finden Sie raus, womit der Hallhuber seine Immobilie bezahlt hat, die er sich vor sechs Monaten angelacht hat.«

Nero hörte die murmelnde Stimme seiner Kollegin auf dem Flur. »Wie geht es ihm überhaupt?«, fragte er, als Leitner mit rotem Kopf zurückkam.

»Dem Hallhuber? Das ist mir scheißegal!«, bellte Leitner. »Diese Idioten haben ihn ins Klinikum eingeliefert und sind abgezogen! Natürlich ist er getürmt, sobald er dazu in der Lage war. Wie beknackt kann man eigentlich sein?«

»Fahren wir hin«, schlug Nero vor.

»Wohin?« Leitner schien mit den Gedanken ganz woanders zu sein.

»Zu diesem ominösen Haus.«

Leitners Handy klingelte. »Verflucht, ja!«, knurrte er. »Hartstetter? Was willst du denn?« Er hörte zu, nickte, fluchte zwischendurch und legte dann auf.

»Was?«, fragte Nero.

»Wird ja immer schöner hier. Jetzt ist der Berger Alfi verschwunden. Die Ritter vermissen ihn. Eigentlich ist der Alfi ein verantwortungsbewusster Bursche, der sich Hoffnungen macht, irgendwann selber ein Turnier zu reiten.«

»Die Ritter?« Nero verstand nur noch Bahnhof.

»Hochzeit. Turnier. Sie taten ein gutes Rennen und brachen den Spieß. Nie gesehen? Müssen Sie sich anschauen. Ich besorge Ihnen Karten. Über Beziehungen. Jedenfalls: Der Hartstetter braucht seinen Pferdeführer. Den Alfi. Der ist seit gestern Abend nicht mehr am Turnierplatz aufgekreuzt.«

59

»Den kenne ich«, sagte Kreuzkamp, »das ist der Berger. Alfred Berger. Alle nennen ihn Alfi. Junger Kerl, Automechaniker. Hat mir geholfen, als mein Vehikel im letzten Winter nicht ansprang.«

Ich berührte mit dem Handrücken Alfi Bergers Wange. Eiskalt. Jemand hatte ihn mit einem Stück Draht erdrosselt. Die beiden Enden standen wie zwei außerirdische Fühler rechts und links von seinem Kehlkopf ab.

Kreuzkamp tippte auf meine Schulter: »Wir müssen hier raus. Egal wie.«

»Ich dachte, es gibt vielleicht einen Kellereingang.«

»Denken Sie nicht so viel. Handeln wir lieber. Ich helfe Ihnen, wobei Sie wollen, aber bitte, kommen Sie mit. Ich halte es hier drinnen keine Sekunde mehr aus. Mein Handy hat keinen Empfang!« Kreuzkamp drückte verzweifelt ein paar Tasten. »Wir müssen die Polizei anrufen. Und wir müssen hier weg.«

Ich dachte an den Ärger, den ich kriegen würde. Nicht nur mit der Landshuter Polizei und der vielen Fragen wegen, was wir eigentlich in diesem Haus zu suchen hatten. Nein, ich dachte an Nero. Er würde mir die Hölle dermaßen heiß machen, dass ich darin verglühte. Ich seufzte.

»Still!«, herrschte mich Kreuzkamp an.

»Was ist denn?«

»Da kommt jemand.«

Nun saßen wir erst recht in der Falle. Neben einer Leiche in einem Keller stehend, ohne Rückzug nach draußen.

»Machen Sie das Kellerfenster auf!«, flüsterte ich. »Los! Sie haben doch ein Händchen!«

Kreuzkamp starrte auf den Toten. »Ich kann nicht … ich würde auf ihn treten.«

Ich spürte einen Luftzug.

»Jemand kommt in den Keller«, keuchte ich. »Sie haben 52 Stufen lang Zeit!«

Kreuzkamp drückte sich an der Leiche vorbei und reckte die Arme. Er reichte kaum an das Fenster. Ich drehte mich um und tappte in die Dunkelheit der Kellerabteile. Letzte Chance, letzte Hoffnung. Die verbleibenden Minuten meines Lebens brachte ich damit zu, einen Ausgang ins Freie zu finden.

Das Glück war auf meiner Seite. Ich fand eine Tür. In der Dunkelheit sah ich den Lichtstreif, der sich an der Unterkante in den Keller stahl. Drückte sanft dagegen. Hörte Schritte, irgendwo im Irrgarten des Kellers.

Ich rüttelte an der Klinke. Verschlossen. Wagte nicht, die Taschenlampe anzuschalten. Tastete über die Tür. Der Schlüssel steckte von innen. Ich sollte Kreuzkamp rufen, dass wir gerettet waren. Aber dann hörte ich einen erstickten Schrei. Cary Grant in einer seiner grandiosen Heldenrollen. Ich drehte den Schlüssel. Ging wie geschmiert. Drückte die Klinke, warf mich gegen die Tür und fiel beinahe ins Freie. Ich stand in einem versifften Kelleraufgang, voll mit dem Herbstlaub von Jahren, Vogelfedern, Müll. Ich rannte die Stufen hinauf. Wollte um das Haus herum, zu meinem Wagen. Hörte den Schuss. Eine Fensterscheibe barst. Das Kellerfenster des Abteils, wo der Tote lag! Ich sah mich um, während ich schon auf die Bäume am Hang hinter dem Haus zurannte. Nur laufen, laufen! Eine Kugel kam mir nach und traf meine Schultertasche. Die Tasche geriet ins Schleudern, wirbelte um meinen Körper. Ich griff danach, stand hinter dem ersten Stamm. Lief weiter, die Tasche an mich geklammert. Hörte meinen Atem, mein Keuchen. Fühlte nichts, keine Angst, kein Entsetzen. Auch keine Verantwortung für Kreuzkamp. Ich konnte nichts für ihn tun.

60

Leitner fuhr über die Landstraße. Die Autobahn mochte er nicht. Er rauchte unablässig, warf eine Kippe aus dem Fenster seines Pick-ups und zündete sofort die nächste an. Auf der kurzen Strecke über die schmale Landstraße an der Isar brachte er es auf zehn Zigaretten.

Yoo Lim saß zwischen Leitner und Nero. Nero blickte angestrengt aus dem Fenster. Er wollte keine Konversation. Die Stimmung war angespannt, ohne dass er genau verstand, warum.

Sie hatte eine Frau auf den Mund geküsst. Bedeutete das, dass sie lesbisch war? Und was zum Teufel ging ihn das an? Andererseits – wenn er sich nicht komplett täuschte, hatte sie ihm nicht schöne Augen gemacht? Geradezu mit ihm geflirtet? Oder hatte er, Nero, sich in etwas verrannt, weil er zu lange von Kea getrennt war? Auch innerlich? Hatte er angefangen, sich eine Beziehung zu einer anderen Frau zu erträumen, weil er vermutete, dass Kea eine Affäre mit dem Cary-Grant-Heini hatte? Und wenn das gar nicht zutraf? Wenn ihr Interesse tatsächlich, wie sie behauptete, Kreuzkamps Projekt galt? Warum hatte er sie nicht nach ihrer Meinung zu dem Mord gefragt? Nicht nach ihrem neuen Projekt, nicht nach dem Buch, das dieser Journalist schrieb? Falscher Stolz, dachte Nero zerknirscht. Ich habe gelitten und aus falschem Stolz gehandelt. Und dabei ist alles den Bach runtergegangen.

»Hier muss es sein«, sagte Leitner und lenkte den

Pick-up über eine verhutzelte Holzbrücke auf ein verwahrlostes Grundstück im Wald. »Die Natur holt sich zurück, was ihr gehört. Dass der Hallhuber eine Zukunft als Landschaftspfleger hat, kann ja keiner glauben!«

»Was für eine Bruchbude«, sagte Yoo Lim und rümpfte die Nase. »Wer kauft so eine Absteige! Noch dazu in direkter Nachbarschaft zu …«, sie wies vielsagend auf die Kühltürme des Kraftwerkes.

»Jemand, der seine Ruhe will«, kommentierte Leitner und schwang sich aus dem Wagen. »Wem gehört denn der Alfa hier?«

Nero hatte Keas Auto längst gesehen.

»Ich glaube«, begann er, kam aber nicht weiter. Ein Schuss gellte durch den Wald.

»Verdammt!« Leitner hielt seine Dienstwaffe schon in der Faust. »Deckung!«

»Kea!«, schrie Nero und rannte, seine Heckler & Koch im Anschlag, auf das Haus zu.

»Keller, haben Sie sie nicht mehr alle?«, brüllte Leitner ihm hinterher.

Nero kauerte sich neben die Haustür.

»Verstärkung anfordern!«, bellte Leitner. Ihm fiel ein, dass er für heute Abend über Beziehungen zwei Karten für den ›Nächtlichen Mummenschanz‹ besorgt hatte. Diese Veranstaltung war ihm die liebste der ganzen Landshuter Hochzeit. Elke hatte noch nie miterlebt, wie die Musiker und Tänzer in der Residenz die Geschichte vom Aufstieg und Fall des Emporkömmlings Herrn Asinus zum Besten gaben. Aber ein satirischer Roman aus dem 14. Jahrhundert passt nicht hierher, dachte Leitner und kniff die Augen zusammen. Yoo Lim, die hinter der dem Haus abgewandten Seite des Pick-ups hockte, hielt sich ihr Handy ans Ohr.

61

Jemand kam mir nach. Ich hörte Zweige knacken. Rascheln, schnelle Schritte. Das empörte Kreischen von Amseln.

Besonders sportlich war ich ja nicht. Aber egal. Meinem Alfa sagte man nach, dass er es bergab und mit der Polizei im Nacken auf satte 160 brachte. Mit einem bewaffneten Irren hinter mir konnte ich sogar bergauf ein gutes Tempo entwickeln.

Keinen Gedanken an Kreuzkamp verschwenden! Alle Ressourcen einsetzen, um das eigene Leben zu retten. Wieso hatten sie mich in Ägypten wieder zusammengeflickt, wenn ich jetzt von der Kugel eines Wahnsinnigen getroffen wurde? Wie würde sich das anfühlen, erschossen zu werden? Ging das schnell? Und wie war das mit den Schmerzen? Schmerz ist Leben. Wenn du nach der Operation aufwachst und Schmerzen hast, dann kannst du nicht tot sein. Ich will leben, verdammt, ich habe nie gewusst, wie gern ich lebe, erst hier, in diesem blöden Wald, an dem Hang, wo meine Sneakers kaum Halt finden, wo ich abrutsche, meine Hände nach jedem Grashalm greifen, um auf den Füßen zu bleiben, weiß ich, dass ich das Leben liebe und Nero und …

Dieser Verrückte schoss auf mich!

Ich drehte mich um, nur für eine Sekunde. Sah einen gedrungenen, muskulösen Typen mit dunkelblondem Haar und einem Bart, wie Nero ihn trug, mir auf den Fersen. Er hielt eine Pistole in der Hand, an einem wild schlenkernden Arm, der damit beschäftigt war, seinen Besitzer in der Balance zu halten.

Der Hang endete vor mir. Der Kamm zog sich in einer geraden Linie nach links und rechts. Ich könnte auf der Gegenseite hinunterrennen, dann wäre ich schneller, aber der Typ auch. Entscheide dich Kea, los! Ad-hoc-Entscheidungen retten Leben. Langes Grübeln hat noch keinem geholfen. Die Evolution lebt von der Mutation, und die Mutation ist eine einmalige, kuriose, spontan getroffene Entscheidung der Natur.

Mein Herz raste, rammte seine blutige Faust von innen gegen meinen Brustkorb.

Ich lief auf dem Grat weiter. Nach rechts. Warum auch immer.

62

Nero hörte jemanden aus dem Haus stürmen. Auf der ihm abgewandten Seite.

»Keller, verflucht!« Leitner rannte geduckt zu ihm hinüber. »Die Verstärkung ist unterwegs. Machen Sie nichts Unüberlegtes.«

»Sichern Sie mich?«

»Sie haben einen an der Mütze.«

»Nein. Ich will da rein.« Neros Blick hielt den seines Kollegen für Sekunden fest. Dann liefen beide los, an der Frontseite des Hauses entlang. Nero nach rechts, Leitner nach links.

Kea. Er sah ihren wiegenden Gang vor sich, das schwarze Haar. Das freche Lachen. Kackfrech, manchmal. Ich liebe sie.

Sie trafen sich auf der Gegenseite. Leitner stand an die Wand gepresst vor dem Kellereingang. Nero sah das zerschossene Fenster und die Spuren von Füßen, die über den morastigen Boden in den Wald führten. Er bückte sich und huschte an dem Kellerfenster vorbei. Kurz meinte er, ein Stöhnen gehört zu haben. Ruf sie nicht. Ruf sie nicht. Wir wissen nicht, wer noch dort ist. Nero drehte sich um, bewegte nur die Lippen: »Leitner! Da drin ist jemand!«

Leitner nickte.

Gemeinsam gingen sie die Stufen hinunter, durch die offenstehende Kellertür.

In der Düsternis konnte Nero kaum etwas erkennen. Er spürte die bedrückende Enge des Raumes, die niedrige Decke dicht über seinem Kopf. Leitner stand ihm gegenüber. Sie warteten ein paar Sekunden, bis sich ihre Augen an die Dunkelheit gewöhnt hatten. An Leitners besorgter Miene erkannte Nero sofort, dass der Kollege roch, was ihm längst in der Nase stand: Der Geruch des Todes.

»Dieses Verlies ist unterteilt in lauter kleine Kammern«, wisperte Nero. »Das wird gefährlich.«

»Sie wollten ja nicht warten.«

Er konnte nicht warten. »Ich gehe nach links«, bestimmte Nero.

»Roger.«

Nero achtete auf seinen Atem. Er hatte gelernt, auch in brenzligen Situationen, wenn er meinte, jeder Atemzug sei zu hören, genug Luft in seine Lungen zu pumpen. Behutsam tastete er sich durch ein Abteil nach dem anderen. Er wusste, was er über kurz oder lang aufspüren würde.

Nur nicht Kea. Irgendjemanden. Nur nicht sie. Bitte nicht sie.

Noch war nicht klar, ob hier unten auch für ihn oder Leitner eine Gefahr lauerte.

Als er den Raum mit dem zerschossenen Fenster erreichte, wusste er, dass er am Ziel seiner Suche war. Zwei Männer lagen am Boden. Für einen kam sichtbar jede Hilfe zu spät. Und Cary Grant lag in seinem eigenen Blut.

»Leitner!«, brüllte Nero.

Der Kollege stand schon neben ihm.

»Verdammt. Der Kreuzkamp! Und der Alfi!«

Nero berührte Kreuzkamps Schulter. Sein T-Shirt war durchdrängt von Blut. Nero zog sein Hemd aus und formte es zu einem Klumpen, während Leitner fluchend aus dem Keller lief, um einen Notarzt zu rufen.

»Hören Sie mich?«, drängte Nero. Er riss dem Verletzten das T-Shirt vom Leib. Die Kugel war knapp unterhalb des rechten Schlüsselbeins eingedrungen. Blut pulste in Stößen heraus. »Hören Sie mich?«

Von Kreuzkamp kam nur ein Wimmern.

»Wo ist Kea?« Nero drückte mit aller Kraft sein Hemd auf die Wunde und zerrte seinen Gürtel aus der Jeans. »Wo ist Kea!«

»Abgehauen«, flüsterte Kreuzkamp.

»Wer hat Sie angeschossen?«

Der Mann konnte es noch schaffen. Wenn er nicht zu viel Blut verloren hatte.

»Hall…«, kam es von Kreuzkamp.

»Hallhuber?« Nero zurrte den improvisierten Druckverband fest. Er hörte Leitner zurückkommen und fragte sich, wo eigentlich Yoo Lim steckte. »War es einer? Nur einer? Oder mehrere?«

»Einer.«

»Sie schaffen das!«, sagte er zu Kreuzkamp und richtete ihn ein Stück auf, damit er sich gegen die Wand lehnen konnte.

Kreuzkamp zitterte unkontrolliert.

Aus dem Wald ertönte ein neuer Schuss. Von weit her.

63

Ich ließ meine Tasche fallen. Handy, Geld, das ganze Ghost-Equipment – egal, ich konnte nicht mehr. Ich hatte meinen Atem längst abgehängt, fühlte die Gleichgültigkeit über mich hereinbrechen. Wenn es dir egal ist, ob du lebst oder stirbst, dann bist du wirklich in Gefahr. Wenn der Wille zu überleben erlischt, bist du leichte Beute.

Ich dachte an Nero. Wie es sich anfühlte, mit den Fingerspitzen über den Drei-Millimeter-Bart zu streicheln. An seine Stimme, wenn sie zaghafte Ermahnungen vorbrachte. An die Morgen, an denen wir aufgewacht waren, draußen in meinem Refugium, und über Nacht die Alpen vor das Fenster gekrochen waren.

Der Abstand zu meinem Verfolger schien sich vergrößert zu haben. Ich hörte keine knackenden Zweige mehr. Schleppte mich noch ein paar Schritte und hielt dann inne. Keuchend drehte ich mich um, nach Luft schnappend, gekrümmt vom Seitenstechen. Ausatmen, ausatmen. Lange genug ausatmen.

Ich konnte niemanden sehen. Hockte mich auf die Fersen, kühlte meine heißen Hände am Laub, legte den Kopf in den Nacken. Alle Sinne anspannen.

Der Schuss traf einen Stamm neben mir. Rinde splitterte weg, ich spürte etwas mein Gesicht streifen. Fühlte, wie mein linkes Auge sich sofort zupresste, der altbekannte Reflex, die rettende Reaktion des Körpers. Ich richtete mich auf, obwohl ich ahnte, dass ich einen Fehler macht. Wollte rennen. Blieb an einer Wurzel hängen und stürzte. Krachte mit der linken Schulter unsanft an einen Stein.

Das war es dann.

Hinter mir tauchte der gedrungene Kerl auf und richtete seine Waffe auf mich.

»Nicht!«, flüsterte ich überflüssigerweise. Mein Auge brannte. Ich versuchte zu blinzeln, aber das Lid blieb fest verschlossen.

»Das, was Sie gesehen haben, geht Sie nichts an«, keuchte er. In seinen Lungen rasselte es, er schnappte nach Luft.

»Was habe ich denn gesehen?«, fragte ich dämlich.

»Einen Toten in einem Keller. Warum sind Sie nicht abgehauen? Einfach auf und davon?« Ich konnte es nicht lassen, die Leute zu belehren. Selbst in der letzten Minute.

»Mir blieb eigentlich nichts anderes übrig. Ich musste den Alfi kaltmachen.«

»Ich kann nicht folgen.« Ich versuchte, mich in eine etwas bequemere Position zu rücken. Wenigstens mich aufzusetzen, den Stein unter meiner Schulter loszuwerden. Der Schwenk seiner Pistole hielt mich davon ab.

»Der Alfi, der hat mir alles streitig gemacht. Immer hat er die guten Noten gehabt, und ich hing am unteren Ende. Bin durch jedes Schuljahr gerade so durchgerutscht. O. k., er hat mich abschreiben lassen. Sozial war er schon eingestellt. Er hat mir meistens geholfen. Aber ich wollte auch mal zu etwas kommen. Ohne dass der Alfi sich herablässt.«

Uff, eine geknechtete Seele. Einer, dem der Mumm in den Knochen fehlte, um zurechtzukommen, und der die anderen für seine eigene Schwäche in die Pflicht nahm. Zu kraftlos, um einen anderen umzubringen, war er hingegen nicht. Auch wenn sein Atem rasselte wie ein untertourig fahrender VW-Käfer.

»Dann kamen die Leute nach Landshut. Zur Landshuter Hochzeit, da spielt sich einiges ab. Eine Menge Menschen sind in der Stadt, und wenn du nicht auffallen willst, ist es die beste Zeit überhaupt.«

Holla, mein Hirn schaltete nicht mehr richtig. Die Synapsendichte verringerte sich unaufhaltsam. Mein Kopf dröhnte, mein Auge tränte. Wieder wollte ich blinzeln, aber die Natur verhinderte das effektiv.

»Niemand beobachtet dich. Niemand interessiert sich für dich. Deshalb habe ich den Typen das Haus zur Verfügung gestellt.«

Ich ruckte meinen Körper vorsichtig in eine halb sitzenden Position und sagte: »Jemand brauchte Geschäftsräume?« Mein Kopf funktionierte noch! Ich schrieb die Geschichte, als sei ich sein Ghost. Die Fantasie trieb Blüten.

»Die haben mich angequatscht. Schon vorher. Ziemlich genau vor einem Jahr. Ich war was trinken in München und kam mit ein paar Typen ins Gespräch. Die suchten einen guten Ort, um heimlich was zu schustern. PC-Kram. Ich versteh nichts davon, ich geh nicht mal ins Internet. Aber die haben mir gesagt, Landshut, das wäre was, schau dich mal um!«

»Nach einer Immobilie.« Draußen in der Einsamkeit. Wo keiner hinsah, weil der Verfall dem Auge wehtat. Apropos Auge. Was würde passieren, wenn ich nicht innerhalb der nächsten Stunde einen Augenarzt erreichte?

»Die Bude hier unten«, er schleuderte den Arm mit der Pistole hinter sich, »ist ja nicht viel besser als ein Scheißhaus. Aber abgelegen und keiner kümmert sich drum. Die haben mir die Knete gegeben. So schnell kommt man zu was.«

»Und Sie haben schön dicht gehalten und keinem was gesagt.«

»Keinem. Es hat auch keinen interessiert, weil für mich, für den Hallhuber, für den interessiert sich ja nie einer«, winselte er.

Ich liebte Selbstmitleid wie das Schwarze unter

dem Fingernagel. Hinter dem Ritter von der traurigen Gestalt, weiter weg zwischen den Bäumen, meinte ich, eine Bewegung gesehen zu haben. Etwas Dunkles, Scheues, Geräuschloses. Ich zwinkerte mit dem mir verbliebenen Auge und sagte: »Was haben die Herrschaften denn vorgehabt?«

»Die wollten«, Hallhuber sah mich scheel an, »die wollten irgendwas mit Computern machen. Keine Ahnung! Ich habe nicht den leisesten Schimmer! Jedenfalls haben sie meinen Schlüssel kassiert. Sie brauchen die Absteige für vier bis sechs Wochen, haben sie gesagt, dann könnte ich damit machen, was ich wollte. Ich könnte es auch in die Luft jagen. Dabei haben sie so blöd gelacht. Mir war das wurscht. Ich war sowieso nie hier, bloß ganz am Anfang, vor ein paar Wochen, da habe ich mich aus Neugier mal umgeschaut. Die hatten alle Schlösser ausgewechselt, die Türen verrammelt. Aber durch ein Fenster im ersten Stock kam ich locker rein. Habe mir den Dachboden angesehen. Die Typen haben die alten Möbel, die unten noch rumgestanden waren, nach oben geschafft und ein Vorhängeschloss an der Luke angebracht.«

Dann war das geklärt. Aber wie war Julika reingekommen?

»Wissen Sie, wer zuletzt in dem Haus gewohnt hat?«, fragte ich.

»Ist mir scheißegal.«

»Irma Schwand. Mit ihrer Tochter Elizabeth. Ist ewig her.«

Er zuckte die Schultern. Wieder glaubte ich, hinter ihm eine Bewegung zu sehen. Ein Tier vielleicht, das neugierig herüberlugte, wer sich in seinem Territorium herumtrieb. Ganz kurz hatte ich ein Bild von einem Wildschwein vor Augen, das den Mann von hinten rammte, welchem daraufhin die Pistole aus der Hand flog, um just in meiner Hand zu landen. Zu viele Actionfilme, Kea, dachte ich verzweifelt und presste die Hand auf mein schmerzendes Auge.

»Die Typen haben mich links liegengelassen. Haben gesagt, sieh zu, dass du dich fernhältst, bis wir hier fertig sind.«

Ich nickte. Endlich klärte sich auf, wie die CD in Julikas Beutel gekommen war. Julika hatte hier geschnüffelt und ein Beweisstück mitgehen lassen. Ich sah wieder in den Wald. Erblickte eine Indianerin. Für den Bruchteil von Sekunden.

»Der Alfi ist dahintergekommen?«, fragte ich, damit der Knabe sich nicht umdrehte. »Hat rausgekriegt, womit du zu Geld gekommen bist? Und Julika womöglich auch?«

Das Gesicht des Mannes verzerrte sich.

»Halt die Schnauze, Alte! Ich mach dich kalt. Ich mach dich kalt!«

64

»Ich habe die Verfolgung aufgenommen«, sagte eine wohlbekannte weibliche Stimme. Leitner hielt sich das Handy ein Stück vom Ohr weg.

»Wo bist du, Yoo Lim?«

»Im Wald. Over and out.«

»Die spinnt«, sagte Leitner. »Ich möchte verdammt noch mal wissen, was der Hallhuber hier getrieben hat.«

»Und wann der Notarzt kommt.« Nero und Leitner hatten Kreuzkamp aus dem Keller ins Freie geschafft. Er atmete ruhig, zitterte kaum noch, hielt die Augen geschlossen. Schien ab und zu wegzudämmern, woraufhin Nero ihn anherrschte, sich zusammenzureißen.

»Der findet nicht her«, blaffte Leitner. »Das kommt öfters vor. Neulich stand ein Artikel darüber in unserem Blatt.«

Kreuzkamp schien die Unterhaltung mitverfolgt zu haben. Er stöhnte.

»Wir fahren ihn selbst ins Krankenhaus«, bestimmte Nero. »Los, anfassen, Leitner. Wir tragen ihn zu Ihrem Wagen.«

Er wollte sich nicht ausdenken, welche Höllenqualen Kreuzkamp durchlitt, während sie ihn um das Haus herum zum Pick-up trugen. Im Krieg gibt es Morphium für solche Fälle, dachte er. Aber die Blutung war fürs Erste gestoppt. Nur Kreuzkamps totenblasses Gesicht machte ihm Sorgen.

»Sie fahren ihn«, sagte Nero. »Sie kennen den Weg. Kein Protest! Ich bleibe.«

Leitner stieg brummend in den Pick-up.

»Es geht um zwei Leben«, fügte Nero hinzu, als Leitner bereits auf die Straße abbog und davonfuhr. Nero schnappte sich sein Handy und wählte Yoo Lims Nummer, während er zum Haus zurückrannte. Sie meldete sich nicht.

65

»Die Julika, die hat mich gar nicht interessiert!«, machte mein Peiniger weiter. Ich hörte seinen röchelnden Atem und spürte feine Speicheltröpfchen in meinem Gesicht. »Ich hatte nichts zu tun. Die Typen waren in der Bude da unten. Ich musste ja bloß abwarten, bis bei denen alles erledigt ist. Dann hätte ich mein Geld gekriegt. Da habe ich mit dem Alfi gewettet, wer die Julika als Erster flachlegt. Aber es war mir eigentlich scheißegal.«

Mein Augenlid schwoll spürbar an. Selbst wenn ich blinzeln wollte, hätte ich keine Chance mehr. Der Vorhang war blickdicht.

Zweige knackten. Er drehte sich um. Die Indianerin war weg.

Sowieso Blödsinn. Da konnte keine Indianerin sein. Wieso überhaupt Indianerin? Mein Auge schmerzte wie verrückt.

»Dann haben Sie die Julika umgebracht«, murmelte ich, streckte mich auf dem Boden aus und presste mein heißes Gesicht in das kühle Laub. Ameisen liefen über meine Beine und Arme.

66

»Verstärkung ist unterwegs«, sagte der Gruppenführer vom SEK.

»Warum, verdammt, dauert das so lange?«, schnauzte Nero.

»Wissen Sie, was hier los ist?«

»Landshuter Hochzeit, nehme ich an«, fluchte Nero. Er legte auf. Konnte das Wort ›Hochzeit‹ nicht mehr hören. Zog seine Dienstwaffe und machte sich auf in den Wald. Als er den Hang ein gutes Stück hinaufgestiegen war, immer auf der Suche nach Spuren einer Flucht, eines Kampfes, nach abgeknickten Zweigen, Fußabdrücken, hielt er inne und sah auf das Haus zurück. Seltsame Methode, das Erdgeschoss zu verrammeln und den Rest dem Verfall zu überlassen. Nero sah einen dunklen Van an der Straße halten. Er stand auf und winkte. Drückte auf Wiederwahl und sagte: »Ihr seid richtig. Das ist das Haus.«

»Wir sind noch auf der Autobahn«, kam es zurück. »Oder liegen wir jetzt total falsch?«

Nero ließ das Handy sinken und kauerte sich hinter einen Baum. Der Wagen machte keine Anstalten, in die Zufahrt zum Haus einzubiegen.

Da stimmt was nicht, dachte Nero. Da stimmt was nicht. Sieh dich vor. Mach gar nichts. Etwas geht schief, etwas eskaliert, hier läuft etwas ganz Neues. Etwas, das du nicht kennst. Nero duckte sich und huschte den Hang ein Stück hinunter. Hielt hinter einem Haselnussbusch und verbarg sich zwischen den Zweigen.

Der Van hielt für einige Minuten, vielleicht auch nur Sekunden. Nero kam es vor wie eine Ewigkeit. Wie vor einer Prüfung oder einer Pressekonferenz.

Dann raste der Wagen los, hinauf ins Dorf. Mit quietschenden Reifen.

67

»Haben Sie Julika umgebracht?«, flüsterte ich.

Er stand über mir. Zielte mit der Pistole auf meinen Kopf. Auch mein unverletztes Auge begann zu tränen. Ich versuchte, seinem Blick standzuhalten. Mit einem Tritt in den Nacken hatte er Julika ermordet.

»Habe ich nicht. Die Julika war mir völlig wurscht.«

Ich keuchte. Sein Fuß stand auf meinem Brustbein. Es würde nicht mehr lange Widerstand leisten. So ein bisschen Knochen und Knorpelmasse gegen die gedrungene Kraft eines Muskelpakets …

»Ich kriege keine Luft«, keuchte ich. Von weit her hörte ich Reifen quietschen. Die Sache war gelaufen, der Käse gegessen. Ich konnte einpacken. Wenigstens hatte ich noch einmal die Liebe erlebt. Oder sie mir auch nur erfunden. Egal, es war nicht wichtig. Magensäure schoss in meinen Mund. Ich hustete. Über mir in der Luft schwebte die Pistole an der zitternden Hand eines Mannes, der auf der letzten Rille pfiff.

»Waffe weg!«, brüllte jemand. Eine weibliche Stimme. Nicht Nero, nicht Leitner, dessen lautes Gebell ich erkannt hätte.

»Waffe weg!«

Das kalte Auge über mir zuckte.

Ich warf mich herum.

Schuss. Laut! Macht nicht auch noch meine Ohren kaputt.

Und Schuss.

Wie auf dem Schießstand. Ich presste beide Hände auf meine Ohren.

68

Nero drückte erneut die Wiederwahltaste.

»Was ist denn?«, motzte der SEK-Mann.

»Nähert euch auf keinen Fall dem Haus.«

»Was ist denn nun wieder los?«

Nero starrte auf das Haus unter ihm. Es sendete etwas Bedrohliches, Finsteres aus. Instinkt. Es war nur Instinkt. Das unmittelbare Erkennen von Gefahr. Er setzte an, zu antworten. Sein Mobiltelefon piepte zweimal. Auf dem Display erschien ›Akku laden‹.

Achtlos steckte er das Handy weg. Aus dem Wald hallten zwei Schüsse.

69

Als ich den Kopf hob und mein unverletztes Auge öffnete, sah ich die Indianerin auf dem Rücken meines Peinigers sitzen. Sie zurrte seine Handgelenke mit Kabelbindern fest.

Nein, sie war keine Indianerin. Sie war Asiatin, halb so schwer wie ich. Ein Muskelbündel.

»Sind Sie o. k.?«, fragte sie nur.

Ich hatte den Eindruck, sie bohrte ihr spitzes Knie mit Absicht fest in den Rücken des Irren.

»Nein. Ich habe einen Splitter im Auge.«

Sie hielt ein Handy in der Hand. »Verdammt, wo steckt ihr alle?«, blaffte sie und erinnerte mich dabei deutlich an Leitner.

»Wer sind Sie?«, fragte ich.

»Yoo Lim Pak. Ich bin Leitners Kollegin. Kripo Landshut. Der Kumpel vom LKA geht auch nicht an sein Handy.«

»Wer ist das?« Ich wies mit dem Kinn auf den Mann, der am Boden lag. »Er hat den Typen dort unten in dem Haus abgemurkst.«

»Welchen Typen?« Yoo Lims Augen wurden noch schmaler, noch dunkler, noch schöner.

»Einen gewissen Alfi.«

»Alles klar. Kleines Geständnis abgelegt, was, Hallhuber? Hast du auch die Julika auf dem Gewissen?«

Hallhubers Atem ging rasselnd.

»Dem geht's nicht gut«, sagte ich. Nicht, dass ich Mitleid empfunden hätte. Aber es war nicht zu leugnen, dass der Mann an schwerer Atemnot litt.

»Kommen Sie bis runter zur Straße? Schaffen Sie das?«, fragte mich die Polizistin, deren Namen ich längst wieder vergessen hatte.

Ich nickte und richtete mich auf.

Eine ungeheuerliche Detonation erfüllte meine Ohren. Der Krach überwältigte mich. Ich fiel auf den Rücken wie ein Käfer.

70

Die Druckwelle warf Nero um. Er ging zu Boden wie ein Opernheld. Seine Stirn streifte etwas Hartes. Dann war die Welt lange Zeit ganz still. Auf der Erde liegend spürte er feine Vibrationen, wie von einem Beben.

Staub, Dreck, Gestank.

Als er sich nach einer Weile aufrichtete, gellte ein böser Pfeifton in seinen Ohren. Unwillkürlich versuchte er es mit Kaubewegungen, wie im Flugzeug.

Das Haus stand nicht mehr.

71

Die Polizistin hatte Hallhuber in die Senkrechte befördert. Mit vorgehaltener Waffe zwang sie ihn zum Rückweg. Ich stolperte hinterdrein.

»Asthmaspray«, keuchte er. »In meiner Hosentasche.«

Sie angelte den Inhalator heraus und presste ihn zwischen seine Lippen.

»Los, lauf. Bis zur Straße musst du es schon schaffen.«

Ich wollte grinsen, aber mein Gesicht tat zu weh. Der Schmerz aus dem Auge breitete sich bis zu den Ohren und zum Kinn aus. Ich wischte die Ameisen von meinen Armen. Sie liefen mir über den ganzen Körper, ich spürte sie in meinen Ohrmuscheln, unter dem Slip, im BH.

Meine Reisen nach Indien hatten mich eines gelehrt: Es lohnte nicht besonders, sich über Dinge aufzuregen, die ohnehin nicht zu ändern waren. Alles war schon viele Male geschehen und würde sich in ähnlicher Weise noch viele weitere Male so abspielen. Vielleicht waren die Ameisen in einem ihrer vorherigen Leben Menschen gewesen und hatten sich mit all den verrückten Problemen abgeplagt, die man als Mensch so haben konnte. Vielleicht war eine von denen, die mir über das Ohrläppchen krochen, Kea gewesen.

72

Als ich erwache, liegst du neben mir. Mit dem Gesicht in einer Pfütze. Es ist hell. Ich höre das Dröhnen von Motoren, das das Gefühl von Watte in meinen Ohren verdrängt. Lisa, was ist mit dir? Warum kauerst du so bewegungslos auf der Erde? Wir müssen hier weg, Lisa, da kommen Fahrzeuge, vielleicht sind das die Amerikaner, und lieg mir nicht damit in den Ohren, dass ich immer auf die Amis gewartet habe. Was weiß ich, was die mit uns machen, wenn die uns hier finden, verdreckt und durchnässt. Und wo ist überhaupt der Gustav? Ich richte mich auf. Das Fieber ist gesunken. Ich friere, aber das ist nicht schlimm. Mein Kopf ist seltsam frei, als sei er in den letzten Stunden durchsichtig geworden.

Ich drehe ihn einige Male hin und her. Da knackt es in meinen Ohren, und ich spüre, wie sich etwas löst, ich schlucke, würge, presse die Hände an die Schläfen, und dann sind meine Ohren frei. Ich kann wieder hören. Höre die Jeeps, die die Landstraße entlangkommen. Ich lausche auf das Rauschen der Bäume im Wald, auf den Gesang des Windes, das Piepen von zwei Spatzen, die um uns herumhüpfen. Mein Magen knurrt.

Wo zum Teufel ist der Gustav, dieser Halunke, dieser Feigling? Hat sich davongemacht! Er ist ein Mann, will den Amerikanern aus anderen Gründen als ich nicht in die Hände fallen.

Lisa! Ich rufe dich, schüttele dich, rüttle an deiner Schulter. Aber du liegst nur da. Mit dem Gesicht in der Pfütze. Und schläfst.

Ich presse mein rechtes Ohr auf deinen Rücken. Heiß steigt das Fieber wieder in meinen Kopf, verbrennt meine Stirn, bis sie zu bersten droht.

Du bist weggegangen.

Ich kann dich nicht mehr wecken, so wie im Schlafsaal. Die Zeiten sind vorbei, Lisa, ich richte mich auf, diese Zeiten sind unwiederbringlich vorbei, und für dich wird es keine neuen Zeiten geben. Ich werde meinen Amerikaner finden, und vielleicht werde ich ihn auch lieben, aber es wird keine Schokolade geben für dich, keine langen Briefe aus Chicago oder Philadelphia.

Die Jeeps kommen näher. Ich husche in den Wald.

73

Ich habe Lisa Halbwachs umgebracht. Ich habe in einer Nacht im April 1945 – das Datum weiß ich nicht mehr – ihr Gesicht so lange in eine Pfütze gedrückt, bis sie sich nicht mehr gerührt hat. Die Irma hat nichts gemerkt. Sie hatte hohes Fieber und war völlig erschöpft von der langen Strecke. Die Mädchen waren ja vom Lager bis nach Landshut mit dem Rad gefahren.

Ich war der Nachbar von der Irma. Wir wohnten nebeneinander im Landshuter Barackenviertel. Da haben damals die einfachen Leute gewohnt. Wir hatten kein fließendes Wasser im Haus, nur eine Pumpe im Hof, und zum Abort musste man durch den Garten. Das Plumpsklo war eine eiskalte, zugige Bretterbude. Wir haben es mit Irmas Familie geteilt. So war das. Wir hatten nicht mal ein eigenes Klo, meine Mutter, meine Schwester und ich.

Eigentlich haben wir uns gut verstanden. Aber es gab auch mal Ärger und Streit. Und als unsere Väter im Feld geblieben waren, hatten unsere Mütter noch mehr Sorgen und Nöte. Für die Kinder blieb da wenig Zeit. Wir mussten uns selber die Wärme geben, die wir brauchten. Die Irma, die habe ich gern gehabt. Die war ein guter Kamerad. Kein Mädchen. Ein Wildfang, mit der konnte man Pferde stehlen! Aber ihre Freundin Lisa, die war schon eine richtige Frau. Wann immer ich die Lisa gesehen habe, hat sich mein Glied aufgerichtet und ich wollte sie haben. Ich hatte zu der Zeit noch nie mit einem Mädchen was gehabt, aber die Lisa hat mich einfach aufgeregt. Aber sie war die Freundin von der Irma und die beiden haben von früh bis spät zusammengesteckt. Da kam ich an die Lisa nicht ran und hab mich auch nicht richtig getraut.

Eines Tages, im Herbst 1944 war das, habe ich mich auf ein Mädchen gestürzt. Das war die Kleine vom Bauern Miller. Evi hieß die. Die Lisa war so oft bei der Irma zu Besuch und ist mir dann immerzu vor der Nase herumgetanzt, aber ich konnte ja nicht. Und dann war da die Evi. Die war erst 15, aber ich habe sie mir geschnappt. Die Irma und die Lisa, die haben immer über mich gelacht, das machen die Mädchen so, inzwischen weiß ich das, aber ich habe mich zurückgesetzt gefühlt, abgekanzelt, runtergemacht. Deswegen also die Evi. Ich habe die Evi hinter unserer Scheune abgepasst und sie gegen die Scheunenwand gedrückt und ihr den Rock gehoben. Die hat so gut gerochen, die Evi, da wurde ich ganz wild. Es war ein warmer Oktobertag, die Sonne brannte noch richtig um die Mittagszeit. Ich habe die Evi also gehalten, und sie hat gar nichts gesagt, sie hat sich auch nicht gewehrt. Die Evi, haben viele gesagt, die hätte schon mal mit einem Jungen geschlafen. Aber vielleicht war das auch nur ein Gerücht und das haben die anderen erzählt, damit ich nicht der erste sein konnte. Den Sieg wollten sie mir nicht gönnen.

Als ich versucht habe, der Evi den Schlüpfer runterzuziehen, hat sie plötzlich gewimmert. Ganz leise. Ich konnte es fast nicht hören. Ich habe ihr zärtliche Sachen ins Ohr geflüstert. Habe gedacht, dann hört sie auf zu jammern. Aber weil sie nicht aufgehört hat, habe ich sie fester rangenommen, ich habe sie geschüttelt und sie angeschrien, sie soll ruhig sein, und dann habe ich den Schlüpfer in einem Ruck runtergezogen und die Evi umgedreht, mit dem Gesicht gegen die Scheunenwand, und wollte in sie rein.

Und da kam die Lisa.

Die wollte zum Abort, über den Hof eben. Ich habe gar nicht gewusst, dass sie an diesem Tag bei der Irma zu Besuch war. Aber die kam ja oft, weil ihre Mutter in München durchdrehte, wegen der Bomben und so. Später hat sie dann bei der Irma gewohnt. Seit wann, das weiß ich nicht mehr genau.

Jedenfalls kam die Lisa um die Ecke und hat mich gesehen, wie ich der Evi die Pobacken auseinanderdrücke, und sie ist auf mich losgegangen wie eine Furie. Das war eigentlich alles. Ich habe die Evi losgelassen, die ist davongelaufen. Von da an ist sie mir ausgewichen, wenn sie mich irgendwo gesehen hat. Kann ich ja auch verstehen. Ein paar Jahre nach dem Krieg ist die Evi gestorben. Bei einem Unfall. Das hat mir leid getan.

Aber die Lisa hat mich richtig bedroht. Die hat gesagt, sie vernichtet mich, ich sollte nur aufpassen. Sie hätte alles gesehen. Eigentlich habe ich keine Angst gehabt. Nicht vor der Lisa. Sie war so zart, so schön, der hätte ich nicht zugetraut, dass sie irgendwo hingeht und mich verpfeift. Das war eine Hundertfünfzigprozentige, die Lisa. Die war hingerissen vom Führer. Der hat ja die Weibsbilder reihenweise betört. Darum habe ich ihn damals beneidet. Obwohl er ja nicht gerade fesch war. Eigentlich war er ein ziemlich hässlicher Kerl.

Kurz darauf mussten die Irma und die Lisa weg aus Landshut. Zum Reichsarbeitsdienst. Da war ich ziemlich erleichtert. Ich habe den ganzen Winter nichts gehört von den beiden.

Im April 1945 bekamen wir alle kalte Füße. Da kam eines Tages der Neugruber Martin zu mir und meinte, Mensch, du kommst mit uns raus, wir suchen Defätisten und Volksschädlinge. Er hat mir ein Gewehr gegeben, und ich bin mit ihm und einigen anderen durch die Nächte gezogen. Ich hatte richtig Angst, dass wir Deserteure aufspüren und der Neugruber mich zwingt, einen zu erschießen. Der hätte das gemacht, der war ein Sadist. Später hat er dann als Kammerjäger gearbeitet. Der Beruf hat zu ihm gepasst.

Eines Nachts bin ich vom Neugruber-Trupp getrennt worden. Das kam so: Wir haben ab und zu ein Kaninchen geschossen. Der Neugruber hat ein Auge zugedrückt, wenn er auch was abgekriegt hat. Das heißt, was er geschossen hat, war für ihn, aber wenn wir anderen was erwischt haben, bekam er einen Anteil. Meine Mutter war in den letzten Kriegswochen sehr schwach. Sie hatte später eine Lungenentzündung, und ein Arzt von den Amis, der hat sie behandelt. Die Amis haben auch Deutsche behandelt. Irgendwie waren das anständige Kerle. Die meisten jedenfalls. Aber bevor der Krieg zu Ende war, hatten wir kaum noch was zu essen. Verkeimte Kartoffeln, schrumpelige Rüben. Deswegen habe ich in der Nacht, als ich später die Irma und die Lisa getroffen habe, den Neugruber gebeten, dass er mich weglässt, auf die andere Seite vom Wald, weil ich wusste, wo es Kaninchen gibt. Ich glaube, der Neugruber mochte meine Mutter ganz gern. Er war kein Unmensch. Also war er einverstanden. Aber ich hab keine Kaninchen erwischt, dann war die Munition alle, und ich bin über die Landstraße und wollte zum Neugruber und seinen Leuten stoßen. Und da habe ich die Irma getroffen. Und die Lisa.

Die hatten Todesangst, als sie mich sahen. Lagen zitternd im Graben. Der Irma ging es furchtbar schlecht. Die glühte vor Fieber. Aber die Lisa, die hat mich angesehen. Ich habe gedacht, die beiden sind vom RAD stiften gegangen. Wenn der Neugruber sie findet, sind sie fällig. Aber das wollte ich nicht. Das wollte ich wirklich nicht. Die Irma hat dann gesagt, die Maidenführerin hätte sie heimgeschickt, und ich habe ihr das geglaubt. Wobei der Neugruber ein Fanatiker war. Ich dachte jedenfalls, besser, der begegnet den Mädchen nicht. Dann kam vom Wald her ein Schuss. Oder zwei, ich erinnere mich nicht genau. Die Lisa bekam schreckliche Angst. Sie wurde ganz hysterisch. Ich habe gedacht, wenn sie anfängt zu schreien, dann findet uns der Neugruber, dann hänge ich mit drin, der drückt schneller ab, als er denken kann. Die Irma hat gemerkt, in welche Gefahr die Lisa uns bringt. Sie hat der Lisa den Kopf gehalten. Aber die Irma war schwach. Sie hatte Fieber, war ausgehungert, vollkommen am Ende. Da habe ich die Lisa festgehalten. Habe mich auf sie gewälzt und ihren Kopf in die Pfütze gedrückt. Ich habe aber nicht gemerkt, dass da eine Pfütze war. Es war ja dunkel! Ich war nur froh, als sie still war. Ich wollte sie nicht töten! Ich wollte nur nicht, dass der Neugruber uns aufstöbert. Erst, als ihr Körper schlaff wurde, als sie sich nicht mehr aufgebäumt hat, da habe ich gedacht, dass was nicht stimmt. Die Irma hat sich auch nicht mehr gerührt. Sie war bewusstlos. Da habe ich gemacht, dass ich wegkam. Hab mein Gewehr geschultert und bin ab. Bin zum Neugruber gestoßen und hab mich anschreien lassen, dass ich die wertvolle Munition vergeudet habe und nicht mal ein Langohr dabeihabe. Ich war ganz zerknirscht, und da hat er mich in Ruhe gelassen. Er hat gedacht, ich wäre windelweich, weil ich kein Kaninchen erlegt habe, und das war gut, und in dem Glauben habe ich ihn ein Leben lang gelassen.

Und dass die Irma gedacht hat, sie hätte die Lisa umgebracht, dafür konnte ich nichts. Was hätte ich denn tun sollen? Die Wahrheit hätte die Lisa nicht wieder lebendig gemacht.

Irgendwann kam dieser Mensch daher, dieser Kreuzkamp. Der hat in allem herumgerührt. Die ganze Vergangenheit hat er aufgekocht. Wo wir, die Gerda und ich, doch so froh waren, dass sie endlich unter dem Teppich war. Da wollten wir sie auch nicht wieder hervorholen. Dann hat der Kreuzkamp auch noch eine Frau angeschleppt. Als Erbenermittlerin hat sie sich ausgegeben, aber das war keine gute Idee. Die habe ich gleich durchschaut, die war von derselben Zunft wie der Kreuzkamp. Schmierfinken, alle miteinander. Aber der Wahrheit kam sie trotzdem gefährlich nah. Der wollte ich einen Schock versetzen. Einen Schuss vor den Bug. Sollte nicht böse enden. Ich habe den Kuznick gefragt. Der Kuznick macht alles. Ich kenne ihn ja als Hochzeiter. Hat sich bis zum Knappen vorgearbeitet. Einer, der wenig Skrupel hat, wenn es darauf ankommt. Und er hat es dieser Tante ja auch gezeigt.

Unterzeichnet Gustav Kirchler.

74

Man möchte nur vergessen. Nichts als vergessen. Ein Leben lang. Glücklich ist, wer vergisst. Erinnerung tut weh. Ein Stachel im Fleisch. Das ist so ein Bild, das mich überzeugt hat. Etwas tut weh, aber du wirst es nicht los. Du kapselst es ab und vergisst es. Und du bist frei.

Natürlich kannte ich die Irma schon, als ich jung war. Irma ist eine Nette, vielleicht manchmal ein bisschen forsch. Sie hat viel für unsere Stadt getan. Mit ihr kam ich aus. Mit der Lisa allerdings nicht.

Die Lisa aus München! Was hat die sich eingebildet! Wer sie ist und wie wunderbar sie ist. Weil sie aus München stammte. Die Irma war ihre große Liebe. Wie eine Schwester! Irma und Lisa. Damals hat man darüber nicht geredet. Heute würden alle sagen, die waren lesbisch. Aber ich bin sicher, das waren sie nicht. Sie hingen nur aneinander. Die Lisa hat den Vater verloren und die Irma hatte nie einen. Diesen Despoten kann ja wohl keiner einen Vater nennen! Der Alte hat beim Rasieren seinen Kunden das Messer an den Hals gedrückt und ihnen gedroht, wenn sie dies und das nicht tun, dann … einem hat er mal den Rasierpinsel in den Mund gestopft und ihn fast ersticken lassen. Der hatte sie nicht mehr alle.

Die Mütter waren auch nicht da. Körperlich waren sie anwesend, aber die haben uns Kinder nicht in die Arme genommen oder sich für unsere Gefühle interessiert. Meine war genauso. Die meinten es nicht böse. Die konnten nicht anders! All die Sorgen, die Ehemänner weg, tot, vermisst oder Tyrannen. Da haben wir Kinder uns die Liebe woanders geholt. Die Irma hat die Lisa immer beschützt. Ich war wütend. Ich hätte die Irma nämlich auch gern zur Freundin gehabt. Um ehrlich zu sein: Ich war eine ganze Weile ihre Freundin. Irmas beste Freundin. Wir haben alles gemeinsam gemacht. Steckten ununterbrochen zusammen, bis die Lisa auftauchte. Da war ich dann abserviert. Plötzlich war ich für die Irma einfach nicht mehr interessant! Ich war so ein Krisperl. Ein dünnes, schwächliches Mädchen. Bei dem Hunger und dem Mangel an allem im Krieg, da konnte ich nichts zusetzen. Solange ich mit der Irma herumzog, habe ich mich stark gefühlt. Die Irma hatte vor nichts Angst! Die hat sich mit den Jungen geprügelt, wenn es sein musste. Aber als die Irma sich nur noch mit der Lisa befasst hat, stand ich plötzlich dumm da. Und einige aus der Stadt haben sich erinnert, dass sie mit mir noch nicht fertig waren. Ich hatte keine leichte Zeit.

Die Lisa also. Die hat ja dem Gustav schöne Augen gemacht. Sie tat schüchtern und vornehm, aber in Wirklichkeit war sie durchtrieben! Der Gustav konnte sich noch nie beherrschen. Wenn es um ein schnelles Vergnügen ging, meine ich. Schon als junger Bursche nicht. Je älter er wurde, desto weniger konnte er widerstehen. Da hat er der Lisa mal ein Angebot gemacht. Die Lisa, die lebte ja bei der Irma, neben den Kirchlers. Der Gustav hatte die Lisa jeden Tag vor Augen.

Und dann ist was passiert. Die Lisa kam vom RAD nicht mehr heim. Die Irma kam, die Lisa nicht. Niemand hat gefragt. Der Irma ging es hundsmiserabel. Sie hatte eine entzündete Wunde am Arm. Hohes Fieber. Sie wäre beinahe abgekratzt. Obwohl ich mir gleich gedacht habe, die schafft das. Der Irma konnte nichts was anhaben!

Der Gustav kam damals angelaufen. Hat gesagt, dass Lisas Leiche an der Straße liegt. Die Irma hat sich noch heimgeschleppt. War vollkommen fertig. Heutzutage hätte man sie zum Psychologen geschickt. Damals musste jeder von uns sich seinen Weg suchen, mit den Dingen umzugehen. Vielleicht ist die Irma heute dement, weil sie zu viele Filter um sich herum aufgebaut hat. Die wollte zu viel vergessen. Also hat ihr Kopf ganz von selbst damit angefangen.

Nein, niemand hat die Irma genauer gefragt, was eigentlich los war. Damals sind so viele Leute umgekommen. Man hat Lisas Leiche heimgebracht. Ihre Mutter ist darüber zerbrochen. Ist bald, nachdem die Amis hier waren, nach München zu ihrer Schwester zurückgegangen. Und die Irma hat weitergemacht. Hat sich erholt, für die Amerikaner gedolmetscht. Dann hat sie ihren Ami geheiratet und ist weg. Bis sie wiederkam. Mit einem Kind. Elizabeth. Das sagt alles, oder? Dass sie ihrer Tochter den Namen ihrer besten Freundin gegeben hat.

Erst Jahrzehnte später, unsere Kinder waren längst aus dem Haus, hat der Gustav mir erzählt, wie alles gekommen ist. Dass er die Lisa getötet hat. Aber er hat es nicht gewollt! Das müssen Sie ihm glauben! Er hat sich selbst schützen wollen. Und die Irma und letztlich auch die Lisa. Er hatte Angst vor dem Neugruber. Das war ein Spinner, dem war nicht zu trauen. Der hätte die beiden Mädchen ohne Zögern umgebracht. Schneller als ein Auge hätte zwinkern können. Der Gustav hat nicht einmal bemerkt, dass die Lisa mit der Nase im Wasser lag. Immer und immer wieder hat er mir das gesagt. Ich glaube ihm. Er ist mein Mann. Für mich war es ein glücklicher Zufall, dass die Lisa nicht wiederkam. Sonst hätte der Gustav sich über kurz oder lang für sie entschieden. Da mache ich mir keine Illusionen. Mit der Lisa konnte ich nicht mithalten.

Mit der Irma hatte ich dann von Zeit zu Zeit zu tun. Sie hat sich in Landshut in alles eingemischt. Auch in die Hochzeit. Für unsere Landshuter Hochzeit hat sie viel gemacht. Das kann ich anerkennen, keine Frage. Doch mit ihr noch mal auf du und du, das war nicht mehr drin. Nicht für mich.

Aber dann kam ihre Enkelin her: Julika.

Die hat mich sofort an die Lisa erinnert. Mit dieser hellen Haut und den schönen Haaren. Als ich sie das erste Mal sah, da dachte ich: Das ist die Lisa. Ein ganz seltsamer Augenblick. Als wäre ich wieder selber jung, wäre zurück in dieser schrecklichen Zeit.

Die Julika hat ihre Nase in alles reingesteckt. Sich für Lisas Tod interessiert. Die hat den Enkel vom Neugruber gefragt und ein paar andere Leute, die kam mit vielen zusammen. Wie sie überhaupt auf die Lisa, auf die Geschichte um ihren ungeklärten Tod gestoßen ist, das konnte ich mir zuerst nicht erklären. Aber ich glaube, es hat mit der Irma zu tun. Die Julika hat gespürt, dass ihre Oma an einer alten Geschichte litt. Sie hat rausgekriegt, worum es in etwa ging. Aber sie hat nicht alles erfahren. Nur Ansatzpunkte. Hat wohl nicht an Irmas Schuld geglaubt. Deshalb hat sie zu schnüffeln angefangen. Hat auch den Gustav angequatscht. Das habe ich natürlich mitgekriegt. Die Lisa auf unserem Hof – das war ein Albtraum für mich. Pardon, es war ja nicht die Lisa, es war die Julika. Wissen Sie, ich habe in der Julika immer nur die Lisa gesehen. Darum ist es ja gut, wenn sie jetzt tot ist, die Julika. Endlich Ruhe.

Irgendwie hat sie herausgefunden, was wirklich passiert ist. Dass der Gustav die Lisa auf dem Gewissen hat und die Irma sich ihr Leben lang umsonst die Schuld an Lisas Tod gegeben hat. Die Julika hat in dem alten Forsthaus spioniert. Plötzlich habe ich Angst gekriegt. Mord verjährt doch nicht.

Also bin ich ihr nach. Habe sie an der Bergstraße aufgehalten. Ich habe sie gefragt, was sie vorhat. Sie hat mir alles gesagt, hat mich angeschrien. Währenddessen ist sie vor mir hergelaufen, hinauf zur Burg. Sie hat mir vorgeworfen, Leute wie wir, der Gustav und ich, wir wären an der Krankheit von der Irma schuld. Wir hätten sie ins Vergessen getrieben. Weil die Irma den Gedanken nicht ertragen konnte, dass sie selbst die Lisa umgebracht hat. Deswegen musste sie einfach vergessen, und jetzt wäre sie krank.

Mag sein, dass das stimmt. Vielleicht war das so. Und in dem Augenblick habe ich gedacht: Wenn die Julika den Gustav damit konfrontiert, der gibt alles zu. Nur damit Frieden ist. Der Gustav und ich, wir sind alte Leute, wir leben ja nicht mehr lang. Soll er denn in diesem Leben noch bezahlen?

Wir standen da, die Julika und ich, und plötzlich kamen ein paar Gaukler in der Nähe vorbei. Und ich habe die Julika gebeten, leise zu sein. Damit die uns nicht hören. Die Julika bekam Angst. Mein Gott, diese Ähnlichkeit mit der Lisa! Fast wie ihre Zwillingsschwester sah sie aus. Und plötzlich ist es passiert. Ich habe die Julika gepackt und ihr den Mund zugehalten. Sie hat sich gewehrt, sie war kräftig, kräftiger als ich, aber sie ist über ihr Kleid gestürzt, lag mit der Nase in der Pfütze. Ich habe mich auf sie gestellt. Sonst hätte ich das nicht geschafft. Habe mich einfach auf ihren Nacken gestellt. Ein paarmal nachgetreten. Das war es dann. Meine Mutter hat oft gesagt, dass ein Übel das nächste sät, und wenn man für das erste nicht bezahlt, das man angerichtet hat, dann wird man später für viel mehr bezahlen. Aber so ist es dann eben.

Unterzeichnet Gerda Kirchler.

75

Irma legt sich auf ihr Sofa. Sie ist müde. So müde. Plötzlich ist alles leicht. Sie hat der Frau mit dem Pferdeschwanz alles erzählt. Nun weiß sie: Julika wird alles erfahren. Mit ihren eigenen Worten. Julika wird erfahren, dass ihre Großmutter Lisa nicht töten wollte.

Irma nickt ein. Träumt von einem Baum, dessen Stamm sich spaltet. Sie schreckt hoch. Hat das Gefühl, dieser Traum gehöre ihr nicht. Ruft Julikas Namen. Schläft wieder ein. Etwas juckt an ihrem Fuß. Da zupft ein Vogel an ihren Zehen. Doch als sie aufschaut, erschöpft, umschwirrt nur eine Schmeißfliege ihren Körper. Irma lächelt. Sie ist zeit ihres Lebens verlassen worden. Von ihrer Mutter. Von ihren Männern. Sogar von ihrer Tochter. Aber Julika ist zu ihr zurückgekommen. Steht sie da nicht? Irma hebt den Kopf, sieht auf die Uhr. Gleich 19.30 Uhr. Gleich beginnt das Fest- und Tanzspiel im Rathaus-Prunksaal. Irma hat es, so scheint es ihr, Hunderte von Malen gesehen. Stets mit der Braut, der jungen Hedwig aus Polen, mitgelitten. Was für eine beschwerliche Reise sie hatte, zu einem Bräutigam, den sie nicht kannte, Pest und Tod trotzend.

Irmas Kopf rutscht auf die Armlehne zurück. Sie schließt die Augen. Heute ist sie zu müde, um zum Rathaus zu gehen.

Sonntag, 5.7.09

erinnern – *mittelhochdeutsch* (er)innern, inren *ist abgeleitet von althochdeutsch* innaro *›der Innere, innerer‹ und bedeutet ursprünglich ›machen, dass jemandem etwas inne wird‹.*

(Nach Kluge, Etymologisches Wörterbuch der deutschen Sprache)

76

Ich legte die Papiere weg. Das Fenster stand weit offen. Es war später Nachmittag. Endlich hatte ich alle Dokumente unterzeichnet, der Bürokratie war gedient. Draußen wurden die Überbleibsel des Hochzeitszuges weggeräumt. Ich hörte Müllautos, das Klappern von Absperrzäunen, die weggeschleppt wurden. Männerstimmen, die einander Befehle zuriefen. Die Landshuter Hochzeit war an mir vorbeigegangen, bisher jedenfalls. Den Huldigungsruf ›Himmel Landshut, tausend Landshut!‹ hatte ich nur von Weitem gehört. Mit einem Mal wollte ich dort hinauslaufen. Mich unter die Leute mischen, kostümiert oder nicht, und mich mit dem richtigen Leben verbünden, mit dem Leben, das gerade stattfand. Das keine Erinnerung war.

Nero klappte die Landshuter Zeitung zu. Irmas Todesanzeige stand unter der für Julika. Elizabeth Cohen fand das praktisch. Irma hätte es gefallen.

»Julikas Leiche ist freigegeben«, sagte Leitner. »Sie

wird zusammen mit ihrer Großmutter beerdigt. Dann sind sie wenigstens im Tod vereint.«

Ich verkniff mir die Tränen. Mit nur einem Auge zu heulen war wirklich albern.

Ein Landshuter Augenarzt hatte mein Auge gerettet. Er hatte vier Splitter entfernt und das Auge verpflastert. Ich sah aus wie eine komische Figur, die sich Hoffnungen auf eine Statistenrolle in ›Fluch der Karibik‹ machte.

»Es sind drei Mörder«, sagte ich. »Gustav Kirchler hat Lisa umgebracht.«

Leitner qualmte wie eine Dampfmaschine der ersten Stunde.

»Die Kirchlerin hat unsere Julika auf dem Gewissen. Umgeleitete Eifersucht, die Jahrzehnte später ausbricht. Aber dennoch ein starkes Gefühl.«

»Jetzt weiß ich auch, warum der Typ, der mir zu Hause aufgelauert hat, so komisch gerochen hat. Das war Pferdestall-Aroma«, sagte ich.

»Kuznick ist dieses Jahr Knappe geworden. Na warte. Körperverletzung und Co. Das war's dann mit einer Karriere als Hochzeiter. Wir nehmen hier nur anständige Kerle mit ins Boot.« Leitner drehte neue Tschicks, während die letzte Kippe ihm noch im Mundwinkel hing.

Ich betastete vorsichtig das dicke Gazepolster, das mein Auge vor böser Einflussnahme schützte.

»Und Julika? Wie kam sie an die CD? Hat sie die zufällig in diesem Haus gefunden?«

»Das können wir nicht mehr genau rekonstruieren«, sagte Nero. Während bei mir die Sehkraft vorübergehend zu Schaden gekommen war, hatte er aufgrund der

Detonation Probleme mit seinen Ohren. Ab und zu schüttelte er seinen Kopf hin und her wie ein Elefant. »Aber eine andere Erklärung gibt es eigentlich nicht. Sie muss am Tag ihres Todes noch in dem alten Haus gewesen sein.«

»Spurenlesen können wir vergessen«, verkündete Yoo Lim. Sie sah von mir zu Nero und wieder zurück.

»Die Schauerhütte ist total pulverisiert«, nickte Leitner. »Der Hallhuber hat sich vom Krankenhaus mit dem Taxi zu seinem Grundbesitz fahren lassen. Schön deppert. Aber ich sage ja: Besonders hell auf der Platte war er noch nie.«

Ich betrachtete meine Tasche, die Yoo Lim im Wald für mich aufgesammelt und mir zurückgegeben hatte. Handy, Geld, Schlüssel, alles war noch drin. Außerdem die Kladden aus dem scheußlichen Schrank, den Kreuzkamp und ich durchwühlt hatten. Es fiel mir schwer, scheinheilig zu schauen, mit einem Auge. Also blinzelte ich mit dem unverpflasterten Lid.

Nero fuhr uns nach Hause. Nach Hause zu mir. Mein Alfa hatte dran glauben müssen. Der Schock darüber, dass mein geliebter Italiener einer Explosion zum Opfer gefallen war, steckte mir noch in den Knochen, aber im Vergleich zu meinem eigenen Leben und dem von Nero bedeutete der motorisierte Blechhaufen nichts.

»Wie geht es nun weiter?«, fragte ich.

»Unsere Schnittstelle ist Siegmar Hallhuber. Den werden wir ausquetschen, bis er quietscht. Wie ich ihn einschätze, plaudert er bald. Dann finden wir vielleicht einen von diesen Leuten, die das Haus gemietet haben. Und dann sehen wir weiter.«

»Hallhuber ist ein Weichei. Trieft vor Selbstmitleid.«

»Umso besser. Leitner wird ihn kleinkriegen. Wenn er es geschafft hat, trotz seines Asthmaschocks noch nach Niederaichbach zu fahren und seinen Kumpel umzupusten, kann er nicht ganz so schwach sein. Den Mord an Alfi Berger hat er gestanden. Sein Kumpel hat einfach ein bisschen zu eifrig eins und eins zusammengezählt. Er wusste wohl auch mehr von Hallhubers Business, als er Leitner gegenüber zugegeben hat.«

»Ist das nicht ein bisschen albern? Ein internationaler Phishing-Ring in Landshut?«

»Eben gerade nicht. Wir sind dran, einzelne Nester auszuheben. Das ist ja das Prinzip dieser Leute: Die sitzen irgendwo und basteln ihre Programme. Stellen die aber nicht an Ort und Stelle ins Netz, sondern speisen ihren Kram anderswo ein. Du kannst ihre Spuren im Internet kaum zurückverfolgen.«

»Und anschließend brechen sie ihre Zelte ab und schustern woanders neues Unheil zurecht?«

»So sieht es aus. Ihr neues Domizil werden sie kaum in Deutschland aufschlagen, eher irgendwo in Südamerika, Asien, was weiß ich.«

»Oder offshore.«

»Auch das ist möglich.«

»Wie geht es Kreuzkamp?«, fragte ich. Ich fand mich ziemlich waghalsig.

»Den Herrn hatte ich zwischenzeitlich auch mal auf dem Zettel. Er wollte unbedingt in Julikas Wohnung.

Wusstest du das? Angeblich hatte sie noch Unterlagen von ihm.«

»Cary Grant ist harmlos, Nero!«

»Hattest du was mit ihm?«

»Nein, verdammt!« Ich lehnte meinen Kopf gegen das Fenster. Fast bereute ich meine eiserne Abstinenz. Die Chance war vertan. Das verletzte Auge pochte. Irgendwie musste ich Nero noch beibringen, was mich zu Kreuzkamp gezogen hatte. Er war einfach jemand, der meine Leidenschaft teilte: Die Leidenschaft für Geschichten und das Schreiben. Jemand, der wusste, wie es sich anfühlte, eine Story unter den Fingern entstehen zu sehen. Aber diese Erklärungen konnten warten.

»Yoo Lim ist lesbisch«, sagte Nero unvermittelt.

»Du spinnst! Nie im Leben!«

»Sie hat ein Mädchen auf den Mund geküsst.«

»Vergiss es. Das ist ihre Adoptivschwester.«

»Woher weißt du das?« Er wandte den Blick nicht von der Straße. Ich sah, wie sich seine Kinnmuskeln verhärteten.

»Weil dieses ›Mädchen‹, wie du sie nennst, gestern Abend in der Polizeidirektion vorbeikam, um Yoo Lim abzuholen. Ich stand draußen herum, frisch verpflastert. Die beiden begrüßten sich und Yoo Lim stellte mir ihre Schwester vor.«

»Würdest du deine Schwester auf den Mund küssen?«

»Ich habe keine Schwester. Scheint dir ja echte Probleme zu machen.«

Er zuckte nur die Schultern.

»Wenn wir gerade dabei sind«, neckte ich, »hast du

versucht, ein Techtelmechtel mit ihr anzufangen? Hat sie dich abgewiesen? Verletzter Stolz, Herr Kommissar?«

»Nein.« Er sah mich kurz an. »Nein, Einauge.«

»Ziemlich infam«, sagte ich. »Irma ihr Leben lang glauben zu lassen, sie sei schuld an Lisas Tod.«

»Schreibst du Irmas Geschichte fertig?«

»Habe ich vor. Ich muss bloß noch ein paar Details ergänzen«, antwortete ich vage und dachte an die Kladden in meiner Tasche.

Wir schwiegen den Rest des Weges. Fuhren durch Ohlkirchen, das friedlich in der Abendsonne lag, auf meine Klause zu. Ich musste Juliane anrufen. Ich musste eine Menge Dinge tun. Erstmal nach den Gänsen sehen. Und dann ausruhen. Mein Auge schonen und ihm Gelegenheit zur Heilung bieten. Möglichst mit Nero an meiner Seite.

»Bleibst du ein paar Tage?«

»Könnte sein. Ich muss Woncka anrufen.«

»Deinen allgegenwärtigen Chef?«

»Geht nicht anders.«

Ich stieg aus und schloss auf. Von der Weide grüßten mich hocherfreut meine beiden Grauen.

ENDE

NACHWORT

Irma Schwands Erlebnisse in den letzten Kriegstagen basieren zu Teilen auf einer wahren Geschichte. Ich danke meinen Zeitzeugen für ihre unschätzbare Hilfe, denn ohne sie hätte es dieses Buch nicht gegeben. Selbstverständlich sind alle Personen und Persönchen, die in diesem Krimi eine Stimme haben, erfunden. Was das Ertrinken in Pfützen und sonstige Todesarten angeht, hat mich Christoph Schindler beraten. Fehler, Ungenauigkeiten und diverse absichtsvolle Abweichungen von der Realität gehen auf das Konto der Autorin.

Weitere Krimis finden Sie auf den folgenden Seiten und im Internet: www.gmeiner-verlag.de

FRIEDERIKE SCHMÖE
Fliehganzleis

327 Seiten, Paperback.
ISBN 978-3-8392-1012-3.

UNBEWÄLTIGTE VERGANGENHEIT Larissa Gräfin Rothenstayn, die in der DDR aufwuchs und 1975 in den Westen fliehen konnte, bittet Ghostwriterin Kea Laverde, ihre Lebensgeschichte aufzuschreiben. Dann wird sie in ihrem Schloss in Unterfranken von einem Unbekannten schwer verletzt. Die Polizei spricht von versuchtem Mord und fahndet nach dem geheimnisvollen Täter.

Kea arbeitet sich unterdessen durch das Archiv der Familie und steht vor einem Rätsel: Warum sammelte die Gräfin Berichte über ein Mädchen, das im Sommer 1968 in einem kleinen See auf der Insel Usedom ertrank? Wie es scheint, ist das Unglück fast 20 Jahre nach dem Mauerfall noch nicht geklärt, und Larissas Angreifer streckt auch nach Kea die Finger aus …

FRIEDERIKE SCHMÖE
Schweigfeinstill

371 Seiten, Paperback.
ISBN 978-3-89977-805-2.

TOTGESCHWIEGEN Ärger für Ghostwriterin Kea Laverde: Erst raubt ein Einbrecher all ihre Unterlagen und stirbt kurz darauf bei einem Verkehrsunfall; dann wird ihr Kunde, Andy Steinfelder, der nach einem Schlaganfall an Aphasie leidet und seitdem nicht mehr sprechen kann, des Mordes beschuldigt.

Doch wer die gerechtigkeitsliebende Ex-Journalistin einschüchtern will, sollte sich warm anziehen: Während die Polizei noch ermittelt, geht Kea den Dingen selbst auf den Grund. Gegen den Willen von Hauptkommissar Nero Keller nimmt sie im winterlichen München den Kampf gegen ihre unsichtbaren Feinde auf.

… Ein mysteriöser Unfall
… Ein dreister Diebstahl
… Eine kämpferische Ermittlerin
Ghostwriterin Kea Laverde in ihrem ersten Fall.

GMEINER

Wir machen's spannend

FRIEDERIKE SCHMÖE
Spinnefeind

374 Seiten, Paperback.
ISBN 978-3-89977-782-6.

STRENG GEHEIM Jens Falk, Mathematiklehrer und Hobby-Kryptoanalytiker, steckt in der Klemme: Im letzten Halbjahr sind nicht nur wichtige Klausuren und Schülerakten verschwunden, sondern auch sein Schüler Hannes Niedorf - während einer Exkursion mit Falk.

Aus Angst um seinen Job sucht er Hilfe bei Privatdetektivin Katinka Palfy. Sie soll die wahren Hintergründe aufdecken. Da wird Doris Wanjeck, Falks Ex-Verlobte, ermordet, und der Lehrer ist dringend tatverdächtig. Gemeinsam mit seiner Anwältin macht sich Katinka an die Aufklärung des Falls, fühlt sich aber bald von der Juristin hintergangen.

Es scheint, als würde jemand gezielt versuchen, die einzige Person aus dem Rennen zu werfen, die an Falks Unschuld glaubt …

FRIEDERIKE SCHMÖE
Schockstarre

324 Seiten, Paperback.
ISBN 978-3-89977-710-9.

NEUES VOM TATORT BAYERN Jahresbeginn 2005: Privatdetektivin Katinka Palfy ist vom Pech verfolgt. Erst wird sie Opfer eines Anschlags, dann verschwindet ihre Beretta, um kurz darauf wieder aufzutauchen: als Mordwaffe in einem Fall ohne Beweise, dafür mit umso mehr Motiven. Katinka folgt der Spur in das mittelalterliche Städtchen Coburg, wo sie sich sehr zum Missfallen der dortigen Polizei in die Ermittlungen einklinkt. Diese führen sie zur Arbeitsstelle des Toten, einer Werbeagentur. Als die Detektivin erkennt, dass seelische Abgründe hinter scheinbarem Glück und beruflichem Erfolg klaffen, wird der Burghof der trutzigen Veste Coburg zur tödlichen Falle.

GMEINER
Wir machen's spannend

FRIEDERIKE SCHMÖE

Januskopf

271 Seiten, Paperback.
ISBN 978-3-89977-737-6.

AUF DEN SPUREN E.T.A. HOFFMANNS Im unterfränkischen Königsberg stürzt eine Frau in den Tod. War es ein Unfall, Selbstmord oder gar Mord? Dem neuen Klienten der Bamberger Privatdetektivin Katinka Palfy wird der mysteriöse Todesfall per anonymen Brief in die Schuhe geschoben. Noch rätselhafter ist allerdings der Mann selbst: Ewald Isenstein leidet seit einem Unfall an einer Persönlichkeitsspaltung, sein Innenleben ist unberechenbar. Katinka hält ihn für unschuldig, doch dann geschehen zwei Morde, und Isenstein hat wieder kein Alibi. Als auch ein Anschlag auf Katinka verübt wird, macht Kommissar Harduin Uttenreuther eine erstaunliche Entdeckung: Der Mörder scheint E.T.A. Hoffmanns »Die Elixiere des Teufels« »nachzuspielen«. Doch wenn das stimmt, wird es einen dritten Mord geben …

FRIEDERIKE SCHMÖE

Pfeilgift

278 Seiten, Paperback.
ISBN 978-3-89977-756-7.

KEINE AUSZEIT FÜR KATINKA PALFY Privatdetektivin Katinka Palfy braucht eine Auszeit. Sie nimmt deshalb in den Haßbergen bei Bamberg an einem Kurs in Bogenschießen teil. Mit Paula Stephanus, einer anderen Teilnehmerin, freundet sie sich an. Nach einer durchzechten Nacht liegt Paulas Mann Hagen tot im Wald: Sein Brustkorb wurde von einem Pfeil durchbohrt. Laut Obduktion starb er einen langsamen, qualvollen Tod, verursacht durch das Pfeilgift Curare.

Während die Polizei den Mörder jagt, bittet die verängstigte Paula Katinka um Schutz. Doch auch Paula ist verdächtig, immerhin wollte sie sich von Hagen trennen. Und von seinen Geschäften mit verbotenen Substanzen weiß sie auch mehr, als gesund für sie ist …

GMEINER

Wir machen's spannend

FRIEDERIKE SCHMÖE

Käfersterben

322 Seiten, Paperback.
ISBN 978-3-89977-681-2.

MYSTERIÖSES KÄFERSTERBEN IM SÜDEN Eine spektakuläre Verbrechensserie im kalten Bamberger Frühsommer: VW-Käfer werden rituell ›erdolcht‹ und in der Stadt ›ausgestellt‹.

Die Polizei glaubt an einen Spinner, doch Privatdetektivin Katinka Palfy hat schlimmere Sorgen: Warum verschwindet ihre Freundin, die Wiener Bildhauerin Dani Zanini, kurz vor einer wichtigen Ausstellung? Und wer stellte den ›erdolchten‹ Spielzeug-Käfer vor Danis Haustür ab? Als Katinka einen Hilferuf von Dani erhält, sucht sie Rat bei ihrem kunstverständigen Vater. Doch Ignaz Palfy verheimlicht seiner Tochter etwas und bringt sie damit in größte Gefahr ...

FRIEDERIKE SCHMÖE

Fratzenmond

277 Seiten, Paperback.
ISBN 978-3-89977-675-1.

JAGD AUF DEN BAMBERGER REITER Privatdetektivin Katinka Palfy wird von der 76-jährigen Ida Schenck um Hilfe gebeten. Angeblich schleicht allabendlich ein als der berühmte »Bamberger Reiter« verkleideter Mann um ihr Haus und jagt ihr Angst und Schrecken ein. Katinka glaubt zunächst an eine etwas zu üppige Fantasie der alten Dame, doch als sie sich im Garten auf die Lauer legt, bemerkt sie, dass kein Spuk umgeht, sondern ein Mörder …

GMEINER

Wir machen's spannend

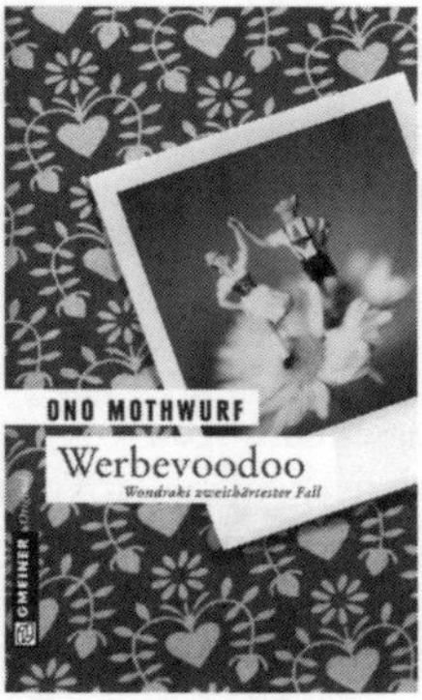

ONO MOTHWURF

Werbevoodoo

276 Seiten, Paperback.
ISBN 978-3-8392-1033-8.

BAYERISCHER VOODOO Zwei Armbanduhren, die um 23:24 Uhr stehen bleiben. Ein Herz, das um 23:24 Uhr stehen bleibt.

»Für Voodoo sind wir nicht zuständig, Wondrak. Das ist ein Fall für einen Parapsychologen auf Pro 7, nicht für die Kripo Fürstenfeldbruck.«

»Es gibt nur zwei, denen ich gehorche«, sagte Wondrak darauf. »Der eine ist mein Chef. Die andere ist Charlotte. Und Charlotte sagt mir, dass das ein Fall für mich ist. Hier geht's um Mord.«

Wondraks Katze Charlotte hat den richtigen Riecher! Denn dies ist erst der Auftakt zu einer ganzen Serie rätselhafter Todesfälle in einer Starnberger Werbeagentur …

GABRIELE DIECHLER

Engpass

276 Seiten, Paperback.
ISBN 978-3-8392-1042-0.

ALTLASTEN Nachdem sie ihren Mann mit einer anderen erwischt hat, verlässt die Kriminalpsychologin Elsa Wegener Hals über Kopf Köln, um im bayerischen Unterwössen beruflich wie privat neu anzufangen. In dem idyllischen Dorf nahe des Chiemsees wird sie nicht gerade mit offenen Armen empfangen. Und auch Anna, Elsas pubertierende Tochter, ist von ihrer neuen Heimat alles andere als begeistert. Doch Elsa bleibt kaum Zeit, über solche Probleme nachzudenken. Als die Leiche einer zwanzig Jahre lang vermissten Frau entdeckt wird, hat sie der Arbeitsalltag längst eingeholt …

GMEINER

Wir machen's spannend

Alle Gmeiner-Autoren und ihre Krimis auf einen Blick

ANTHOLOGIEN: Mords-Sachsen 4 • Sterbenslust (2010) • Tödliche Wasser • Gefährliche Nachbarn • Mords-Sachsen 3 • Tatort Ammersee (2009) • Campusmord (2008) • Mords-Sachsen 2 (2008) • Tod am Bodensee • Mords-Sachsen (2007) • Grenzfälle (2005) • Spekulatius (2003) **ARTMEIER, HILDEGUND**: Feuerross (2006) • Drachenfrau (2004) **BAUER, HERMANN**: Verschwörungsmelange (2010) • Karambolage (2009) • Fernwehträume (2008) **BAUM, BEATE**: Ruchlos (2009) • Häuserkampf (2008) **BECK, SINJE**: Totenklang (2008) • Duftspur (2006) • Einzelkämpfer (2005) **BECKMANN, HERBERT**: Mark Twain unter den Linden (2010) • Die indiskreten Briefe des Giacomo Casanova (2009) **BEINSSEN, JAN**: Feuerfrauen (2010) **BLATTER, ULRIKE**: Vogelfrau (2008) **BODE-HOFFMANN, GRIT / HOFFMANN, MATTHIAS**: Infantizid (2007) **BOMM, MANFRED**: Kurzschluss (2010) • Glasklar (2009) • Notbremse (2008) • Schattennetz • Beweislast (2007) • Schusslinie (2006) • Mordloch • Trugschluss (2005) • Irrflug • Himmelsfelsen (2004) **BONN, SUSANNE**: Der Jahrmarkt zu Jakobi (2008) **BODENMANN, MONA**: Mondmilchgubel (2010) **BOSETZKY, HORST [-KY]**: Unterm Kirschbaum (2009) **BOENKE, MICHAEL**: Gott'sacker (2010) **BÖCKER, BÄRBEL**: Henkersmahl (2010) **BUTTLER, MONIKA**: Dunkelzeit (2006) • Abendfrieden (2005) • Herzraub (2004) **BÜRKL, ANNI**: Schwarztee (2009) **CLAUSEN, ANKE**: Dinnerparty (2009) • Ostseegrab (2007) **DANZ, ELLA**: Rosenwahn (2010) • Kochwut (2009) • Nebelschleier (2008) • Steilufer (2007) • Osterfeuer (2006) **DETERING, MONIKA**: Puppenmann • Herzfrauen (2007) **DIECHLER, GABRIELE**: Engpass (2010) **DÜNSCHEDE, SANDRA**: Todeswatt (2010) • Friesenrache (2009) • Solomord (2008) • Nordmord (2007) • Deichgrab (2006) **EMME, PIERRE**: Pizza Letale (2010) • Pasta Mortale • Schneenockerleklat (2009) • Florentinerpakt • Ballsaison (2008) • Tortenkomplott • Killerspiele (2007) • Würstelmassaker • Heurigenpassion (2006) • Schnitzelfarce • Pastetenlust (2005) **ENDERLE, MANFRED**: Nachtwanderer (2006) **ERFMEYER, KLAUS**: Tribunal (2010) • Geldmarie (2008) • Todeserklärung (2007) • Karrieresprung (2006) **ERWIN, BIRGIT / BUCHHORN, ULRICH**: Die Gauklerin von Buchhorn (2010) • Die Herren von Buchhorn (2008) **FOHL, DAGMAR**: Das Mädchen und sein Henker (2009) **FRANZINGER, BERND**: Leidenstour (2009) • Kindspech (2008) • Jammerhalde (2007) • Bombenstimmung (2006) • Wolfsfalle • Dinotod (2005) • Ohnmacht • Goldrausch (2004) • Pilzsaison (2003) **GARDEIN, UWE**: Die Stunde des Königs (2009) • Die letzte Hexe – Maria Anna Schwegelin (2008) **GARDENER, EVA B.**: Lebenshunger (2005) **GIBERT, MATTHIAS P.**: Bullenhitze (2010) • Eiszeit • Zirkusluft (2009) • Kammerflimmern (2008) • Nervenflattern (2007) **GRAF, EDI**: Bombenspiel (2010) • Leopardenjagd (2008) • Elefantengold (2006) • Löwenriss • Nashornfieber (2005) **GUDE, CHRISTIAN**: Homunculus (2009) • Binärcode (2008) • Mosquito (2007) **HAENNI, STEFAN**: Brahmsrösi (2010) • Narrentod (2009) **HAUG, GUNTER**: Gössenjagd (2004) • Hüttenzauber (2003) • Tauberschwarz (2002) • Höllenfahrt (2001) • Sturmwarnung (2000) • Riffhaie (1999) • Tiefenrausch (1998) **HEIM, UTA-MARIA**: Totenkuss (2010) • Wespennest (2009) • Das Rattenprinzip (2008) • Totschweigen (2007) • Dreckskind (2006) **HUNOLD-REIME, SIGRID**: Schattenmorellen (2009) • Frühstückspension (2008) **IMBSWEILER, MARCUS**: Altstadtfest (2009) • Schlussakt (2008) • Bergfriedhof (2007) **KARNANI, FRITJOF**: Notlandung (2008) • Turnaround (2007) • Takeover (2006) **KEISER, GABRIELE**: Gartenschläfer (2008) • Apollofalter (2006) **KEISER, GABRIELE / POLIFKA,**

Alle Gmeiner-Autoren und ihre Krimis auf einen Blick

WOLFGANG: Puppenjäger (2006) **KLAUSNER, UWE**: Odessa-Komplott (2010) • Pilger des Zorns • Walhalla-Code (2009) • Die Kiliansverschwörung (2008) • Die Pforten der Hölle (2007) **KLEWE, SABINE**: Die schwarzseidene Dame (2009) • Blutsonne (2008) • Wintermärchen (2007) • Kinderspiel (2005) • Schattenriss (2004) **KLÖSEL, MATTHIAS**: Tourneekoller (2008) **KLUGMANN, NORBERT**: Die Adler von Lübeck (2009) • Die Nacht des Narren (2008) • Die Tochter des Salzhändlers (2007) • Kabinettstück (2006) • Schlüsselgewalt (2004) • Rebenblut (2003) **KOHL, ERWIN**: Flatline (2007) • Grabtanz • Zugzwang (2006) **KOPPITZ, RAINER C.**: Machtrausch (2005) **KÖHLER, MANFRED**: Tiefpunkt • Schreckensgletscher (2007) **KÖSTERING, BERND**: Goetheruh (2010) **KRAMER, VERONIKA**: Todesgeheimnis (2006) • Rachesommer (2005) **KRONENBERG, SUSANNE**: Kunstgriff (2010) • Rheingrund (2009) • Weinrache (2007) • Kultopfer (2006) • Flammenpferd (2005) **KURELLA, FRANK**: Der Kodex des Bösen (2009) • Das Pergament des Todes (2007) **LASCAUX, PAUL**: Feuerwasser (2009) • Wursthimmel • Salztränen (2008) **LEBEK, HANS**: Karteileichen (2006) • Todesschläger (2005) **LEHMKUHL, KURT**: Nürburghölle (2009) • Raffgier (2008) **LEIX, BERND**: Fächertraum (2009) • Waldstadt (2007) • Hackschnitzel (2006) • Zuckerblut • Bucheckern (2005) **LOIBELSBERGER, GERHARD**: Die Naschmarkt-Morde (2009) **MADER, RAIMUND A.**: Glasberg (2008) **MAINKA, MARTINA**: Satanszeichen (2005) **MISKO, MONA**: Winzertochter • Kindsblut (2005) **MORF, ISABEL**: Schrottreif (2009) **MOTHWURF, ONO**: Werbevoodoo (2010) • Taubendreck (2009) **MUCHA, MARTIN**: Papierkrieg (2010) **NEEB, URSULA**: Madame empfängt (2010) **OTT, PAUL**: Bodensee-Blues (2007) **PELTE, REINHARD**: Inselkoller (2009) **PUHLFÜRST, CLAUDIA**: Rachegöttin (2007) • Dunkelhaft (2006) • Eiseskälte • Leichenstarre (2005) **PUNDT, HARDY**: Deichbruch (2008) **PUSCHMANN, DOROTHEA**: Zwickmühle (2009) **RUSCH, HANS-JÜRGEN**: Gegenwende (2010) **SCHAEWEN, OLIVER VON**: Schillerhöhe (2009) **SCHMITZ, INGRID**: Mordsdeal (2007) • Sündenfälle (2006) **SCHMÖE, FRIEDERIKE**: Bisduvergisst (2010) • Fliehganzleis • Schweigfeinstill (2009) • Spinnefeind • Pfeilgift (2008) • Januskopf • Schockstarre (2007) • Käfersterben • Fratzenmond (2006) • Kirchweihmord • Maskenspiel (2005) **SCHNEIDER, HARALD**: Wassergeld (2010) • Erfindergeist • Schwarzkittel (2009) • Ernteopfer (2008) **SCHRÖDER, ANGELIKA**: Mordsgier (2006) • Mordswut (2005) • Mordsliebe (2004) **SCHUKER, KLAUS**: Brudernacht (2007) **SCHULZE, GINA**: Sintflut (2007) **SCHÜTZ, ERICH**: Judengold (2009) **SCHWAB, ELKE**: Angstfalle (2006) • Großeinsatz (2005) **SCHWARZ, MAREN**: Zwiespalt (2007) • Maienfrost • Dämonenspiel (2005) • Grabeskälte (2004) **SENF, JOCHEN**: Kindswut (2010) • Knochenspiel (2008) • Nichtwisser (2007) **SEYERLE, GUIDO**: Schweinekrieg (2007) **SPATZ, WILLIBALD**: Alpenlust (2010) • Alpendöner (2009) **STEINHAUER, FRANZISKA**: Wortlos (2009) • Menschenfänger (2008) • Narrenspiel (2007) • Seelenqual • Racheakt (2006) **SZRAMA, BETTINA**: Die Konkubine des Mörders (2010) • Die Giftmischerin (2009) **THÖMMES, GÜNTHER**: Das Erbe des Bierzauberers (2009) • Der Bierzauberer (2008) **THADEWALDT, ASTRID / BAUER, CARSTEN**: Blutblume (2007) • Kreuzkönig (2006) **VALDORF, LEO**: Großstadtsumpf (2006) **VERTACNIK, HANS-PETER**: Ultimo (2008) • Abfangjäger (2007) **WARK, PETER**: Epizentrum (2006) • Ballonglühen (2003) • Albtraum (2001) **WICKENHÄUSER, RUBEN PHILLIP**: Die Seele des Wolfes (2010) **WILKENLOH, WIMMER**: Poppenspäl (2009) • Feuermal (2006) • Hätschelkind (2005) **WYSS, VERENA**: Todesformel (2008) **ZANDER, WOLFGANG**: Hundeleben (2008)